Salvada por ti

Salvada por ti

Maya Banks

Traducción de Scheherezade Surià

rocabolsillo

Título original: *Keep me safe*

© Maya Banks, 2014

Primera edición en este formato: mayo de 2016

© de la traducción: Scheherezade Surià
© de esta edición: Roca Editorial de Libros, S. L.
Av. Marquès de l'Argentera 17, pral.
08003 Barcelona
actualidad@rocaeditorial.com
www.rocalibros.com

© del diseño de portada: Sophie Guët
© de la imagen de cubierta: Shutterstock / Emprize

Impreso por LIBERDÚPLEX,
Crta. BV-2249, km 7,4, Pol. Ind. Torrentfondo
Sant Llorenç d'Hortons (Barcelona)

ISBN: 978-84-16240-37-1
Depósito legal: B. 7.511-2016
Código IBIC: FRD

El papel utilizado para la impresión de este libro ha sido fabricado a partir de madera
procedente de bosques y plantaciones gestionados con los más altos estándares ambientales,
garantizando una explotación de los recursos sostenible con el medio ambiente y beneficiosa
para las personas. Por este motivo, Greenpeace acredita que este libro cumple los requisitos
ambientales y sociales necesarios para ser considerado un libro «amigo de los bosques».
El proyecto «Libros amigos de los bosques» promueve la conservación y el uso sostenible
de los bosques, en especial de los Bosques Primarios, los últimos bosques vírgenes del planeta.

RB40371

Para May Chen, por ser tan perseverante
y dejarme escribir una historia que llevaba
rondándome en la cabeza tantos años.
Un abrazo.

Uno

Caleb Devereaux giró por la curva de aquella carretera zigzagueante y accedió al sendero que llevaba a una cabaña de montaña diminuta, maldiciendo tras cada bache que encontraba en el camino. La rabia y la impaciencia le hacían hervir la sangre, pero la fortuna de haber dado por fin con Ramie Saint Claire tras una búsqueda exhaustiva le aligeraba un poco el malhumor.

Ramie era la última esperanza de Tori, su hermana.

En cuanto secuestraron a Tori, Caleb empezó a buscar a Ramie Saint Claire. Obviamente no era la primera en la lista de personas a las que acudir cuando uno busca a un ser querido. Ramie era vidente y en el pasado solía ayudar a localizar a víctimas. Aunque muchos se mostrasen escépticos, Caleb creía a pie juntillas en sus habilidades.

Su hermana también tenía ese don.

Él y sus hermanos, Beau y Quinn, siempre habían sobreprotegido a su hermana pequeña. Y con motivo. Caleb estaba al frente de un verdadero imperio, por lo que la seguridad era prioridad absoluta. Siempre habían tenido miedo de que les secuestraran y pidieran rescate, pero ni en sus peores pesadillas se hubieran imaginado que Tori desaparecería sin más y estaría a merced de un loco.

No había pedido rescate. Solo les envió un vídeo de Tori atada de pies y manos en el que se oía la risa perturbada del secuestrador al tiempo que le pedía a Caleb que se despidiera de su hermana.

Rezaba para que no fuera demasiado tarde. Por favor, que no fuera demasiado tarde para Tori.

Le daba muchísima rabia que Ramie Saint Claire hubiera desaparecido del mapa tres meses antes. No había rastro de ella, ni siquiera había dejado una dirección. ¿Cómo podía largarse de esa forma alguien que podía ofrecer una ayuda inestimable para encontrar a víctimas de secuestro o personas desaparecidas? Era muy egoísta por su parte negarse; irse de este modo significaba negarse a ayudar a la gente.

Ya estaba de un humor de perros cuando llegó a la diminuta cabaña, que parecía que no se mantendría en pie el próximo invierno. No las tenía todas consigo de que hubiera electricidad. Solo alguien empecinado en que no le encontraran viviría en un sitio como ese.

Salió del coche y se acercó con paso firme hasta la puerta desvencijada y la golpeó con el puño para llamar. La puerta vibró por la fuerza de los golpes. Solo obtuvo silencio por respuesta y eso le hizo hervir la sangre aún más.

—¡Señorita Saint Claire! —bramó—. ¡Abra la jodida puerta!

Volvió a golpear con los puños exigiendo que respondiera. Seguramente en ese momento parecía y sonaba como el maníaco que retenía a su hermana, pero le daba igual. Estaba desesperado. Había echado mano de todos los recursos disponibles para poder encontrar a Ramie. Ni de broma iba a marcharse hasta que obtuviera la información que andaba buscando.

Entonces se abrió la puerta y apareció una mujer menuda de ojos grises que le miraba con recelo. Se quedó perplejo unos instantes, callado, mientras observaba a Ramie Saint Claire en persona por primera vez.

Las fotos que había visto de ella no le hacían justicia.

Tenía un aire delicado, como si se estuviera recuperando de una enfermedad, pero eso no empañaba su belleza. Parecía... frágil. Se sintió culpable momentáneamente por lo que iba a pedirle que hiciera, pero se lo quitó de la cabeza. Ningún precio era demasiado alto cuando se trataba de la vida de su hermana.

—No puedo ayudarte.

Le habló con tanta delicadeza que las palabras fluyeron como la seda; un marcado contraste con la rabia que le causaba su rechazo. No había tenido tiempo de preguntárselo y ya se lo quería quitar de encima.

—No sabes lo que quiero —le espetó con un tono cortante que desarmaría a cualquiera.

—Está muy claro —repuso ella con el cansancio marcado hasta en los párpados—. ¿Por qué si no ibas a venir hasta aquí? No quiero saber ni cómo me has encontrado. Está claro que no me salió bien eso de borrar mi rastro viendo que has dado conmigo.

Caleb frunció el ceño. ¿Había estado enferma? ¿Por eso había desaparecido, para recuperarse? Daban igual los motivos ahora que la había encontrado.

—Con las habilidades que tienes, ¿por qué te escondes de esta forma? —le preguntó—. La vida de mi hermana corre peligro, señorita Saint Claire. No te estoy pidiendo que me ayudes, de hecho no pienso irme hasta que lo hagas.

Ella negó con la cabeza firmemente; el temor disipaba el cansancio de su mirada.

—No puedo.

Había cierta desesperación en sus palabras, que indicaba que su negativa tenía que ver con algo más de lo que aparentaba. Le pasaba algo. No obstante, no sentía pesar por presionarla, no cuando la vida de Tori pendía de un hilo.

Introdujo la mano en la chaqueta y sacó la bufanda de Tori. Era el único objeto que encontraron en el lugar donde supuestamente la secuestraron: en el aparcamiento de un supermercado junto a la puerta abierta de su coche. No tendría que haberla dejado ir sola. Le había fallado. Tenía que protegerla, cerciorarse de que estaba a salvo, y había fracasado.

Ramie retrocedió dando un grito ahogado. Él se le acercó y le puso la bufanda en las manos, sujetándoselas con firmeza para que no tuviera escapatoria. Ella sollozó y lo miró afligida al tiempo que palidecía de una manera muy extraña. Se le dilataron las pupilas y luego su rostro adquirió un halo de tristeza y de dolor.

—No —susurró—. Otra vez no. No sobreviviré.

Le fallaron las piernas y hubiera caído de no ser por Caleb, que la sujetó, asegurándose de que sus manos no perdieran el contacto con la bufanda. Vio horrorizado cómo el cuerpo de Ramie se doblaba y le resbalaba a pesar de sujetarla con fuerza. Estaba como sin vida cual muñeca de trapo. Se arrodilló a su lado, en el suelo, decidido a conseguir que no soltara la bufanda de su hermana aunque ahora ya no importaba. Ramie estaba en otro lugar.

Se le pusieron los ojos vidriosos y empezó a estremecerse con espasmos. Adoptó una postura fetal y la fragilidad de ese gesto protector le rompió el corazón. Gimió en voz baja y empezó a sollozar.

—Por favor, no me hagas daño otra vez. Te lo pido por favor; te lo ruego. No puedo soportarlo más. Si vas a matarme, hazlo ya. Deja de torturarme.

Se le erizó el vello de la nuca al oír la voz de Ramie, que sonaba prácticamente idéntica a la de Tori. Joder, ¿estaba presenciando lo que le estaba pasando a su hermana a través de Ramie?

La escena que la vidente estaba representando era aterradora. No solo por el hecho de que su hermana estuviera sufriendo lo indecible, sino porque parecía que Ramie estaba padeciendo igual.

Había investigado el don de Ramie Saint Claire, pero

no tenía información más allá de su historial de éxitos. Cómo conseguía ayudar a las víctimas o qué precio pagaba ella no constaba en ningún lugar. Que Dios lo ayudara. ¿Qué había hecho?

Ramie se sacudía y al momento supo lo que pasaba. Era inconfundible. Notó el amargo sabor de la bilis en la garganta y tuvo que inspirar y espirar varias veces para no vomitar en el suelo. Las lágrimas le ardían en los ojos mientras observaba impotente cómo violaban a su hermana a través de la leve consciencia de Ramie.

Los sollozos de la vidente le partían el alma, de modo que la acogió entre sus brazos; no sabía qué más hacer, salvo mecerla con cuidado.

—¿Tori? —susurró el nombre de su hermana por probar; no sabía si se había establecido un vínculo a través de Ramie—. ¿Me oyes? Soy Caleb. Dime dónde estás, cariño. Iré a por ti. Aguanta. No te rindas por muy mal que pinten las cosas.

Ramie inclinó bruscamente la cabeza a un lado y le apareció la marca de una mano en la mejilla. Él se quedó horrorizado; no sabía qué hacer ahora que había cruzado una línea de la que no podía regresar. Intentó reprimir el sentimiento de culpa; se dijo que cualquier cosa con la que pudiera recuperar a su hermana valdría la pena, pero ¿torturar a una mujer inocente también?

No le había dado opción. Ella se había negado y él la había obligado sin saber el impacto que tendría. No había tenido ni idea de cómo funcionaba su don y ahora que lo sabía se sentía culpable. No le extrañaba que se mostrara tan reacia. No le extrañaba que le hubiera dicho que no podía hacerlo más.

—Ramie. ¡Ramie! —dijo con más ímpetu—. Vuelve conmigo, Ramie. Vuelve para que puedas contarme cómo encontrarla.

Ramie tenía los ojos abiertos, pero tan distantes que sabía que no estaba allí. La marca de la mano en su cara era brillante, la rojez contrastaba con la blancura de su piel. Sus ojos tenían tal aire de derrota y desesperación que de nuevo tuvo que contenerse para no llorar.

De repente, Ramie se echó hacia delante y empezó a sacudirse como si estuviera recibiendo un golpe. Se abrazó cubriéndose la barriga y él se dio cuenta de que le habían dado una patada. Mejor dicho, le habían dado una patada a Tori. Era una sensación terrible ver cómo maltrataban a dos mujeres, y a una de ellas por su culpa.

Entonces, Ramie dio una vuelta y se quedó tumbada de lado con la mejilla rozando el suelo y la mirada fija pero ausente. Estaba completamente inmóvil y el terror invadió a Caleb. ¿Estaba muerta Tori? ¡Dios santo! ¿Acababa de presenciar el asesinato de su hermana?

—¡Ramie! ¡Despierta! Joder, despierta, por favor. Dime cómo encontrarla. ¡Dime que sigue viva!

Cogió a la mujer en brazos, impresionado por lo delgada y frágil que era; no pesaba nada. La llevó hasta el sofá y la tumbó con cuidado porque no quería hacerle más daño del que ya le habían hecho.

Él se sentó en el borde, le cogió las manos y se las frotó para infundirles algo de calor. No sabía qué hacer. ¿Debería llevarla al hospital?

Al cabo de un buen rato, ella parpadeó y pareció salir del trance. El dolor le oscureció las facciones y rompió a sollozar en silencio; sus lágrimas le desgarraban.

—¿Sigue viva? —preguntó nervioso—. ¿Sabes cómo encontrarla?

—Sí —contestó ella débilmente.

La esperanza renació en su corazón y casi le aplastó la mano.

—Dime dónde está —la apremió.

Despacio y entre dolores, le susurró la ubicación hasta el último detalle. Se le puso el vello de punta al oír la precisión con que describía no solo el lugar, sino también al secuestrador. Hasta le proporcionó un número de matrícula. Cuando terminó, se la quedó mirando con impotencia, agradecido pero a la vez tremendamente arrepentido por lo que le había hecho pasar.

—¿Qué puedo hacer para ayudarte? —le preguntó en voz baja.

La resignación le apagó aún más la mirada.

—No puedes hacer nada —le dijo con tono monótono—. Vete.

—Y una mierda te voy a dejar aquí.

Ya estaba calculando mentalmente que podía llevársela de allí y conseguirle el tratamiento que tanto necesitaba al mismo tiempo que Tori se imponía en su mente.

—Tu hermana te necesita. Vete. Estaré bien.

La mentira era muy obvia, pero no tenía fuerzas para más. Caleb se debatía entre ir corriendo junto a Tori y quedarse para asegurarse de que Ramie estuviera bien. Pero ¿cómo iba a estarlo, pobre?

Dos mujeres tendrían que vivir con esto el resto de sus vidas. Su hermana y la mujer a la que había obligado a ayudarlo, sin saber el precio que tendría que pagar por eso.

—Por favor —le imploró con voz temblorosa—. Vete y déjame tranquila. Ya te he dado lo que querías. Te he ayudado, así que ya puedes irte. Es lo mínimo que puedes hacer.

Caleb se incorporó, se pasó una mano por el pelo y la nuca, nervioso.

—Me voy, pero volveré, Ramie. Te lo compensaré.

—No puedes borrar esto —susurró—. No se puede compensar lo que ya está hecho. Ve a cuidar a tu hermana. Te necesita.

Cerró los ojos y empezaron a brotar las lágrimas. ¿Cómo podía dejarla así aunque se lo pidiera? Pero, al mismo tiempo, ¿cómo podía no irse para cerciorarse de que su hermana estuviera bien? Nunca había estado tan destrozado en su vida.

—Si tienes algo de humanidad, te irás ya y no le contarás a nadie que me has encontrado —dijo ella con voz ronca—. Por favor, te lo ruego. Vete. Piensa matarla mañana. Al amanecer. No te queda mucho tiempo.

Sus palabras fueron el impulso que lo llevó a actuar finalmente, pero estaba decidido a compensárselo como fuera.

Le invadió el arrepentimiento. Lo peor era que sabiendo ahora lo que desconocía antes, no hubiera hecho las cosas de otro modo. No cuando eso marcaba la diferencia entre la vida y la muerte para Tori. Por lo menos ahora, entendía mejor la intransigencia de Ramie. Ya no la miraba y pensaba que fuera egoísta y cruel. Ahora se daba cuenta de que su desaparición respondía a un motivo de supervivencia. No sabía cómo había sobrevivido a esto en el pasado. Solo rezaba para que lo suyo no fuera la gota que colmara el vaso y la empujara al precipicio desde el que no se pudiera recuperar.

Caleb cerró los ojos y le acarició la mejilla.

—Lo siento. No sabes cuánto. Mi familia y yo te debemos muchísimo y es algo que nunca podremos devolverte de la misma forma. Por ahora, me voy y rezaré para que no sea demasiado tarde, pero volveré, Ramie. Puedes contar con ello. Te lo compensaré aunque sea lo último que haga.

Dos

*R*amie se arrastró hacia el otro extremo del sofá; le faltaban fuerzas para incorporarse. Hacía unos minutos que Caleb se había marchado. No se había presentado siquiera, pero su nombre era una fuerte presencia en la mente de Tori Devereaux: su ancla a la realidad mientras su captor la empujaba cada vez más al borde de la locura.

Sentía pena y hasta alcanzaba a comprender el comportamiento de Caleb. Incluso podría perdonar lo que había hecho, pero nunca podría olvidarlo. Eso era lo peor. Las imágenes y los recuerdos se quedaban grabados en su cabeza para siempre.

Las lágrimas le resbalaban por las mejillas. Se sentía hueca y vacía, como si no fuera una persona siquiera. Cada vez que algo así sucedía, la despojaban de su humanidad.

Como pudo, se sentó en el sofá, obligándose a salir del estupor del horror y del dolor que la embargaban. Porque la conexión con Tori no acababa cuando le quitó la bufanda. Aún era consciente de lo que estaba sufriendo. Ese vínculo podía durar una hora o un día entero. Suplicaba para que terminara pronto.

Tenía que huir de ahí. Tenía que alejarse tanto como pudiera y esta vez debía asegurarse de que nadie pudiera encontrarla. Para que él no pudiera encontrarla. Porque si Caleb Devereaux había dado con ella, entonces el hombre que la acosaba también podría. No quería volver a pasar por lo que acababa de experimentar. No estaba segura de poder recuperarse del todo. Era demasiado y había pasado muy poco tiempo. Todavía no se había curado de la última vez que había localizado a una víctima y ahora la habían obligado a hacerlo otra vez.

Se acercó arrastrando los pies como una anciana al pequeño dormitorio de la cabaña. No podía odiar a Caleb por lo que le había hecho. Entendía su desesperación; se la había encontrado muchas veces. ¿Quién sabía si ella no haría exactamente lo mismo si un ser querido estuviera en peligro?

Pero no, ella no tenía seres queridos. Suponía que en algún momento y en algún lugar tuvo padre y madre, pero la habían abandonado cuando todavía era un bebé y había entrado a formar parte del sistema. Saltó de familia en familia sin echar raíces en ningún lugar.

Descubrir que tenía poderes no había hecho más que asustar a sus padres de acogida. La miraban con miedo, como si no fuera un ser humano con sentimientos. Y el último hogar en el que estuvo terminó para ella con horror y violencia.

Desde entonces había vivido sola. Nunca había podido confiar en alguien lo suficiente para estrechar vínculos con esa persona. La soledad no le preocupaba. Es más, la prefería.

Salvo… de vez en cuando, en los momentos en los que lamentaba lo que nunca había tenido y no tendría: una vida normal, familia y amigos. Todo aquello que la gente daba por supuesto. Ella nunca cometería ese error. Si alguna vez tuviera la suerte de contar con una familia o amigos, los disfrutaría cada día y nunca se tomaría la vida a la ligera. Le sería imposible hacerlo porque había presenciado constantemente la muerte y los horrores más indescriptibles.

¿Dónde podría ir ahora? ¿Dónde podría tener la certeza de que nadie la encontraría? Solamente quería desaparecer.

Y esta vez para siempre. Ojalá ahora consiguiera borrar mejor sus huellas y esconderse, asegurarse de que nadie la encontrara. Porque si ese hombre, que había centrado todas sus fuerzas en destruirla, la localizaba, acabaría con ella. Sufriría una muerte lenta y dolorosa en la que desearía que cada suspiro fuera el último.

Tres

*E*l avión acababa de aterrizar cuando Caleb recibió la noticia de que habían encontrado a Tori en el sitio que Ramie le había dicho. Su hermano Beau lo había puesto al corriente del estado en el que se encontraba, aunque él ya sabía por Ramie exactamente lo que le había pasado. Saber lo que su hermana pequeña había sufrido a manos de su captor fue como recibir un puñetazo en el estómago.

Lo que lo cabreaba más era que no habían arrestado al secuestrador de Tori. La habían encontrado sola, en una casa normal y corriente de un barrio tranquilo y familiar de las afueras de Houston cuando la policía entró a la fuerza y la encontró encadenada en el lavabo.

La había tratado como a un animal, apenas la había mantenido con vida con el agua y la comida justas. Según Beau, había perdido mucho peso y estaba gravemente deshidratada. Lo peor era que su hermano se vino abajo al teléfono mientras intentaba describirle su estado.

Beau era como una roca. De los cuatro hermanos Devereaux, él era el más duro de pelar. Nunca mostraba sus emociones y sus facciones estaban talladas en piedra. Y había roto a llorar mientras hablaba con Caleb. Eso decía mucho del estado lamentable en el que se encontraba Tori.

Quinn, el hermano menor, no se había separado de

Tori en ningún momento. Había ido con ella al hospital, que era donde Beau esperaba ahora a que llegara Caleb.

Cuando Caleb entró en la habitación de Tori, Beau fue a recibirlo de inmediato y le hizo un gesto para que salieran, pero él negó con la cabeza. No pensaba irse a ningún sitio hasta que viera a su hermana. Tenía que verla con sus propios ojos, por muy mal que estuviera. Necesitaba esa seguridad: saber que estaba viva y fuera de peligro.

Quinn levantó la vista desde donde estaba, junto a la cama de Tori; tenía la mirada angustiada. Caleb se le acercó en silencio porque no quería despertarla.

—Le han dado algo para que descanse —le dijo Quinn en voz baja—. Estaba histérica… ¿Quién puede culparla? Joder, Caleb, ha pasado por un infierno.

Se le atragantaron las últimas palabras y cuando se quedó callado, miró a su hermana con un destello en los ojos.

Caleb reparó en el aspecto demacrado de Tori, las ojeras, la palidez y su extrema delgadez. Contuvo la respiración cuando vio la marca de la mano, idéntica a la que le había aparecido a Ramie cuando la obligó a sujetar la bufanda. Lo invadió el sentimiento de culpa una vez más.

Tori estaba aquí. Herida, magullada, pero a salvo con su familia y gente que la apoyaba. Ramie estaba sola en una cabaña en el bosque sin nadie alrededor. Había sufrido lo mismo que Tori, pero no tenía a nadie que recogiera esos pedacitos. Eso aún le dio más fuerzas para volver en cuanto Tori estuviera mejor. No podía reparar el daño que le había hecho, pero podía tratar de enmendarlo. Al menos, se aseguraría de que estuviera bien atendida y no estuviera sola.

—¿Cómo narices te las apañaste? —preguntó Beau en voz baja—. ¿Cómo pudiste ubicar su paradero tan rápidamente cuando hasta entonces no habíamos podido encontrar ninguna pista?

—Ramie Saint Claire —respondió él sin más.

La sorpresa de Quinn era evidente; sabía por su hermano que la mujer había desaparecido del mapa y seguramente se negaría a colaborar.

—¿Conseguiste que te ayudara?

—No le di opción —repuso él con suavidad—. Y lo que le hice... Joder, no tenía ni idea. La encontré y, como no quería ayudarme, la obligué a coger la bufanda de Tori y entonces bajó a las profundidades del infierno.

Beau adoptó una expresión salvaje: la rabia se asomó a su mirada.

—¿Y por qué iba a negarse? ¿Qué narices le pasa para negarse a salvar la vida de una persona?

—Es por lo que le pasa después —murmuró Caleb—. No lo sabía, no tenía ni idea. ¿Cómo iba a saberlo? Y lo peor: si se diera el caso de nuevo, lo volvería a hacer, pero por lo menos ahora entiendo por qué me dijo que no.

Quinn inclinó la cabeza, confundido.

—No lo entiendo. ¿Qué le pasa? Pensaba que simplemente localizaba a las víctimas al tocar un objeto suyo o que estuviera relacionado con el lugar del crimen.

—Las encuentra porque se vuelve parte de ellas —les explicó—. Yo la puse en ese lugar, como si fuera la misma víctima. Todo lo que sufrió Tori, ella también lo vivió. Vi cómo le aparecía la misma marca en la cara. A Ramie la violaron igual que hicieron con Tori.

Quinn palideció; el asombro y la incredulidad se reflejaban en sus ojos. Beau hizo una mueca de dolor y la rabia, que había estado presente en su mirada un momento antes, desapareció. Cerró los ojos y añadió con un deje cansado:

—Hijo de puta —murmuró Beau—. Qué retorcido todo.

—Ya te digo. Me siento fatal por someterla a eso y por saber que soy aún más cabrón porque volvería a hacerlo si con eso salvase a Tori de las garras de un asesino.

—Joder, ¿y qué vas a hacer? ¿Cómo está Ramie? —preguntó Quinn.

Caleb aún sintió más culpa. Estaba tan desesperado por llegar hasta su hermana, por localizarla, que había hecho lo que Ramie le había pedido. La había dejado sola.

—No sé cómo está —reconoció—. La dejé allí. Ella misma me rogó que lo hiciera y yo estaba centrado en Tori. Pero en cuanto esté en casa y reciba los cuidados necesarios, pienso volver para enmendar las cosas con Ramie.

—Todos estamos en deuda con ella —dijo Beau mirando a su hermana, que aún dormía tranquila.

—Sí, y pienso compensarla —prometió Caleb—. ¿Qué os ha dicho el médico? —les preguntó para desviar el tema incómodo de Ramie Saint Claire—. ¿Cuánto tiempo estará ingresada?

—Pues todavía le quedan unos días —contestó Quinn—. Tiene varias costillas rotas y múltiples contusiones. —Se estremeció al decir lo siguiente—: Tienen que asegurarse de que no se hayan producido daños internos permanentes. Quieren hidratarla y garantizar que esté completamente bien antes de darle el alta.

Los tres hombres se quedaron callados cuando de los labios de Tori salió un leve gemido. Su hermana frunció el ceño en una expresión de dolor. Empezó a hacer muecas y las lágrimas empezaron a resbalarle por las mejillas.

Caleb estuvo a su lado en un segundo.

—Tori, cariño, soy yo, Caleb. Ahora estás a salvo. Beau y Quinn también están aquí.

Poco a poco fue abriendo los ojos y su mirada se inundó de una angustia y desesperación que la tiñó de aguamarina. Lo peor era el sentimiento de culpa que se asomaba a ella. Le destrozaba que se sintiera así por algo sobre lo que no tenía ningún control.

—Caleb —dijo con la voz ronca y entrecortada.

Él le puso la mano en la frente y le apartó el pelo en un gesto cariñoso.

—Sí, cariño, soy yo.

Ella se lamió los labios y tragó saliva; la medicación le ralentizaba los reflejos.

—¿Cómo me encontraste? —susurró—. Pensaba que nadie daría conmigo, que moriría allí. Me dijo que moriría. Iba a matarme. Si no me hubieras localizado entonces… Iba a matarme y yo rezaba para que lo hiciera.

Sus palabras terminaron con un sollozo y Quinn escondió la cara entre las manos mientras Caleb abrazaba a su hermana. Beau estaba a los pies de la cama con una mirada asesina.

—Acudí a alguien como tú —le contó sin explicarle la parte en la que Ramie se mostró reacia, y con motivo, a ayudarle. No quería contarle que la había obligado.

Tori frunció el ceño y lo miró algo confundida.

—¿Alguien como yo?

—Bueno, no exactamente —dijo él esbozando una sonrisa—. Eres única. Fui a ver a Ramie Saint Claire. Suele ayudar a encontrar a personas desaparecidas. Le di tu bufanda y pudo localizarte.

Tori se quedó estupefacta. Abrió la boca, aturdida, y volvió a fruncir el ceño. Sus ojos se inundaron de lágrimas.

—Ojalá hubiera podido ayudarme antes —susurró.

Caleb tragó saliva y evitó las miradas de sus hermanos. Daba igual que acabara de contarles lo que Ramie había tenido que sufrir y por qué se había negado, ellos seguían reprobándola por no estar disponible antes.

—Le debo muchísimo —dijo Tori entrecortadamente—. Nunca podré pagárselo. ¿Podría darle las gracias al menos? Cuando todo esto acabe y pueda volver a casa.

Caleb volvió a tragar para deshacer el nudo que tenía en la garganta y le secó una lágrima de la mejilla con el pulgar.

—Podemos intentarlo.

—Tengo miedo —dijo Tori con la voz quebrada.

Apretó con fuerza las sábanas con las que se tapaba, pero Caleb vio lo mucho que le temblaban las manos.

Hizo que soltara la sábana y le cogió la mano con cuidado.

—¿De qué tienes miedo?

Ella se aferró a su mano hincándole las uñas maltrechas.

—De que vuelva a por mí.

Esas palabras ominosas resonaron en la pequeña habitación y los dos hermanos miraron a Caleb con rabia y miedo también. No habían arrestado al secuestrador. Ahora mismo andaba suelto por ahí, libre y muy posiblemente a la caza de su próxima víctima. ¿O iría a por Tori ya que era la única que se había escapado?

—Escúchame bien —dijo Caleb en voz baja—. Sé que estás asustada. Estás en tu derecho después de todo lo que ha pasado. Pero Beau, Quinn y yo te protegeremos. Estarás bajo constante vigilancia hasta que encuentren y arresten a ese cabronazo y pague por lo que te ha hecho. Te lo juro por mi vida.

—No podéis dejar vuestras vidas y trabajos por mí —dijo ella.

—¿Cómo que no? —terció Beau—. Eres nuestra prioridad número uno. No hay nada más importante.

—No permitiremos que se te acerque —dijo Quinn firmemente—. Y emplearemos hasta el último recurso para encontrarlo y encerrarlo de por vida.

Tori no parecía muy convencida, pero asintió y luego cerró los ojos; la medicación volvía a reclamarla entre sus brazos.

Caleb la besó en la frente.

—Ahora descansa, cariño. Estaremos aquí cuando despiertes. Tienes que centrarte en recuperarte para que podamos llevarte a casa.

Cuatro

Caleb estaba en la entrada de la cabaña donde había visto a Ramie por última vez con una expresión seria en el rostro. La cabaña estaba completamente vacía. Parecía abandonada, como si nadie hubiera estado viviendo ahí. No había dejado rastro ni huellas en la casa. No había nada que delatara su presencia. Se pasó una mano por el pelo y cerró los ojos al tiempo que le invadía la frustración.

Había cumplido la promesa que había hecho a Ramie, y a sí mismo, de volver a por ella. Pero había desaparecido.

No la culpaba. No la criticaría por huir. Si él la había encontrado, ¿quién le decía que no podrían hacerlo otros? Y aunque antes la creyera egoísta, ahora comprendía por qué ya no quería pasar por el suplicio de encontrar a personas desaparecidas.

La cuestión que le carcomía era si debería olvidarse del tema, marcharse y dejarla en paz como le había pedido, o bien volver a buscarla, encontrarla y reparar el daño que le había hecho.

No era de los que tiraban la toalla. Su vida entera era un titánico empeño dirigido a conseguir sus objetivos.

Caleb, nacido en el seno de una familia con una sólida fortuna relacionada con el petróleo desde hacía generaciones, había cogido las riendas de los negocios desde una edad muy temprana.

Sus padres solían hacer gran ostentación de su riqueza. Se codeaban con lo más granado de la sociedad, vivían a lo grande y Caleb estaba convencido de que por lo menos su padre estaba metido en actividades turbias. Sus muertes habían sido muy sospechosas, envueltas por la incógnita de si habían sido un accidente o un homicidio premeditado. Una incógnita que hasta la fecha seguía sin resolver.

Pero desde el momento en que Caleb se puso al frente de la familia y gestionó la herencia, había empezado a borrarlos a todos del mapa social. Quería llamar menos la atención y mantener cierta reserva. Siempre había mantenido un nivel de seguridad alto, pero estaba claro que no había bastado. Ahora se centraría en la seguridad y en cómo mejorarla para que lo que le había pasado a Tori no volviera a suceder. O a Ramie, si estaba en sus manos.

Echó un vistazo al interior de la cabaña en busca de alguna pista, alguna señal que le indicara una pista a seguir. Ya sabía la respuesta a la pregunta que se había hecho a sí mismo. Iría a buscar a Ramie y a partir de entonces ella decidiría; ella estaría al mando. Cualquier cosa que quisiera, lo que fuera que necesitara, estaría a su disposición. Si Caleb se salía con la suya, ella nunca más tendría que preocuparse. Nada sería demasiado para asegurar su confort; había salvado a Tori haciendo un gran sacrificio personal.

Joder, seguro que le daba una patada en los huevos si volvía a verle. Y se la merecía aunque no estuviera seguro de que no volvería a obligarla sabiendo lo que le provocaba. Y eso lo carcomía. Saber que lo haría de nuevo si el resultado fuera el mismo: que Tori estuviera sana y salva.

Comprobó si llegaba señal al móvil e hizo una mueca al leer «Sin servicio» en la pantalla. Volvió al coche y bajó por la montaña. En cuanto tuvo señal, marcó el número de Beau y esperó a que contestara su hermano.

—¿La has encontrado? —dijo él a modo de saludo.

—No —contestó en voz baja—. ¿Cómo está Tori? ¿No le ha parecido mal que me fuera antes?

—No, está bien. Quinn y yo no nos separamos de ella ni un momento. No está durmiendo nada y no quería tomarse los medicamentos hasta que intervino Quinn y la obligó. No puede seguir así. Está en muy baja forma, con muy poca energía, y al final tendrá una depresión nerviosa si no descansa bien y se cura.

Caleb cerró los ojos. Tendría que estar allí, joder. A pesar de todo, Tori tenía a Beau y a Quinn. ¿A quién tenía Ramie? Cuando estuvo investigándola al tiempo que removía cielo y tierra para encontrarla descubrió que no tenía familia. No tenía amigos íntimos, ni siquiera conocidos. No tenía… a nadie.

—Quiero seguir adelante con lo que hablamos —dijo Caleb—. Volveré a casa y tú y yo reconstruiremos esta empresa de seguridad desde los cimientos. Si está en mis manos, Tori nunca volverá a ser una víctima. Y si podemos ayudar a los demás mientras tanto, que así sea.

—Yo empezaré ya mi parte —dijo Beau—. Solo pienso contratar a los mejores.

—De acuerdo.

—Entonces, ¿tiras la toalla con lo de Ramie? —le preguntó.

Caleb vaciló un momento y luego optó por la verdad.

—No. Quería que la dejara tranquila, en paz, y tal vez eso es lo que debería hacer, pero no puedo olvidarme del asunto. Tú no la viste, Beau. Yo sí. Y no tiene a nadie. Tengo que encontrarla y asegurarme de que está bien. No descansaré hasta que lo haga.

—Lo entiendo. Estamos en deuda con ella, así que haré cualquier cosa para ayudarte a encontrarla.

—Empezaremos con la empresa nueva —dijo Caleb—. Y seguiremos desde ahí.

Cinco

«*N*unca bajes la guardia.»

Siempre había sido su mantra, pero ahora era más pertinente que nunca. El miedo era su compañero de viaje. La había encontrado. No sabía cómo, pero había dado con ella y estaba decidido a convertirla en su próxima víctima.

Obsesión.

Estaba obsesionado con Ramie. La única persona que había estado a punto de ponerlo entre rejas. Solo eso: estuvo a punto, pero no lo consiguió. El asesino había escapado por los pelos, pero Ramie había llevado a las autoridades al sitio exacto donde retenía a su actual víctima.

Había estado torturando a la muchacha durante varios días. Días interminables de dolor y sufrimiento. Había jugado con ella, le prometió la muerte y luego la pospuso de forma indefinida.

Antes de que Ramie desapareciera del mapa, él la había llamado. Por eso había huido, porque él sabía quién y qué era ella, y que era responsable de que perdiera a su presa. A su vez, ella se había convertido en su nueva presa.

Y él estaba muy cerca.

¿Cómo podía seguirle la pista a cada paso?

Estaba jugando con ella. La jodía por el placer de joderla. La cosa estaba tan mal que ya no se atrevía a dormir por las noches por miedo a que estuviera ahí, al acecho. Por eso se movía de un lado a otro y nunca se quedaba en el mismo lugar más de una noche.

Pero notaba que el loco estaba más cerca que nunca.

¿Cuándo dejaría él de jugar al gato y al ratón y movería ficha? ¿Y qué haría ella cuando eso pasara?

Ramie entró en el aparcamiento del motel de carretera y aparcó el coche delante del número seis, la habitación que había alquilado antes de salir a buscar comida. Y para examinar los alrededores; ver lo que encajaba y lo que no.

Se obligó a acallar sus pensamientos y a aplacar el pánico para que la percepción de lo que la rodeaba fuera mucho más nítida. Con un asesino pisándole los talones, tenía que mantener la calma y centrarse en sus sentidos para ir siempre un paso por delante de su acosador.

Poco a poco puso la mano en el pomo de la puerta del motel con sumo cuidado para no hacer ruido. Ni siquiera introdujo la llave para no alertar a nadie de su presencia. Apartó la mano de repente como si se hubiera quemado. La oleada de odio, la maldad y la risa burlona de su acosador hizo que le fallaran las piernas. Se dio la vuelta, desesperada, lista para echar a correr, pero en ese instante la puerta se abrió de par en par y algo oscuro y ominoso la agarró por la muñeca tratando de retenerla por mucho que ella intentara huir.

Ella forcejeó violentamente para intentar zafarse de él, a sabiendas de que si este conseguía arrastrarla hacia el interior de la habitación, moriría… con suerte. Porque sabía que la muerte no sería fácil ni rápida. Había visto dentro de su mente, sabía cómo pensaba, todas las fantasías asquerosas y retorcidas que llevaba a cabo con sus víctimas, y la de ella sería la peor. Abrió la boca para gritar, pero él se la tapó con la mano que tenía libre en un movimiento brusco.

Hincó los dientes en esa mano sucia y de sabor amargo y él la apartó al instante con un alarido de dolor.

—Serás zorra —bramó con una voz diabólica y llena de rabia que le provocó un escalofrío en la espalda—. Pagarás por esto.

Ella se volvió; por vez primera estuvo cara a cara con el demonio en la vida real y no en su mente. Le pegó un rodillazo en la entrepierna, él le soltó un revés con la mano abierta y a ella le explotó el rostro de dolor. Sin embargo, él aflojó la mano lo suficiente para que pudiera zafarse de él. Aprovechó la oportunidad sabiendo que tal vez no tuviera otra.

No se molestó siquiera en ir a por el coche. No había forma humana de subirse en él y huir antes de que volviera a cazarla, así que echó a correr.

Dejó atrás todo lo que tenía, corrió hacia la avenida principal; el cuerpo entero le protestaba por el tremendo agotamiento.

Le oía detrás, casi notaba su aliento en la nuca. Lo peor era sentir el peso opresivo de su presencia en su mente mientras iba escupiendo amenazas. Ramie había visto en su cabeza cómo sería su muerte, lenta y dolorosa, y sabía que era cierto. Que nada lo detendría hasta conseguirlo, hasta que acabara con su vida.

Eso le dio el empujoncito que necesitaba para correr más deprisa.

La sangre caliente le resbalaba por la barbilla y se secaba con el viento al poner cada vez más distancia entre ella y su perseguidor.

¿Dónde iría? ¿Qué haría? No tenía nada, solo el monedero y el poco dinero suelto que contenía.

Se le escapó un sollozo mientras seguía corriendo. Estaba llegando al límite. Había agotado sus reservas y ya no tenía nada. Sabía que tendría que parar en el próximo pueblo. Tendría que arriesgarse a permanecer en algún lugar el tiempo suficiente para conseguir un trabajo y volver a ahorrar un poco… para poder huir de nuevo. Pero al hacerlo se arriesgaba a que pasara lo que acababa de suceder. Que la descubriera.

Se aventuró a mirar atrás y vio que su atacante se había dado por vencido. No, no podía ser. Él no se rendiría tan fácilmente. Se escondería para darle la falsa sensación de seguridad y luego volvería a atacarla cuando menos lo esperara. Tenía una habilidad pasmosa para localizarla, lo que le hacía pensar que tal vez también tenía un don. ¿Cómo si no iba a ser capaz de anticiparse a sus movimientos? ¿Habría vivido como una sombra en su cabeza desde ese día terrible en que conectó con él a través de su última víctima? ¿Había forjado una relación con el mismísimo diablo? Solo Dios sabía que no dejaba de verlo en sueños ni en ningún momento. Su único alivio, aunque breve, fue cuando Caleb Devereaux la obligó a coger la bufanda de su hermana hacía ya unos meses y por un momento había experimentado algo distinto al hombre que la acechaba. Había cambiado un infierno por otro.

Ese día aciago en aquella montaña de Colorado había conseguido lo que nada había hecho hasta entonces: destrozarla. Aunque cada vez que usaba sus habilidades para localizar a monstruos y depravados se desgastaba un poquito más, aquella última vez fue un momento crítico. Tal vez nunca se recuperara. Algunas heridas eran demasiado profundas. Había sido demasiado y había pasado muy poco tiempo para un cara a cara con la sangre y la muerte. Notó como si algo en su interior se desconectara al acceder a la mente de Tori Devereaux y experimentar el horror que la chica había vivido.

Quizá hubiera sido la gota que colmó el vaso. Fuera como fuese, después de que Caleb se marchara para rescatar a su hermana pequeña, ya no fue la misma. Posiblemente, ya no volviera a serlo nunca más.

¿Tan mala sería la muerte? Era como si muriera cada vez que entraba en la mente de una víctima indefensa. La mayoría de la gente solo se enfrentaba a la muerte una vez; ella lo hacía continuamente. Quizá cuando muriera podría encontrar la paz por fin. Sin embargo, no estaba dispuesta a que ese hombre se saliera con la suya. Sería imparable y no cejaría en sus intentos con esa mente tan enferma y retorcida. Siempre que se centrara en ella, las demás mujeres estarían a salvo de sus placeres sádicos. Ese era motivo suficiente para seguir luchando.

Era motivo suficiente para sobrevivir.

Se paró en seco; sus piernas no querían dar ni un paso más. Una gasolinera apareció ante ella y se agachó un poco para recuperar el aliento. Las lágrimas le quemaban en los ojos y de repente se sintió abrumada por el fatalismo. Poco importaba que no permitiera que el cabronazo ese ganara. No tenía dónde ir. No podía ir a ningún lado. No hallaría refugio.

El rostro de Caleb Devereaux le pasó por la cabeza. Recordó sus últimas palabras y el arrepentimiento que se reflejaba en su mirada cuando se dio cuenta de las consecuencias de lo que la había obligado a hacer.

«Volveré, Ramie. Puedes contar con ello. Te lo compensaré aunque sea lo último que haga.»

Hacía un año Caleb había vuelto su mundo del revés y la forzó a huir sin descanso. Puede que él fuera su única salvación.

Se lo debía. Había salvado a su hermana. Había llegado el momento de cobrarse el favor.

No había querido acercarse a él siquiera. No quería recordar lo que había sufrido por lo que le había obligado a hacer, pero no tenía más remedio. Era su única y última esperanza. Nadie más lo entendería. ¿Quién la creería? Caleb había presenciado el precio que ella había tenido que pagar por la vida de su hermana. No podría dudar nunca de sus habilidades.

No lo odiaba por lo que había hecho, aunque tal vez debiera. Pero, de haber estado en su piel, ¿habría hecho otra cosa si el resultado fuera salvar la vida de alguien? No, no lo odiaba. No notaba nada excepto un cansancio abrumador y la sensación de que había perdido una parte de sí misma a favor de los monstruos que ayudaba a encerrar. Eran ya una parte permanente de ella, grabada en su alma. Una mancha que no podía borrar en la vida.

No, no podía sentir odio ni rencor por Caleb Devereaux. Ni siquiera sabiendo que si se negaba a ayudarla estaría sentenciada a muerte. No podía culparlo si se negaba. Ella representaba todo lo que él y su hermana seguramente querían olvidar. Si la ayudaba, abriría una puerta que llevaba un año cerrada.

Cerró los ojos y respiró varias veces para recomponerse. Tenía que ayudarla. No contemplaría ninguna otra posibilidad. Tenía que ponerse en contacto con él.

Primero debía encontrar un lugar seguro desde el que llamar. Ni siquiera sabía cómo contactar con él. Le había investigado lo suficiente para saber que estaba forrado, que procedía de una familia admirada en los círculos de poder. Pero eso le ponía las cosas más difíciles en lugar de ayudarla, ya que seguramente le costaría más acceder a Caleb. Tendría suerte si conseguía hablar con él. La gente como él no cogía el teléfono sin más, antes había que pasar por varios filtros. Y después de lo que había pasado con su hermana, seguro que habría aumentado la seguridad.

Contactar con él sería como llamar al presidente.

Solo podía cruzar los dedos y confiar en que le saliera bien la jugada. Tenía que encontrar un sitio para llamar. Y antes de llamar necesitaría que dicho sitio tuviera conexión a Internet.

Le dolía la cabeza y se pasó la mano por la frente, manchada de sangre.

«¡Piensa, Ramie, piensa! Usa la cabeza para otra cosa que no sea para conectar con el mal.»

Pues claro. ¡La biblioteca!

Aliviada por tener algo parecido a un plan de acción, entró en la gasolinera y preguntó cómo llegar a la biblioteca del pueblo. Cuando el dependiente le dijo que estaba a más de tres kilómetros de distancia, se vino abajo. Era una buena caminata y tendría que darse prisa para llegar antes de que cerrase. No podía coger un taxi porque no llevaba dinero encima. Y caminar a la vista de todo el mundo era arriesgado porque él seguía por ahí, esperando, observándola. No andaría muy lejos. Y tal vez no tuviera una segunda oportunidad de escapar. La próxima ocasión estaría preparado para que ella se resistiera y lo atacara.

A sabiendas de que estaba retrasando lo inevitable, volvió a pedir indicaciones y se echó a andar a paso ligero, observando los alrededores con cuidado en busca de algún indicio de su atacante.

Cuando llegó a la biblioteca quedaban solo unos minutos para el cierre. Agradeció el aire fresco del interior. Se sintió algo incómoda al reparar en la mirada de la bibliotecaria, pero luego recordó que tenía sangre seca en la cara y que, con total seguridad, también le habría salido un moratón. Probablemente parecía una víctima de la violencia doméstica, eso explicaría la expresión de lástima en los ojos de la anciana.

Tal vez esa pena la ayudara y la bibliotecaria le dejara usar el teléfono para llamar.

Ramie accedió a Internet desde uno de los ordenadores públicos y buscó a Caleb Devereaux. Ahora tenía una empresa de seguridad, creada el año anterior justo después del secuestro de su hermana. No tenía modo de saber si podría hablar con él o no, pero debía intentarlo. Quizá consiguiera que le pasaran el mensaje, pero en ese caso ¿cómo podría ponerse él en contacto? No tenía teléfono, ni alojamiento, ni forma alguna de que él pudiera devolverle la llamada.

La desesperación la atenazó y cerró los ojos. Era o todo o nada. Solo tenía una oportunidad. Si no conseguía hablar con él, no tenía ni idea de qué haría. Si no podía hablar con él, su muerte sería inevitable.

Memorizó el teléfono a toda prisa, se armó de valor y se acercó al mostrador, vacilante, tras el cual esperaba la mujer.

—Hola —dijo Ramie en voz baja—. ¿Me permitiría llamar por teléfono? No llevo nada encima. Me han robado el bolso y todo lo que tenía dentro.

—¡Ay, pobre! ¿Por eso tiene así la cara? ¿La han atracado?

Ella asintió y no sintió ni una pizca de remordimiento por la mentira.

La bibliotecaria sacó su móvil y se lo tendió por encima del mostrador.

—¿Por qué no se va al rinconcito de allí donde podrá sentarse y hablar tranquila? —le propuso la mujer amablemente—. Cerramos en unos minutos, pero me esperaré a que haya terminado.

—Se lo agradezco muchísimo —dijo ella con fervor—. Es muy amable. Muchas gracias.

La mujer sonrió y le hizo un ademán para que hiciera lo que tuviera que hacer.

Ramie tecleó el número y se acercó la butaca que había en el rincón. Le dolía todo el cuerpo y estaba agotada; había pasado tantas noches en vela que apenas se tenía en pie.

Una voz masculina muy seria respondió al segundo tono.

—Devereaux Security —se oyó al otro lado.

—Necesito hablar con Caleb Devereaux —dijo ella—. Es cuestión de vida o muerte.

Hizo una mueca al pensar en lo tópico que sonaba

eso. Todo el mundo que quisiera que pasaran la llamada diría exactamente lo mismo. Además, estaba conectado con una empresa de seguridad. Todas las llamadas que recibían serían probablemente cuestión de vida o muerte.

—¿Su nombre es…?

El hombre parecía aburrido, como si filtrara esas llamadas día sí día también. El miedo le provocó un nudo en la garganta. Por favor, que no la rechazara.

—Ramie Saint Claire —respondió. Le castañeteaban tanto los dientes que sus palabras fueron casi ininteligibles. Tenía que ser precisamente ahora, cuando más claridad necesitaba. Apretó la mandíbula y habló entre dientes—. Como he dicho, es de vital importancia que hable con él. Si le dice mi nombre, cogerá la llamada.

—Espere un momento.

La línea se llenó de la típica música de ascensor y Ramie se quedó esperando, rezando y muriendo un poco con cada segundo que pasaba.

La espera se alargó varios minutos. Miró nerviosamente hacia el mostrador, donde la bibliotecaria esperaba a que terminara. La mujer la miraba expectante, lo que la puso más nerviosa todavía. La desesperación le tensó los hombros y la abrumó al darse cuenta de que no le cogería el teléfono. Iba a colgar cuando oyó otra voz masculina.

—¿Ramie? ¿Eres tú? ¿Dónde estás? ¿Estás bien?

Reconocería su voz donde fuera. La oía en sus sueños, mezclada con las voces de los demás. Pero por extraño que pareciera, le resultaba tranquilizadora y eso que no tenía ningún motivo. Él la había empujado por el abismo de la locura y a pesar de todo…

Cerró los ojos, el alivio la hizo sentirse débil y se echó a temblar de tal manera que se notaba mareada incluso. Si no hubiera estado sentada, seguramente hubiera caído fulminada.

—Sí —respondió ella con voz ronca—. Necesito tu ayuda, Caleb. Me lo debes.

No parpadeó siquiera al pedírselo. Se lo debía, eso era verdad. No había lugar para el orgullo cuando su vida estaba en peligro.

—Dime dónde estás —le pidió—. Ahora mismo voy.

Ella apoyó la frente en la mano libre, tratando de ordenar sus pensamientos. Tenía el estómago revuelto, en parte por miedo y en parte por el alivio. Acababa de decirle que iría. Sin preguntas. Sin excusas. Un «ahora mismo voy» sin más.

¿Estaba soñando? ¿Era otro sueño en el que se mezclaban Caleb Devereaux y los demonios de su pasado? ¿Estaba destinada a sufrir esos rostros de maldad? Pero Caleb era distinto; era lo único bueno en ese mar de dolor y maldad.

—Estoy en Shadow, Oklahoma —consiguió decir al final—. Hay alguien que… Estoy en peligro. Tengo miedo.

Las palabras le salieron hechas un lío, igual que sus pensamientos. No le encontraba sentido, pero tampoco conseguía que la lengua cooperara.

—De acuerdo, despacito, Ramie. Tranquilízate e intenta pensar con claridad. Dime dónde estás exactamente y qué pasa.

El tono tranquilizador de la voz de Caleb la hizo sentir como si una manta la envolviera. La seguridad que infundían sus palabras era lo más dulce que había oído en su vida. ¿Y si llegaba demasiado tarde?

—Alguien intenta matarme —susurró, porque no quería que la bibliotecaria la oyera—. He escapado de él por los pelos. Estaba esperándome en mi habitación del motel, pero al tocar el pomo supe que estaba allí. He tenido que dejar el coche, el bolso, todo… Me he echado a correr. No tengo ningún sitio donde ir, ni dinero. Estoy aterrorizada.

—Todo irá bien —dijo con un sosiego que ella no sentía—. Encontraré un sitio seguro para que pases la noche e iré lo antes que pueda.

—Pero no llevo identificación encima —dijo ella, presa del pánico—. No puedo registrarme en un hotel sin carné de identidad ni tarjeta de crédito. Y tengo miedo de moverme porque está por ahí al acecho.

—Ramie, escúchame. Yo me ocupo. Estoy buscando la ciudad ahora mismo para ver qué puedo hacer. ¿Dónde estás ahora mismo?

—En la biblioteca pública, pero están a punto de cerrar —dijo ella, que volvió a mirar a la mujer.

—Mira, esto es lo que haremos. Enviaré un coche a buscarte. El conductor te sacará del pueblo y te llevará a un hotel del pueblo vecino. Se llama Antonio. No te subas a un coche de ninguna persona que no sea él. Te registrará en el hotel; no te muevas de ahí hasta que yo llegue.

El alivio la sobrecogió.

—¿Lo entiendes, Ramie?

—Sí —susurró ella—. ¿Cuánto va a tardar en llegar?

—Diez minutos como máximo.

—¿Cómo puedes organizarlo con tan poco margen? —preguntó, estupefacta.

—Me dedico a esto —respondió—. Tengo una red de colaboradores muy extensa. Ahora voy a colgar para poder llamar al piloto. Llegaré en cuanto me sea posible.

Ella colgó y se acercó al mostrador para devolver el móvil.

—¿Está bien? ¿Lo ha podido solucionar?

Ramie asintió despacio.

—Vendrán a buscarme.

—¿Quiere que espere con usted hasta que lleguen?

Ella ni siquiera quiso fingir que no quería ser una molestia y asintió con ganas.

—Muchísimas gracias. Es usted muy amable. Y sí,

me sentiría mejor si me hiciera compañía. Me han dicho que serán unos diez minutos más o menos.

La bibliotecaria le dio unos golpecitos cariñosos en la mano para tranquilizarla.

—Nos quedaremos aquí dentro hasta que vengan a buscarla y después cerraré.

Seis

*E*l avión aterrizó en el pequeño aeropuerto a veinte minutos de Shadow, Oklahoma, y Caleb estaba muy tenso. Igual que había desaparecido de la faz de la Tierra, Ramie había vuelto a aparecer. Y estaba en peligro.

Nunca había perdido la esperanza de localizarla, de poder compensarla de alguna manera por lo que había hecho, pero cuanto más tiempo pasaba, más se resignaba a que tal vez no la encontrara jamás. No obstante, seguía tanteando el terreno con la antena puesta y sin reparar en gastos para localizarla. A veces, para aliviar el sentimiento de culpa, se decía que ella no quería que la encontrara y que debería dejarla en paz a modo de compensación.

Pero, al final, ella había acudido a él. Quizá pudiera pagar su deuda al fin.

No dejaba de oír su voz desesperada. Veía su miedo como si la tuviera sentada delante. Alguien quería matarla, pero ¿quién? Le frustraba no disponer de información, pero no podía poner su vida en peligro dejándola ahí fuera y contestándole preguntas de las que pronto tendría respuestas. Llegaría al fondo de la cuestión y evaluaría los peligros, pero antes tenía que reunirse con ella y hacer lo que estuviera en sus manos para ponerla a salvo. No le fallaría como había fallado a Tori.

Sus instintos protectores estaban despiertos al máximo. La recordó frágil y hecha un ovillo en el suelo de su cabaña de la montaña mientras sufría lo indecible. Sus sollozos le habían destrozado y su corazón terminó hecho trizas como el de ella.

Haría lo que fuera con tal de asegurar su bienestar. Ningún precio era demasiado alto para la mujer que había pasado por un infierno para salvar a su hermana pequeña.

Después de un año buscándola, le parecía que la conocía o, al menos, tan bien como alguien podría conocer a una mujer que llevaba una vida solitaria. Y todo eso a pesar de que la información disponible era más bien escasa. Sin embargo, la imagen de esta mujer tan vulnerable, pero a la vez increíblemente fuerte, le había acompañado cada día hasta que se había convertido en una obsesión. Aunque parecía frágil —y tal vez lo fuera ahora—, ninguna mujer que hubiera sufrido en incontables ocasiones para ayudar a las víctimas de esos crímenes tan horribles podría considerarse de otro modo que no fuera dura y fuerte.

Repasar los casos de personas a las que había ayudado lo dejó hecho polvo. Esta vez había terminado con una perspectiva completamente distinta a la que tenía cuando la estudió para evaluar si sería de ayuda para encontrar a Tori. Ahora sabía lo que le habían costado todos esos casos. Sabiendo que pasaba por tanto dolor, no entendía cómo podía seguir ofreciendo su ayuda. Eso explicaba por qué había llegado a ese punto crítico.

Su porcentaje de éxito de encerrar cabronazos en chirona era casi del cien por cien. Solo en dos ocasiones los monstruos habían escapado. Uno, seis meses antes de que Ramie desapareciera del mapa y tuviera que remover cielo y tierra para encontrarla. ¿El otro? El secuestrador de Tori, que seguía libre. Estaría por ahí atacando a otras mujeres. ¿Fue el caso de los seis meses antes lo que motivó su crisis nerviosa? ¿Se sentía culpable por no conseguir apresar al tipo?

Le estaba esperando un coche y entró al tiempo que pedía al conductor que le llevara al hotel que había reservado para Ramie. Lo que ella no sabía era que no la había dejado en ese hotel sin protección. Antonio y otros dos hombres estaban colocados estratégicamente fuera de la habitación y en el vestíbulo para que si alguien trataba de entrar encontrara resistencia nada más pisar el hotel. Hasta que Ramie le contara exactamente a qué se enfrentaban, no pondría su vida en peligro.

Veinte minutos después, el coche se detuvo bajo la marquesina del hotel y Caleb salió dando grandes zancadas. Lo recibió Antonio, que le informó de que todo iba bien y que no había pasado nada desde que Ramie se registrara.

Caleb miró el reloj y vio que eran más de las dos de la mañana. Le sabía mal despertarla, aunque lo más seguro era que no pudiera dormir. Le había parecido demasiado asustada por teléfono. Imaginaba que pasaría días o semanas sin poder dormir.

—Mantén tu posición y diles a los demás que hagan lo mismo —le dijo mientras se dirigía al ascensor—. La quiero bajo vigilancia continua hasta que la saque de aquí.

—Sí, señor —dijo Antonio secamente—. No nos retiraremos hasta que nos des la orden.

—Te agradezco que hayas agilizado los trámites —le dijo Caleb.

A Antonio se le ensombreció el rostro.

—No sé quién es ese hijo de puta, pero se ensañó con ella. La pobre está hecha un cromo. Me sorprende que consiguiera escapar.

Caleb empezó a pensar lo peor. Ramie había mencionado que había tenido un encontronazo con el capullo ese, pero no había caído en que seguramente no había salido ilesa. Sacudió nervioso la cabeza, incapaz de entender cómo un hombre podía darle una paliza a una mujer tan frágil y delicada.

Cuando la vio por primera y única vez, cuando la tuvo cara a cara, le pareció demacrada, como si llevara tiempo luchando contra una larga enfermedad. Ahora sabía que era mucho peor y conllevaba mucho más desgaste emotivo y físico que una enfermedad.

Además, él había contribuido a su carga, ya de por sí abrumadora: las cosas con las que tenía que vivir, sus problemas de insomnio por ser presa de la maldad con la que tenía que enfrentarse cada vez… su sentimiento de culpa, auténtico, lo carcomía cada día que pasaba y era incapaz de localizarla.

En sus días más oscuros, se preguntaba si estaba viva siquiera. Esa desesperación que había visto en sus ojos, junto con la resignación que se reflejaba en su rostro, podía haberla llevado al extremo de buscar la paz eterna.

La muerte.

Si se volvía imprudente o descuidada, si ya no le importaba vivir o morir, eso le daría alas. La muerte podría representar la huida final de ese infierno que era su realidad cotidiana.

¿Y qué podía hacer él para ayudarla a curarse? Si es que podía llegar a sanar. Sabía los estragos que le había causado eso a su hermana hacía un año, y que aún acarreaba, y ella solo lo había sufrido una vez. Una vez que fue más que suficiente. Sin embargo, Ramie había vivido el mismo suplicio pero no una ocasión ni dos, sino muchas más. No sabía cómo podía con todo eso sin desmoronarse.

Tal vez ya lo había hecho y quizá no podría recomponerse nunca más. Tal vez él no pudiera hacer nada salvo estar a su lado mientras Ramie perdía cada vez un pedacito más de alma, hasta que no quedara nada más que el cascarón de la mujer que había sido.

Tenía veinticinco años —estaba todavía en la flor de la vida—, pero al mirar sus ojos apagados e inertes parecía mucho mayor. Mucho más cansada, también. Sobre sus hombros cargaba el peso de cien vidas, mucho más de lo que una persona normal soportaría en diez, y la ahogaba hasta exprimirle la última gota de vida.

Sin embargo, ayudaba a las víctimas desde que era una chiquilla, cuando las preocupaciones de alguien de su edad se limitaban a sacar buenas notas, salir con las amigas y tener novio. Desde luego, nadie podía esperar que la responsabilidad de las vidas de víctimas de secuestro, sus destinos, estuvieran en manos de alguien tan joven y vulnerable.

Ahora se daba cuenta de que no había tenido infancia siquiera y que se había visto obligada a crecer y a tener la responsabilidad de un adulto desde una edad muy temprana.

Se le partía el alma al pensar en la niña que fue y la mujer que quizá él hubiera dejado rota para siempre en su desesperación para salvar a su ser querido. ¿Sería Ramie el ser querido de alguien? Por lo que había leído de ella, parecía que nunca había tenido una pareja estable, no había disfrutado del amor incondicional de una familia ni tampoco entendía la vida sin la responsabilidad agobiante que había tenido que asumir desde tan pequeña.

De repente se sintió abrumado por el cansancio y la culpabilidad; en el fondo sabía que si tuviera que volver a hacerlo, lo haría igualmente. Si no hubiera encontrado a Ramie en ese momento, su hermana habría muerto al día siguiente. Saber eso no lo hacía sentirse mejor ni lo disuadía de hacer todo lo que estuviera en su mano para que dejara de sufrir.

—¿Tienes llave de su habitación? —preguntó Caleb con una impaciencia más que visible. Tenía prisa por ver cómo estaba en realidad.

Antonio hizo una mueca y negó con la cabeza.

—No lo permitió. Estaba asustadísima y estaba claro que no confiaba en mí, aunque no puedo culparla. Está atrincherada en su habitación y me sorprendería que respondiera cuando llames a la puerta. La hubiera llevado en brazos a su habitación porque parecía una muerta viviente, pero no quiso ni que la rozara. Mantuvo la distancia entre los dos y echó el pestillo en cuanto entró.

—Joder —murmuró Caleb—. La habitación está a su nombre, pero también al mío. Pediré una llave en recepción.

—No te servirá de nada si ha echado el pestillo y si yo estuviera en su situación lo haría. Cuando estás aterrado por si alguien te encuentra y te somete a vete a saber qué atrocidades, no haces ninguna tontería como facilitar el acceso a tu habitación. La única forma de entrar es si ella te lo permite.

Siete

*R*amie se despertó de sopetón y se sentó en la cama; el terror volvía a aparecer y la adrenalina empezó a fluir desbocada por sus venas. Alguien acababa de llamar a la puerta con un golpe firme. Durante unos instantes se quedó allí sentada, con las sábanas hasta la barbilla, mirando la puerta como si esperara que estallara en cualquier momento. ¿Y si la había encontrado?

Se le secó la boca y se vio incapaz de deshacer el nudo que empezaba a notarse en la garganta.

Tardó un rato en orientarse, en recordar dónde estaba y que Caleb le había dicho que llegaría en un santiamén. ¿Sería él o el hombre del que había escapado tan solo unas horas antes?

Le temblaban tanto las manos que las sábanas se movían como si fueran olas. No podía pensar por el ruido ensordecedor de su cabeza. No quería responder a la llamada sin saber lo que le aguardaba fuera.

Una mirilla. No le hacía falta correr el pestillo para mirar.

Justo se levantaba de la cama a trompicones cuando oyó un segundo golpe. Y entonces oyó su voz.

—¿Ramie? Ramie, soy yo, Caleb. Puedes abrir la puerta. Ya estás a salvo.

Lógicamente lo reconoció; reconoció su voz, pero eso de que estaba a salvo no la hizo sentir mejor porque sabía que no lo estaba. Tal vez nunca lo estuviera. Aunque había reconocido su voz, se acercó a la puerta con recelo y se puso de puntillas para mirar por la mirilla.

En el pasillo vio a Caleb serio y despeinado, como si lo hubieran sacado a rastras de la cama para hacerlo viajar cientos de kilómetros hasta allí. Miró el reloj de la mesita y se dio cuenta de que no habría dormido nada. Era aún de madrugada y lo había llamado escasas horas antes. Seguro que se había subido al avión poco después de colgar.

Frunció el ceño. ¿Por qué lo había dejado todo para acudir en su ayuda? Sí, ella le había dicho que se lo debía; le habría dicho cualquier cosa con tal de que la ayudara, pero no quería decir que hiciera lo que ella le pidiera. O implorara de desesperación, mejor dicho.

Pero ahí estaba, al otro lado de la puerta, esperando a que le abriera. Ojalá pudiera deshacerse de eso que le infundía una falsa sensación de seguridad. Una puerta con cerrojo de seguridad que un hombre tuviera muchas dificultades en echar abajo si quisiera entrar.

Durante unos segundos no logró que las manos le respondieran. Le temblaban mientras intentaba abrir el cerrojo. Lo toqueteó torpemente, incapaz de desplazarlo.

Tenía las palmas sudorosas y le temblaban hasta las rodillas. Reconoció las señales, los ataques de pánico no le resultaban ajenos aunque hubieran empezado dieciocho largos meses antes, cuando un asesino había escapado de la policía y empezado a perseguirla a ella.

Cuando consiguió abrir la puerta, respiraba rápida y entrecortadamente. Notaba presión en el pecho cuando intentaba inhalar, pero era como si tuviera una barrera sólida que impidiera la entrada de oxígeno en los pulmones.

Dio un paso atrás cuando Caleb apareció en el umbral. Siguió retrocediendo y empezó a ver borroso. Agitaba las manos de puro pánico.

Caleb la miró y soltó un taco. Se dio la vuelta rápidamente para cerrar la puerta, pero cuando volvió a mirarla, vio cómo le cedían las piernas y se deshinchaba como un globo.

Ramie extendió los brazos en un intento de detener la caída. Al momento, lo tenía al lado y la sujetó por las axilas. La levantó sin mucho esfuerzo y antes de manifestar pánico por tenerlo tan cerca, la sentó en el borde de la cama y le puso una mano en la espalda para que no volviera a caer.

—Respira, Ramie —le dijo en tono tranquilizador—. Respira o te desmayarás.

Ella cerró los ojos y las lágrimas empezaron a brotar. Odiaba la indefensión que parecía acompañarla desde hacía tanto tiempo. Valoraba mucho el control, era algo que necesitaba en un esfuerzo por mantener la cordura, pero durante los últimos meses lo había perdido completamente. Era como si se consumiera un poquito más con cada día que pasaba. ¿Cuándo terminaría? ¿Acabaría algún día de verdad? La paz era un deseo esquivo y burlón. Solo quería una noche sin soñar con los monstruos a los que había ayudado a encarcelar y el tormento que le habían provocado y que aún le provocaban.

—Ramie, mírame.

Sobresaltada por la firmeza de la orden y ese tono tan brusco, abrió los ojos y levantó la vist. Él se agachó frente a ella para que no tuviera que forzar el cuello para mirarlo. Le cogió las manos haciendo caso omiso de la mueca que hizo al tocarla.

Ella se preparó para la oleada de emociones que estaba por llegar y que la llenaría de cualquier oscuridad que él escondiera al resto de mundo. Su don era un feroz giro del destino. Era como si el destino le estuviera gastando una broma cruel y se riera a su costa porque solamente notaba lo malo de la gente. El mal subyacente. La malevolencia o sus malas intenciones. Nunca podía compartir lo bueno: la felicidad de las personas, sus alegrías, sus ganas de celebrar la vida. Solo eran las cosas que querían esconder, lo que nunca querían que supieran los demás.

Lograba encontrar los secretos más íntimos y oscuros como si ella fuera juez y jurado de su consciencia. No quería tener ese don y no lo había pedido. No estaba cualificada para juzgar a nadie. Solo quería sobrevivir… vivir. Disfrutar algo tan sencillo como de un día entero sin el peso de tanta maldad sobre sus hombros. ¿Era tanto pedir? A veces sentía que Ramie Saint Clair no existía, que se había convertido en el mal mismo que tanto luchaba por derrotar.

Pero Caleb le apretaba las manos y no notaba más que su inquebrantable determinación. En su alma no había oscuridad ni rastro de maldad. Y no había notado su determinación a través del tacto precisamente. Lo leía en sus ojos y en su expresión. Hasta un tonto vería que era alguien muy resuelto; ella lo tenía muy claro. Al fin y al cabo, la había localizado y obligado a ayudarlo a salvar a su hermana.

Debería estar furiosa con él. Debería gritarle por haberla traicionado así, por haberla enviado a ese infierno otra vez. Sin embargo, no lograba sentir nada más excepto un entumecimiento general que se apoderaba de ella a medida que se aproximaba su muerte. Porque el hombre que la perseguía daría con ella. No era un «¿Y si…?», era un «cuando». Solo estaba retrasando lo inevitable. Luchaba por cada día con la esperanza de que no fuera el último y así no se podía vivir, con tanto miedo y… resignación. Debería odiarse por haber aceptado la inevitabilidad de su muerte. Eso la volvía débil, era como si hubiera tirado la toalla, pero si de verdad hubiera perdido toda la esperanza, no hubiera llamado a Caleb, desesperada. No hubiera buscado ayuda ni protección.

¿Y si...? ¿Y si pudiera mantenerla a salvo de verdad? ¿Y si pudiera evitar su muerte agonizante a manos de un loco? Tenía miedo de albergar esperanzas, de dejarse llevar por una falsa sensación de seguridad. Al mismo tiempo, no obstante, esa ilusión empezaba a florecer en lo más recóndito de su alma y no podía evitarlo.

—Mírame. Mírame bien. Respira hondo. Inspira por la nariz y suelta el aire poco a poco por la boca. Puedes hacerlo.

Ramie se notaba el pulso acelerado. Lo miró, indefensa, mientras una lágrima le resbalaba por la mejilla; algo que contradecía el frío temor que aún la atenazaba.

—No llores —le dijo con suavidad—. Ahora estás a salvo. Te lo juro. Pero tienes que respirar como te digo. Así.

Ella lo observó mientras la enseñaba a respirar profundamente, hinchando las fosas nasales y luego soltando el aire poco a poco. La calidez de su aliento le rozó la barbilla. Parte de ese pánico empezó a disminuir. Progresivamente notó como los pulmones se abrían y dejaban pasar el aire. Se estremeció como si soltara esa ansiedad que llevaba dentro.

—Despacito —le dijo—. Hazlo despacio. —Le miró las manos y le rodeó una de las muñecas con los dedos—. Tienes el pulso muy acelerado.

Aún no había mediado palabra. Él había estado hablando todo el rato. Ahora que el ataque de pánico estaba terminando, no sabía qué decirle. Estaba aquí. Había venido. Había respondido a su súplica. ¿Qué podría decirle? ¿La creería?

La expresión de Caleb se tornó seria y la rabia se asomó a sus ojos. Levantó una mano hacia su rostro y ella se echó hacia atrás de forma instintiva. Al verlo, él frunció el ceño.

—No voy a hacerte daño, Ramie —murmuró.

Le tocó la comisura de los labios donde tenía un moratón y le quedaban restos de sangre seca que no se había lavado aún. Su tacto fue muy suave y, una vez más, se quedó maravillada por no notar nada ni verse abocada al infierno cuando alguien la rozaba siquiera.

Le notaba rabia, sí, una rabia enorme, pero sabía que iba dirigida al hombre que la había pegado. El hombre que quería matarla. No notaba nada más en él, lo que significaba que no tenía secretos oscuros ni tendencias violentas. Lo único que sentía era el odio hacia el hombre que la había atacado.

—Ahora, explícame todo lo que puedas —le pidió él tranquilamente, sin rastro de impaciencia—. Me has dicho que un hombre quería matarte. Necesito conocer hasta el último detalle para poder protegerte.

Fue la forma en la que dijo eso de protegerla que le tocó la fibra sensible. No había dicho «ayudarte», había dicho «protegerte» en un tono posesivo que se le antojó tranquilizador. Era la primera vez en más de un año que disfrutaba de un momento de tranquilidad y... paz. La paz que tanto deseaba conseguir.

Se quedaron en silencio; Caleb seguía acariciándole el rostro y entonces se dio cuenta de que esperaba una respuesta, que tenía que decirle algo en lugar de mirarlo absorta como si fuera boba.

¿Por dónde podía empezar?

El cansancio hizo mella y la fatiga le sobrevino al instante como el oleaje choca contra las rocas. Se sintió más abatida y magullada de corazón que por el ataque físico de ese hombre hacía tan solo unas horas.

—No sé por dónde empezar —susurró—. Parece una locura. Ni yo misma me creería la historia si alguien me la contara.

Dejó de acariciarle el rostro para cogerle las manos, que frotó en movimientos circulares para calmarla. Entonces entrelazó los dedos con los suyos y le apretó la mano.

—Empieza por dónde prefieras. Te escucho. Y te creo.

Ella inspiró hondo y luego soltó el aire al tiempo que se encogía de hombros.

—Hará un año y medio ayudé a localizar a la víctima de un secuestro. Esa chica pasó por un verdadero infierno.

Se estremeció al contarlo. Por mucho que intentara bloquearlas de su mente, esas imágenes escabrosas seguían en su memoria: sangre, dolor y una muerte inminente. Parecían tan recientes como si hubieran pasado el día anterior y no dieciocho meses atrás.

—Y lo que tú pasaste también —murmuró él.

El arrepentimiento se asomó a sus ojos. Tenía los remordimientos grabados en la piel.

—Sí —susurró—. Yo también tuve que pasar por eso.

—Continúa —la animó él.

—Nunca arrestaron al asesino. Y le llamo asesino porque, aunque no mató a la víctima que localicé, había otras. Muchas más. Solo pude salvarla a ella.

Apretó los ojos con fuerza mientras el dolor salía a la superficie, amenazando con consumirla entera. Entonces volvió a abrirlos y fijó la vista en Caleb.

—Intenta matarme. Lleva meses persiguiéndome. Él es la razón por la cual intenté esconderme donde nadie pudiera encontrarme. Pero haga lo que haga, siempre consigue dar conmigo. Siempre está ahí. Creo que…

Se quedó callada y bajó la mirada porque ahí es donde todo se volvía locura. Seguro que Caleb pensaría que había perdido la cordura que le quedaba.

—¿Qué crees? —tanteó él.

—Creo que él también tiene ciertas habilidades paranormales. Creo que por eso está obsesionado conmigo. Por eso me encuentra siempre. Por eso tengo que estar guardándome siempre las espaldas. Juro que a veces noto su aliento en la nuca. Hoy me estaba esperando en mi habitación del motel. En cuanto toqué el pomo supe que llevaba una hora allí, pero antes de poder huir abrió de par en par y me agarró.

En los ojos de Caleb pudo percibir una mirada turbia y asesina.

—Entonces, ¿llevas un año y medio huyendo de él? —preguntó.

Ella negó con la cabeza.

—No. Él estuvo esperando. Cuando pensaba que ya lo había dejado todo atrás y que, de alguna manera, habíamos hecho las paces por localizar a su víctima, se puso en contacto conmigo. Me llamó y no sé de dónde sacó el número. Por aquel entonces tenía una residencia estable, pero no teléfono fijo. Solo un móvil. Y empezó a burlarse de mí, a decirme lo que me haría y que mi muerte sería lenta… Que al final le suplicaría que me matara para terminar con mi dolor y mi sufrimiento.

—¡Maldito hijo de puta! —exclamó.

Se incorporó y empezó a caminar de un lado para otro junto a la cama. Se paró un momento y se dio la vuelta para mirarla de nuevo. Se pasó una mano por el pelo y luego se apretó la nuca en un gesto de frustración.

—Te obligué a salir de tu escondite —dijo él con una voz grave—. Huiste por mi culpa, porque tenías miedo de que si yo te encontraba, otros lo podrían hacer también.

Ramie no mentiría ni para hacerle sentir mejor. En su tono de voz no había rabia ni resentimiento. Le hablaba con total naturalidad.

—Fue la vez que me quedé más tiempo en un mismo lugar. Creo que fue la única vez que no me encontró o que, por lo menos, no apareció. Pero si estoy en lo cierto y tiene el mismo don, seguro que lo sabía. Disfruta de la caza. Es como si fuera una droga para él. Le gusta coleccionar trofeos. Ya me entiendes, igual que los pescadores o los cazadores tienen su registro de récords y cuando alguien logra superar ese récord, se sienten gloriosos, les da un subidón de adrenalina que no tiene ni punto de comparación con todo lo anterior. Vive para atormentarme. Le gustaría que creyera que he podido escapar y cuando menos lo espere, allí estará. Quiere que sufra. Yo soy su presa trofeo —susurró—. Esa presa que los cazadores conservan y montan en marcos para colgarla en la pared. Esa que colocan en un sitio de honor encima de la chimenea.

Caleb volvió a arrodillarse delante de ella. Le tomó ambas manos y las acogió en las suyas. La miró a los ojos; su contrición era patente.

—Lo siento —dijo en voz ronca—. Joder, lo siento muchísimo, Ramie. No lo sabía. No tenía forma de saber lo que te provocaba. O que eso te pondría de nuevo en manos de un asesino.

—¿Podrías decirme con total sinceridad que no hubieras hecho lo mismo de haberlo sabido?

Su voz le recordó al hielo tras una tormenta de invierno, aunque era infrecuente en esta parte del sur, y al sonido de las ramas de los árboles que se parten porque no pueden soportar todo el peso. Él impidió que apartara las manos como agua que se cuela entre los dedos. Le apretó las manos con fuerza.

Cerró los ojos y agachó la cabeza.

—No. Que Dios me perdone, pero no. Hubiera hecho lo que fuera para salvar a mi hermana. Sé que me odias y tienes todo el derecho del mundo. Pero, como bien has dicho, te lo debo y pienso pagar mi deuda.

—No te odio —repuso en voz baja—. Ni siquiera te culpo. En tu lugar yo hubiera hecho lo mismo por un ser querido.

—¿Cómo no vas a odiarme cuando casi hago que te maten? Te obligué a vivir una violación a manos de un psicópata. Puede que tú no me odies, pero yo sí que me odio a mí mismo por lo que hice.

Ella apartó una mano y le acarició la mejilla antes de posarla en su barbilla. Él pestañeó y se le cortó la respiración. Se quedó tan quieto que ni siquiera parecía que respirara.

La calidez le recorrió la mano y le subió por el brazo antes de extenderse por todo el pecho como un incendio incontrolado. Apartó la mano, sorprendida por haberlo tocado de una manera tan informal. Pero Caleb le cogió la mano y volvió a ponerla en la mejilla atrapándola para que no volviera a apartarla.

—La desesperación nos empuja a hacer lo impensable. ¿Cómo puedes odiarte por poder salvar a tu hermana? ¿Que te odies la va a ayudar? No permites que note que te arrepientes de tus actos porque esos actos le salvaron la vida. Seguro que te está muy agradecida por haberla salvado.

—Te está agradecida a ti —dijo él—. Ella te debe su vida.

—Si te sientes en deuda conmigo, me considero pagada si me ofreces protección.

—Cuenta con ello —le prometió—. Vendrás a casa conmigo, Ramie. Monté una empresa de seguridad con mis hermanos después del secuestro de Tori. Juré que nunca me faltarían las herramientas necesarias para asegurar el bienestar de mi familia. Solo contratamos a los mejores.

—Necesito a los mejores —dijo ella en voz baja con un tono impregnado de convicción—, porque siempre va un paso por detrás de mí. Vaya donde vaya y haga lo que haga. Y hasta que lo atrapen, todas las mujeres a las que asesine serán culpa mía. No puedo seguir viviendo con esa culpabilidad.

Caleb maldijo entre dientes mientras le levantaba la barbilla con un dedo y la acariciaba con el pulgar. La miró a los ojos sin vacilar.

—Te protegeré, Ramie. Y nunca hago promesas que no pueda cumplir.

Ocho

Caleb reparó en la miríada de emociones que revoloteaban en los ojos grises de Ramie. Tenía las pupilas ligeramente dilatadas, con lo que sus ojos parecían enormes en su delicada estructura facial. Estaba delgada, tal vez demasiado porque tenía las mejillas hundidas, los hombros esqueléticos y la clavícula tan pronunciada que se le marcaban los huecos debajo del cuello.

Podía rodearle las muñecas con el índice y el pulgar y la notaba muy delicada, como si fuera a romperse si alguien la trataba de otra forma que no fuera con sumo cuidado. Y a pesar de todo era bella de una forma arrebatadora. No era de la clase de mujeres por las que solía sentirse atraído, pero se dio cuenta de que ella le atraía mucho. La idea de que otro hombre le hiciera daño lo ponía furioso. Ningún hombre debería maltratar a una mujer. Era algo personal, como si ella fuera su mujer y otro hombre le hubiera puesto las manos encima.

Que se culpara a ella misma porque ese cabronazo siguiera libre buscando nuevas víctimas —a saber cuántas habría cuya existencia se desconocía— era descorazonador. Si estaba en su mano, se aseguraría de que se quitara de la cabeza esa culpa porque uno de entre veinte se escapara del control de las autoridades.

Se quedó quieto un momento frunciendo el ceño mientras pensaba en su promesa repentina. Sí, le debía muchísimo, y sí, se cercioraría de que estuviera a salvo, que nadie volviera a tocarla. Pero ¿conseguir que dejara de culparse? Eso era una tarea monumental.

Era una conjetura arrogante por su parte pensar que podría aportarle algo que no fuera más dolor y más remordimientos. Pero si pudiera darle un poco de paz, lo que fuera para que dejara de pensar en el infierno que vivía día sí y día también, entonces removería cielo y tierra para conseguirlo.

Volvió a fruncir el ceño cuando reparó en la sangre seca y el moratón que ya le había salido en la barbilla y la zona de alrededor de la boca. Le soltó las manos y se las puso con cuidado en el regazo antes de incorporarse. Entonces levantó un dedo.

—No te muevas. Ahora vuelvo.

El miedo súbito que se asomó a sus ojos le hizo pensar en el hijo de puta que le había hecho pasar semejante calvario durante un año y medio y se cabreó otra vez.

—No saldré de la habitación —le dijo con suavidad—. Voy al baño a buscar un paño húmedo para limpiarte la sangre y examinarte los moratones.

Ella levantó la mano y lo miró con una expresión confundida; era como si hubiera olvidado sus magulladuras. Hizo una mueca al tocarse el moratón y él acudió enseguida para apartarle la mano como diciéndole que no se lo tocara y se hiciera más daño.

Se fue al baño y abrió el grifo. Dejó correr el agua un rato hasta que empezó a salir caliente y entonces empapó una toalla, que escurrió después. Ramie parecía aliviada cuando él reapareció. Cualquiera diría que pensaba que desaparecería. Detestaba ver el miedo en su mirada. Ojalá pudiera borrárselo como pensaba hacer con la sangre, pero sabía que por mucha tranquilidad que quisiera infundirle, Ramie tardaría en confiar en él. De repente, era muy importante que confiara en él. ¿Por qué? No estaba seguro.

Podría ser porque creyera firmemente que sería capaz de pagar su deuda al precio que fuera. Y Ramie había sufrido muchísimo por sus actos de hacía un año. Nunca podría pagárselo del todo, pero haría todo lo que pudiera para compensárselo.

Sin embargo, este motivo no era el único por el que estaba allí, a cientos de kilómetros de su familia. Lejos de su hermana, que todavía necesitaba su apoyo emotivo. Tori seguía estando muy frágil y era apenas una sombra de lo que solía ser: animada, segura de sí misma, llena de energía y ganas de comerse el mundo a bocados. Ese hijo de puta le había arrebatado esas cualidades y Caleb temía que no volviera a recuperarlas. Le mataría solo por eso, dejando a un lado que había hecho sufrir a dos mujeres.

Como con el hecho de encontrar a Ramie, no pararía hasta dar con el secuestrador de su hermana y llevarlo ante la justicia. Preferiría matarlo con sus propias manos —no sentiría ningún tipo de remordimiento—, pero la muerte era demasiado fácil. Caleb quería que viviera un infierno cada día y que se pasara el resto de su larga vida pudriéndose entre rejas.

Se arrodilló otra vez frente a Ramie, que no se había movido ni un centímetro en el rato que él estuvo en el baño. Poco a poco, Caleb le fue limpiando la sangre seca y maldijo entre dientes cuando le vio hacer una mueca de dolor.

—Lo siento. No quería hacerte daño.

Ella negó con la cabeza.

—No pasa nada. No me lo has hecho.

No quiso rebatírselo. Había visto el dolor brevemente en su mirada. Se aseguró de ir con más tacto al limpiarle el resto de la sangre.

Cuando hubo terminado, se echó hacia atrás, le cogió el mentón con una mano y le inclinó un poco la cabeza para valorar mejor los daños en la barbilla.

—No tiene muy mala pinta —dijo—. Si tuvieras la mandíbula rota, estaría más hinchada. De todos modos, lleva cuidado y avísame si sigues notando dolor para que te hagan una radiografía.

Ramie se puso colorada y apartó la mirada, avergonzada.

—No puedo permitirme una radiografía —dijo en voz baja—. No tengo seguro médico ni he trabajado desde… Desde lo de él. Me lo quitó todo: mi casa, mi trabajo, mi tranquilidad. No he tenido ni un solo día de bienestar desde que me vi ligada a él. Se lo llevó… todo —susurró—. Me quedaban unos dólares sueltos, pero ya ni eso. He tenido que dejar el bolso, la identificación, todo, al irme del motel. Y ahora no tengo nada. Sin identificación no existo. Es como si ya tuviera lo que quería: mi muerte.

A Caleb le cambió el humor y volvió a sentir esa rabia asesina de antes, no solo por cómo se sentía ella ahora —acosada, perseguida como un animal y temiendo por su vida—, sino también por lo que le habían hecho antes.

—No tendrás que preocuparte por el dinero ni por el seguro médico nunca más.

Le sorprendió que le salieran las palabras aun apretando los dientes para que no se le notara la rabia que sentía.

Ramie lo miró sorprendida y con las mejillas encendidas.

—No necesito caridad, Caleb. Ya me las arreglaré, como siempre.

Él explotó antes de poder controlarse.

—No te tengo por ninguna necesitada, joder. ¿Te das cuenta del precio que podrías cobrar por lo que haces? ¿Que las familias pagarían lo que fuera por recuperar a un ser querido?

Horrorizada, puso los ojos en blanco.

—¡Yo nunca haría algo así! Eso sería como hacer chantaje: «Mira, encontraré a tu hijo, esposa, madre o ser querido, sí, pero mi don no es gratis». ¿Te das cuenta de que eso me convertiría en una mercenaria? No podría vivir con dinero manchado de violencia y muerte. ¡La sola idea me da asco!

—Así vas sufriendo luego en silencio. Sola. Sin nadie que te consuele mientras las víctimas tienen a su familia alrededor. ¿Y a quién tienes tú, Ramie? ¿Quién te anima cuando te vienes abajo? Sé que el dinero no es una cura milagrosa, pero te haría la vida más fácil, y cualquier cosa es mejor que tener que ir malviviendo y huyendo de un lunático que quiere destruirte poquito a poco hasta acabar contigo. Sin escapatoria.

Sin mediar palabra, ella lo miró como diciéndole que había tocado un asunto delicado y él se maldijo por haber tenido tan poco tacto. Sus palabras le habían hecho daño. Le recordaban con una claridad meridiana lo difícil que era su situación. Y con algo que vio en su mirada le entraron ganas de dar un puñetazo a la pared.

Era pura derrota.

Como si se rindiera y aceptara la desesperanza de su situación. Mierda, no era lo que pretendía. Solo quería que supiera que ya no estaba sola, que ahora tenía a alguien con quien contar. La derrota implicaba una ausencia de esperanza, que era lo que ella más necesitaba ahora mismo. Quería ofrecerle refugio; ser su puerto seguro.

¿Qué había dicho ella? Que se consideraba pagada si le ofrecía protección. Se aseguraría de que tuviera todo lo que necesitara. Y eso de no aceptar caridad tendría que asumirlo, porque no pensaba dejar ningún aspecto de su protección, bienestar o seguridad económica a la improvisación. Le gustara o no, ahora estaba bajo su protección y eso se aplicaba a todas las áreas, no solo a su integridad física.

Quería que confiara en él, que creyera que cumpliría su promesa, porque cuando se comprometía a algo, siempre lo hacía. Tardaría un tiempo en confiar en sus motivos, en creer que no la traicionaría. Caleb sabía que ese día no llegaría, ni al siguiente, pero estaba resuelto a ganarse, poco a poco, algo tan valioso como la fe y la confianza en él.

Quería ser alguien en quien ella se apoyara siempre; ser tal vez aquella persona que nunca le había fallado de pequeña. No pensaba ser una estadística más en su lista de gente que la había defraudado y había minado su confianza y su capacidad de confiar en los demás.

Todo eso iba a cambiar a partir de ahora.

Tenía al chófer esperando porque no quería tener a Ramie ahí, vulnerable y susceptible de sufrir otro ataque, pero que fuera a ocuparse de todo no quería decir que no la informara de sus planes. No pensaba aceptar un no como respuesta, pero por lo menos le mostraría respeto y le contaría lo que iba a hacer.

Ella temía lo desconocido y él sabía que seguía dudando de si podía confiar en su capacidad para protegerla. No tenía forma de saber que él emplearía cualquier recurso que estuviera a su alcance —costara lo que costara— para asegurar que estuviera completamente a salvo.

—¿No tienes nada en absoluto? —le preguntó con cuidado, consciente de su orgullo y de la posible vergüenza que sentiría dadas las circunstancias.

A pesar de todo, volvió a ruborizarse y la vergüenza le oscureció los ojos grises como el color de una tormenta.

—No —susurró—. Todo lo que tenía lo he dejado en la habitación de ese motel y se me ha caído el bolso al salir corriendo porque no quería que nada se interpusiera en mi huida.

—Muy lista —dijo él con sinceridad—. Has hecho

lo mejor. Tú vida es mucho más importante que todo eso.

Ella pestañeó sorprendida por lo que acababa de decir y estuvo a punto de soltar una retahíla de palabrotas que, por suerte, logró contener. Parecía que el hecho de que alguien se interesara tanto por su vida fuera toda una novedad.

¿Se habrían mostrado agradecidas las personas a las que había ayudado? Al igual que él, ¿desconocerían lo que le costaba a ella cada vez que hurgaba en la mente de un asesino? ¿Cómo podía pensar que su vida valía tan poco?

—Como no tienes que hacer la maleta, podremos salir antes —le dijo él tranquilamente.

Ella lo miró confundida otra vez.

—¿Dónde vamos?

—A casa, Ramie. Te llevo a casa.

La tristeza y la resignación se asomaron a sus ojos.

—No tengo casa.

—Ahora sí. Te llevaré a mi casa, que ahora será la tuya. Mantengo unas medidas de seguridad muy estrictas desde que secuestraron a Tori. Pensaba que ya las tenía antes, pero está claro que fracasé estrepitosamente. Mi empresa solo contrata a los mejores; no son baratos, pero vale la pena pagarles hasta el último céntimo si protegen a mi familia… y a ti.

Ella se lo quedó mirando, estupefacta.

—Cuando te pedí ayuda no me esperaba esto, Caleb. No esperaba mudarme a tu casa. Pensaba que me ofrecerías protección.

—Y eso pienso hacer —dijo con tranquilidad—. Si te quedas en mi casa podré asegurar tu protección. Es el sitio más seguro. En mi casa hay más seguridad que en el Pentágono.

Él sonrió al final con la esperanza de aliviar tensiones y apagar un poco la tristeza permanente que habitaba en sus ojos ante semejante exageración. Aunque tampoco era tan exagerado porque, para una persona normal, sus medidas de seguridad serían extremas y desmesuradas. A él le daba igual; nadie entraría en su casa ni conseguiría llegar hasta su familia. Nunca más.

Ella lo recompensó con una leve sonrisa y Caleb se quedó fascinado por ese hoyuelo que le apareció en una mejilla. Nunca la había visto sonreír. Esa sonrisa, a pesar de lo delicada que era, le transformaba el rostro entero y borraba parte de la fatiga que parecía marcada en sus facciones. De repente, aparentaba la edad que tenía de verdad.

Claro que ¿qué le había dado motivos para sonreír en el último año y medio? E incluso antes, ya que había estado inmersa en la maldad desde los dieciséis. ¿Habría sido tan seria de adolescente como de adulta? Sería tremendamente complicado estar alegre si cada segundo de cada día se lo pasaba preguntándose cuándo iba a morir.

Añadió eso a su lista cada vez más extensa de cosas que prometía hacer para ella: quería que volviera a sonreír, que riera y disfrutara de la vida en lugar de limitarse a sobrevivir. La vida estaba llena de altibajos, sí, pero en la suya solo había bajos y ningún alto que los equilibrara. No mucha gente podría soportar una existencia así. A pesar del poco tiempo que se conocían, sabía que era una superviviente nata. Era mucho más fuerte de lo que ella se creía. Una persona normal se hubiera derrumbado por las presiones que sentía desde hacía tantos años. O tal vez se hubiera rendido y se habría dejado encontrar por el asesino, aceptando así la inevitabilidad de su muerte. Por mucho que Ramie dijera o creyera, él sabía que era incapaz de rendirse.

Justo entonces dejó de sonreír y lo miró con preocupación.

—No puedo vivir contigo para siempre. No puedo

estar escondiéndome toda la vida. No pienso vivir así. Prefiero la muerte a despertarme cada mañana y preguntarme si es mi último amanecer. No es manera de vivir.

La pena empapaba cada palabra. Su dolor emocional era tan evidente como si llevara un cartelito en el pecho anunciándolo. Le entraron ganas de abrazarla fuerte, de ofrecerle un poco de alivio, pero parecía muy recelosa y reacia a que la tocaran y no quería hacer nada que la incomodara.

Lo que sí quería era saber si le tenía miedo. Le destrozaría que temiera que él pudiera hacerle daño de alguna forma.

—Ramie, ¿por qué tienes miedo de dejar que te toque? —le preguntó con tacto.

Mantuvo un tono comedido e inquisitivo más que defensivo o que dejara entrever que le molestaba que él le tuviera miedo. Desde luego tenía motivos suficientes para tener miedo a los hombres; había vivido en las mentes de lo peor del género masculino.

Se encogió de hombros.

—No me gusta que me toquen en general. Es mi respuesta habitual cuando alguien quiere rozarme porque cuando alguien me toca veo sus peores secretos. Veo y siento la maldad que lleva dentro, nunca lo bueno. Solamente lo peor. Si pudiera notar la alegría, el amor, la felicidad o algo positivo sin más, eso lo equilibraría todo y tal vez pudiera asumir mejor la oscuridad que mancha el alma de la gente. Sin embargo, mi don es una maldición porque solo soy capaz de ver la malicia que las personas quieren esconder.

Caleb frunció el ceño y le asaltó una sensación incómoda que le erizó el vello de la nuca.

—¿Y cuando te toqué yo? ¿Qué notaste?

Sabía que ahora parecía a la defensiva, a pesar de que antes se había propuesto no usar ese tono, pero sabiendo que alguien podía leer cosas que nadie más podía saber sobre él le inquietaba sobremanera. No quería que tuviera acceso a sus pensamientos. Era implacable a la hora de proteger a su familia. Era despiadado cuando se trataba de negocios. Ambos rasgos podrían condenarlo a ojos de Ramie.

—No leo mentes —dijo cansada, como si las hubiera leído de verdad a pesar de negarlo—. Es difícil de explicar. No detecto patrones exactos de pensamiento, es más bien algo tangible que noto, no sé. Veo cosas, hechos o actos, pero no leo los pensamientos de las personas. Quizá lo llevaría mejor si alguna vez notara bondad. Tal vez de este modo no fuese tan cínica sobre la naturaleza humana y la capacidad que tenemos de ser malos o, al menos, de actuar en una escala de grises. Si te hace sentir mejor, o por lo menos para que veas que no te juzgo, no he notado en ti nada malvado. Ni siquiera malo. Solo… determinación, y esa no es una cualidad negativa. Así lo veo yo, vaya, aunque mi opinión no tiene que importarte. No soy nadie para ti y lo que yo diga no debería darte qué pensar tampoco.

Caleb apretó los labios porque su opinión sí le importaba. Tal vez no debería, pero de repente le parecía importante que ella le tuviera por un buen hombre, a pesar de sus pensamientos. Que al final pudiera confiar en él.

—Entonces tu don no es infalible. No soy un buen hombre. De hecho, soy bastante capaz de matar y hacerle daño a alguien sin dudar si me parece una amenaza para un ser querido.

—¿No te das cuenta? —preguntó en voz baja—. Proteger a alguien de la maldad no es malo. No te conviertes en una mala persona que quieras castigar a los que de verdad suponen una amenaza para tu familia. Lo único que noté en ti fue una firme determinación y no me hace falta mirar en tu cabeza para verlo. Lo llevas escrito en la cara y en los ojos. No hace falta tener mi don, o maldición, para ver lo decidido que eres.

—Pero has dicho que captas la violencia también. Y te aseguro que mis pensamientos son violentos.

Ramie sonrió. Era solo la segunda sonrisa que le regalaba, pero le cortó la respiración porque vio un destello de lo que la auténtica Ramie debió de ser antes de que la maldición la llevara por un camino sin retorno.

—Principalmente capto la naturaleza de las personas. Por mucho que contemples ideas violentas, venganza, castigo, represalias y hasta asesinato, no es tu esencia; no es lo que te define. Digamos que mi don revela el corazón de una persona. Algunas son inherentemente malvadas. Otras son buenas por mucho que se desvíen de su camino en algunas circunstancias. Pero les veo el alma a través de esa fachada y aunque nuestras palabras y nuestros actos se contradigan, el alma es inmutable. Es constante. Algunos pueden ir contra su naturaleza mientras otros ceden de forma más fácil a la oscuridad que llevan dentro. Se entregan, incluso.

Oírla hablar de ese don tan peculiar tan tranquilamente como quien habla del tiempo era alucinante. La creía y confiaba en ese don, sí, pero hasta ahora nunca había sido plenamente consciente de sus habilidades. Había supuesto que era una cuestión de blanco y negro, que tocaba el objeto de una víctima y de repente podía localizarla. Nunca había pensado que esa destreza iba mucho más allá, que era más profunda y quizás espiritual, por decirlo de algún modo. Porque solo Dios conocía el alma y el corazón de una persona, igual que solo Dios podía juzgar sus intenciones.

Caleb entendía por qué había llevado una vida tan solitaria cual ermitaña que no se relacionaba con los demás. ¿Cómo podría protegerse de ellos? Si la gente supiera el verdadero alcance de su don, estaría en peligro constantemente. Cualquiera mataría por silenciar la verdad de sí mismo. No le extrañaba que hubiera podido descubrir tan poco de ella.

Cuando trataba desesperadamente de localizar a Ramie para salvar a su hermana pensó que era egoísta. Le había parecido muy egoísta por su parte que hubiera desaparecido y se negara a ayudar a los demás, desesperados por encontrar a su ser querido.

Qué capullo había sido. Ahora que sabía lo que le costaba a ella cada vez que encontraba un vínculo con la víctima, no se explicaba por qué lo había hecho durante tanto tiempo.

Ahora que sabía que si la tocaba no le hacía daño, la atrajo hacia sí y observó con atención si le molestaba. Por suerte no ofreció resistencia. Ella se dejó abrazar y escondió el rostro en su pecho, acomodando la cabeza bajo su barbilla.

Respiraba con dificultad y el pecho le subía y bajaba pesadamente. La separó un poco, preocupado por si le acababa de provocar un ataque de ansiedad, pero lo que vio le conmocionó más que si estuviera sufriendo uno.

Estaba llorando. Eran unos sollozos silenciosos que le desgarraban el corazón. Las lágrimas le resbalaban por las mejillas y dejaban un rastro húmedo a su paso. Era como si hubiera caído la última barrera y algo tan sencillo como un abrazo para consolarla la hubiera derrumbado del todo.

—Ya no estoy segura de mi cordura. Me siento… rota —dijo a pesar de las lágrimas que parecían brotar más deprisa a medida que hablaba—. No creo que nadie pueda ayudarme… o que deba. El tío que me persigue es un sociópata. Le da igual matar a quien sea si cree que es un obstáculo para su fin. Soy un peligro para cualquier persona que esté a mi alrededor. No puedo permitir que tu hermana vuelva a pasar por eso otra vez. Y menos por mi culpa.

—¿Se te olvida que consiguió escapar de ese infierno gracias a ti? —le preguntó con dulzura.

Ella se quedó callada y no respondió, pero no podía refutárselo.

—¿Y qué fin tiene, Ramie? Has dicho que mataría a cualquiera que se interpusiera. —Aunque ya tenía una idea, quería que se lo confirmara. Lo sabía, sí. Era una pregunta muy tonta.

—Yo —susurró—. Yo soy su fin. Y hasta que me consiga, muchas mujeres sufrirán de una forma horrible por mi culpa. ¿Cómo puedo salvarme sabiendo que otras mujeres tendrán que morir para que no llegue hasta mí? ¿Cómo puedo vivir con eso en la conciencia? No dejará de torturar a inocentes hasta que consiga su objetivo, hasta que me atrape.

Nueve

Caleb la miró con una mezcla de incredulidad y de «¿Qué narices me estás contando?».

—¿No creerás de verdad que las muertes de sus últimas víctimas o las futuras son culpa tuya? No eres tonta, Ramie. Tienes que reconocer que pensar eso es una gilipollez.

El comentario la cabreó. Se le encendieron las mejillas y lo miró con impaciencia como si él no entendiera la cuestión. Bueno, la había entendido, sí, pero no le encontraba ningún sentido.

Apretó los puños, se golpeó un muslo con uno y luego repitió el movimiento mientras hablaba.

—Si no se centrara tanto en mí y si yo no fuera tan difícil de localizar, no estaría tan desesperado por encontrar una nueva víctima. Cuanto más lo mantenga a raya, más frustrado estará y buscará sustitutas, porque yo soy la única mujer que consigue evitarlo continuamente. No porque sea más lista que él: he tenido suerte y punto. Pero la suerte no dura toda la vida y en parte me gustaría que me cogiera porque sé exactamente a qué me enfrento y si muriera me aseguraría de arrastrarlo al infierno conmigo.

—Eso no tiene ningún sentido —dijo verbalizando sus pensamientos—. Te juro que me entran ganas de darte una colleja. Es lo más tonto que he oído nunca. No eres responsable por las decisiones que tome un pirado.

No eres responsable de que torture, humille y mate a sus víctimas. ¿En serio crees que pararía después de matarte a ti? Joder, se creería invencible si consiguiera acabar con la persona que le supone el mayor escollo. Y apostaría a que ese es el motivo por el que está tan obsesionado contigo. Las otras víctimas son fáciles y no le suponen ningún reto. Disfruta de la caza y de que le resultes difícil de conseguir. Si consigue matarte se volverá aún más egoísta. Creerá que es invencible, que es el Dios de su universo retorcido. Porque, después de ti, ¿cómo va a fallar a la hora de matar a su siguiente víctima? Se ha obsesionado contigo porque eres su santo grial.

Sabía que con esa lógica había anotado un tanto. Ramie frunció el ceño, pensativa. Dejó la mano quieta, pero siguió apretándose el muslo. Se mordió el labio inferior y luego suspiró, cerró los ojos como si la fatiga y el estrés estuvieran haciéndole mella.

—Supongo que nunca he imaginado realmente qué pasará después de capturarme. —Asintió poco a poco al decir lo siguiente, abriendo los ojos y mirando a un punto indeterminado detrás de él—. Pero no, tienes razón, creo que sería aún peor. Se envalentonaría más, se volvería más seguro de sí mismo después de acabar conmigo. Soy una piedrecilla en su zapato. Nadie ha estado tan a punto como yo de hacer que lo cojan o que descubran su identidad. Parece que no hay relación entre las víctimas, ni similitudes ni rasgos de personalidad que coincidan. Nada. Solo sed de tortura y degradación que al final consigue que las víctimas deseen morir.

—¿Sabes cómo se llama? ¿Alguna información que lo identifique?

Ella lo miró impaciente.

—¿No crees que si supiera cómo encontrarlo lo hubiera hecho ya? Lo mataría yo misma y me importarían

una mierda las consecuencias si eso significara erradi-
carlo de este planeta. Me pasaría la vida en la cárcel de
buena gana si eso quisiera decir que ninguna mujer más
sufriría la tortura que a él tanto le gusta infligir.

Él frunció el ceño. No por la absoluta convicción que
demostraba, sino porque no lo entendía.

—Pero fuiste muy precisa cuando me diste la información sobre cómo localizar a mi hermana a pesar de
que se nos escapara al final. Y fue de lo más inoportuno
porque la policía irrumpió cuando el secuestrador acababa de salir, y con tantos agentes en el exterior era imposible que no los viera si quisiera entrar de nuevo.

—No es como los demás —dijo cansada—. Ya te he
dicho antes que puede que tenga habilidades sobrenatu-
rales también, pero pensarás que estoy chalada.

Caleb levantó una mano.

—No creo que estés chalada. Ya creía en tus habilidades antes de conocerte. —Dudó antes de decirle lo demás porque el don de su hermana era un secreto de familia, pero le pareció que contárselo ayudaría a Ramie a
confiar en él. Si primero le ofrecía él su confianza,
claro—. Tori también tiene un don psíquico, por eso no
dudo del tuyo. Y aunque no fuera un creyente convencido, tú has sido exacta al cien por cien en los casos en
los que has ayudado.

Ramie arqueó una ceja.

—¿Tu hermana es vidente?

—Por decirlo de algún modo, sí, pero volvamos a lo
de que crees que el tío que te acosa también lo es.

Ella se levantó de la cama como si no pudiera estar
sentada ni un segundo más. Imitó a Caleb al principio:
andando de un lado a otro con gesto concentrado.

—No hay otra explicación lógica. —Soltó una carcajada cortante y seca que no reflejaba humor alguno—.
Lo que no entiendes de mis habilidades, una de las muchas cosas que no comprendes, es que mi vínculo con la

víctima y su agresor no termina de forma inmediata.

Caleb notó cómo palidecía.

—¿Qué quieres decir con eso?

—Quiero decir que sigo manteniendo una conexión con el asesino y la víctima. A veces dura horas; otras, días enteros. O en el caso del hombre que me acosa, este vínculo no se ha cortado todavía.

—Joder —susurró—, entonces tu tormento va mucho más allá de lo que experimentas en un principio. ¿Cómo narices sobrevives a eso?

Ella se encogió de hombros como si no tuviera importancia, pero él sabía que no era así. Era consciente de lo que había tardado Tori en recuperar cierto atisbo de la chica que solía ser y aún seguía luchando contra las secuelas del secuestro un año después. Ramie no lo había sufrido una vez, como las víctimas a las que ayudaba. Lo vivía una y otra vez y ahora le decía que el vínculo no terminaba cuando se desprendía del objeto que tocaba para localizar a la víctima.

No se atrevía a pensarlo siquiera. ¿Cómo era posible que hubiera sobrevivido tanto tiempo sin tener una crisis nerviosa? Bueno, parecía que había tenido una hacía dieciocho meses y poco después tuvo que aparecer él para volver a arrastrarla a ese infierno del que quería escapar con tanto afán.

Entonces entendió lo que no le estaba contando o tal vez lo que él mismo no había entendido hasta ese momento. Levantó ambas cejas de la impresión.

—Aún tienes un vínculo con él.

Ella cerró los ojos y asintió despacio.

—Mejor dicho, lo tiene él conmigo, ya que no puedo localizarlo por mucho que lo intente. Lo tengo metido en la cabeza, por eso creo que es vidente o tiene habilidades extrasensoriales. ¿Cómo se explica la pasmosa facilidad que tiene para rastrear mis movimientos? Y los sueños…

Se quedó callada. Sacudió la cabeza y apretó los labios.

—¿Qué sueños? —tanteó él.

—Está en mis sueños, aunque no creo que sean sueños de verdad. Creo que son reales. Su realidad, vaya. Es su forma de jugar conmigo, de hacer que me sea imposible olvidar, curar la herida y seguir adelante. Me levanto empapada en sudor y con el pulso acelerado. Por eso me dan ataques de pánico. Él me los provoca; estoy convencida.

Hizo una mueca al tiempo que observaba su reacción. ¿Acaso creía que menospreciaría su intuición o que dudaría de su cordura? Nada de eso era cierto. La creía a pie juntillas.

—Vive como una sombra en mi mente. Es como si estuviera allí aunque no lo esté. Su presencia no siempre es abrumadora, solo cuando localiza a una nueva víctima y quiere que vea qué le hace. Es su forma de regodearse, de decirme que es imparable y que no tengo el poder de acabar con él. Quiere que sufra. Lo ha conseguido —añadió en un tono doloroso que casi le hizo romper a llorar por todo lo que había sufrido y seguía sufriendo.

Ese cabronazo seguía a la caza y captura sin dejar de acechar a Ramie. Compartía con ella el dolor y sufrimiento de las víctimas sabiendo que lo vivía como si fuera ella misma. Cuanto más descubría de este hombre que la acosaba, más enfermo lo ponía. Y más le hacía temer no poder cumplir su promesa de mantenerla a salvo.

—Entonces, ¿cómo sabías que estaba en tu habitación? —preguntó con curiosidad—. Si no tienes un vínculo con él, sino que él lo tiene contigo, ¿no debería poder acercarse a ti sin que notaras nada? ¿No puede controlar lo que ves de él?

Ella asintió.

—La mayoría de las veces, sí. Hoy es la vez que más se ha acercado, aunque quizá es porque lleva mucho tiempo observándome, jugando conmigo y hoy… al tocar el pomo de la puerta… Sus huellas estaban por todos lados. He notado tal oleada de odio y violencia que casi he dado un traspié. Me ha sobresaltado tanto que antes de poder huir ya había abierto la puerta para cogerme. He podido zafarme de él y escapar, pero no antes de hacerme esto —dijo frotándose la mandíbula magullada.

Caleb frunció el ceño aún más, pero intentó controlar su reacción para que siguiera hablando. Necesitaba saber exactamente a qué se enfrentaban sin estallar y asustarla demasiado.

—¿No me crees loca por decir que me habla en sueños y que no es producto de mis peores miedos, que se manifiestan en mi inconsciente? —preguntó con incredulidad.

—Ramie, por milésima vez, no creo que estés loca. Sería el colmo de la hipocresía menospreciarte por eso teniendo en cuenta que mi hermana tiene habilidades paranormales y está claro que tú las tienes. Así que no es descabellado pensar que probablemente haya otros que también las tengan.

Ella dudó un momento y se lamió los labios como si se preparara para lo que iba a decir.

—¿Qué tipo de habilidades?

No podía negarse a decírselo —a fiarse de ella— cuando le pedía confianza a Ramie y que se lo contara todo. Ni siquiera aunque rompiera una promesa sagrada entre Tori, sus hermanos y él.

—Tiene visiones del futuro. De lo que está por venir. No siempre tienen un significado claro. A veces ni ella misma sabe qué significan hasta que pasa y la pobre se queda hecha polvo porque cree que podría haber evitado que sucedan cosas malas.

—Eso debe de ser muy frustrante —dijo en un tono

compasivo. La pena y el dolor se asomaron a su mirada y le oscurecieron los ojos, como si le pasaran por la cabeza las sombras del pasado.

—Por lo menos no tiene que soportar el dolor y la tragedia de los demás. Tiene suerte en ese aspecto. A diferencia de ti, que sufres lo mismo que la víctima a la que ayudas. Lo ves todo y lo sientes todo.

Ramie suspiró y luego se sentó de nuevo al borde de la cama con un gesto derrotado.

—¿Qué vamos a hacer? —susurró—. No tendría que haberte pedido ayuda. Os estoy poniendo a ti y a tu familia en un peligro inimaginable porque no se detendrá ante nada por atraparme. La vida no significa nada para él. Irá a derribar cualquier obstáculo que le impida alcanzar su objetivo como si este no fuera más que una molestia, como si matara una mosca.

—Sí, tendrías que haberme pedido ayuda antes —le dijo—. Te ayudaré, Ramie. Te protegeré. Esto va más allá de la deuda contigo que tenemos mi familia y yo mismo. No permitiré que una mujer inocente, sea quien sea, sufra un destino peor que la muerte.

Un destello de esperanza iluminó sus apagados ojos grises. Lo miró como si tuviera miedo de creerse lo increíble.

—Puedes confiar en mí. Me has tocado y has visto mis intenciones. Ya sabes que no soy… malo. Sabes que nunca te haría daño.

—Lo sé —susurró ella.

—Pues entonces sugiero que nos pongamos en marcha. No está lejos de aquí y si de verdad tenéis una conexión psíquica, sabrá que andas cerca. Cuanto más tardemos en marcharnos, más oportunidades tendrá de encontrarte.

El pánico y el temor la hicieron estremecer; le temblaban los hombros y las manos. Sin decir nada, asintió en señal de aprobación.

Caleb cogió el teléfono e hizo varias llamadas: una para asegurarse de que el piloto hubiera repostado y estuviera listo para volar con poca antelación. Entonces llamó a Antonio y le pidió que les esperara fuera de la habitación de Ramie para poder formar una sólida barrera a su alrededor entre el pasillo y el coche que aguardaba fuera.

Cuando terminó, le tendió la mano como diciéndole que era hora de marcharse. Ella inspiró hondo, le tomó la mano y dejó que la ayudara a levantarse.

—¿Lista? —preguntó él.

Ramie se puso en pie con aire decidido y asintió.

—Estoy lista.

—Pues, venga, vámonos.

Diez

*R*amie estudió a Caleb desde su asiento en el avión. Parecía tenso e incómodo, aunque no le extrañaba. Ella le recordaba lo que había sucedido un año antes, un acontecimiento que había roto a su familia. Se sentía fatal por recordarle todo eso, pero estaba asustadísima. Sabía que no le quedaba tiempo y que su acosador se estaba cansando de jugar. Estaba preparado para el capítulo final de esa fantasía enfermiza de matarla.

No, no obtenía una lectura clara, pero cuando él entraba en su mente, notaba frustración. Impaciencia. Por eso sabía que había establecido un vínculo con ella que no podía controlar. Permanecía ahí, como una oscura sombra en los recovecos más profundos de su consciencia. Él vivía para hacérselas pasar canutas. Para que le tuviera miedo constantemente, ya fuera despierta o en sueños.

Nunca se había enfrentado a algo así antes. Detectaba lo malvado y lo notaba, así como el dolor de las víctimas, pero nadie le había secuestrado la mente de esta forma. Nunca había experimentado la indefensión —y la resignación— que estaba sintiendo ahora mismo.

La estaba controlando no físicamente, pero sí mentalmente.

El día que ayudó a localizar a su víctima, el día que entró en su mente y en la de su presa, él la cazó. Fue como si hubieran invertido los papeles, porque era ella la que solía introducirse en la mente de los demás y no al revés.

¿Cómo eran de fuertes sus habilidades psíquicas? ¿Así había controlado a sus víctimas del pasado? ¿Así las había atraído, controlándolas mentalmente? Por eso debía de estar tan frustrado con ella, porque no podía controlarla tan fácilmente como a las demás. ¿Por eso la consideraba su mayor desafío, su victoria final?

Entonces cayó en la cuenta de algo horrible. La había localizado a ella seguramente del mismo modo en que había localizado a muchas otras. ¿Y si iba a por la hermana de Caleb, que ya había vivido ese horror? ¿Y si empezaba a perseguir a Caleb o a sus hermanos? ¿Los estaba poniendo en peligro al relacionarse con ellos?

—¿En qué estás pensando? —le preguntó Caleb.

Ella levantó la vista, sorprendida, y vio que la miraba fijamente con el ceño fruncido.

—Pareces asustada.

—¿Y si os llevo el dolor y la muerte a casa, a tu familia y a la gente que quieres? —susurró—. Estás arriesgando a tu hermana, a tus hermanos y a ti mismo al relacionarte conmigo. Además, soy el recuerdo de todo lo que sufrió tu hermana. ¿Está preparada mentalmente para eso? ¿No hay algún lugar seguro al que pueda ir y que sea lejos de ti y de tu familia?

Estaba claro que a él no le gustó ni un pelo lo que acababa de decir, pero uno de los dos tenía que ser realista. Agradecía que hubiera acudido en su ayuda tan deprisa y que hubiera tomado medidas para protegerla, pero ayudarla no quería decir que tuviera que involucrarse personalmente.

Se inclinó hacia delante con una expresión seria y sincera.

—Piénsalo, Caleb. No tienes idea de lo que es capaz. No has visto ni sentido lo que le hace a sus víctimas. Yo sí. Vivo con ese recuerdo cada día y sé que tiene previsto algo mucho peor para mí. No me lo perdonaría nunca si tu familia o tú acabarais siendo daños colaterales en su cruzada contra mí. O que supiera que al hacerte daño a ti me lo estaría haciendo a mí.

Caleb extendió el brazo para cogerle la mano. La calidez de su tacto le subió por el brazo y le infundió un calor innegable. Apartó la mano, azorada por haber sentido... deseo. Había tenido la misma reacción en el hotel, pero no la había reconocido como tal. Ahora que la histeria del momento se había disipado, veía que había habido algo especial desde que él entrara por la puerta.

A juzgar por su reacción, él también era consciente de que habían saltado chispas entre los dos. Frunció el ceño de nuevo cuando retiró la mano, pero apartó también la suya y la apoyó en el regazo.

—Necesito que confíes en mí, Ramie. Entiendo tu postura; debe de serte difícil confiar en alguien porque siempre ves lo malo de la gente. Pero me has tocado y no has notado maldad, así que espero que eso signifique que puedas confiar en mí. El mejor sitio en el que puedes estar es mi casa porque así puedo asegurarme de que estás bien. Dispongo de unas medidas de seguridad que ni muchos edificios gubernamentales tienen.

Ella lo miró dudosa y él suspiró.

—Además, te quiero a mi lado. No he dejado de pensar en ti ni un solo día desde el año pasado y no es solo por el sentimiento de culpa o los remordimientos por lo que te hice. Hay algo entre los dos que va más allá de ser meros conocidos. Tú lo has notado y yo también. Me gustaría que pudieras confiar en mí y ver qué pasa entre los dos.

Ella abrió la boca, estupefacta. ¿Estaba hablando de una posible relación? No podía creer que acabara de decirle eso. Primero, ella no tenía relaciones nunca. Era imposible porque notaba lo peor en los demás, no lo mejor.

Segundo, no se conocían tanto. El único vínculo que compartían estaba forjado con sangre y violencia; era un lazo que ella no había buscado, sino que le había sido impuesto. Desde luego, no era la base para ninguna relación y menos aún con ella.

Y a pesar de todo, tenía razón en una cosa. Le había tocado, había visto su corazón y no era malo, pero ¿significaba eso que podía confiar en él, que podía bajar la guardia lo suficiente para que pudiera conocerla? ¿Le permitiría cruzar esas barreras que con tanto cuidado había erigido para que pudiera verle el alma y el corazón?

A veces sentía que hacía años que se había perdido. O tal vez nunca había existido de verdad. No era capaz de tener relaciones. Estaba demasiado hecha polvo. ¿Quién podría quererla con todo ese bagaje que llevaba? Tendrían que ser masoquistas para estar dispuestos a soportar a alguien así.

—No soy capaz de tener una relación —dijo en voz baja, avergonzada—. Soy muy complicada; los hombres no suelen hacer cola para algo así.

Él la miró con impaciencia. Se le notaba algo exasperado.

—Yo no soy la mayoría de los hombres, Ramie. Y, joder, no sé exactamente hacia dónde va esto. No tengo todas las respuestas. Lo único que sé es que cuando te miro, cuando te toco, algo me pasa. Se me remueve algo por dentro y de repente siento la necesidad de estar cerca de ti. No me lo explico. No tienes ni idea de lo que sentí cuando me di cuenta de lo que te había obligado a hacer, de que habías sentido lo mismo que mi hermana estaba experimentando entonces. Joder. Llevo ese peso en la conciencia un año entero. Saber que al salvar a mi hermana, le había hecho daño a una persona inocente… La última persona que merece algo así eres tú.

Ella apartó la mirada; el escozor de las lágrimas le

quemaba en los párpados. ¿Por qué no podía ser normal como el resto de la gente? No había pedido ese don o, mejor dicho, su maldición. A veces deseaba que cada caso fuera el último, que tuviera una sobrecarga mental o algo así que la consumiera del todo y la dejara inhabilitada para localizar el mal.

Eso la convertía en una egoísta. ¿No era eso de lo que la acusó Caleb? ¿De ser egoísta por no querer ayudarlo a encontrar a su hermana? Pero no podía seguir con esto para siempre. No cuando cada una de las víctimas seguía grabada en su mente y no hallaba el modo de deshacerse de esos recuerdos.

Y los sueños. Ay, los sueños. No solo había un loco acosándola en sueños, sino que también tenía pesadillas llenas de sangre, dolor y muerte. ¿Cuándo terminaría? ¿Acabaría alguna vez?

Miró a Caleb con aire impotente; no sabía cómo responderle. ¿Necesitaba absolución porque consideraba que había cometido un pecado contra ella? ¿Era el sentimiento de culpa lo que había detrás de todo?

—No te presionaré, Ramie —dijo él en voz baja—. Solo quiero la oportunidad de demostrarte que puede que haya entre los dos algo digno de explorar. No nos han unido las mejores circunstancias, pero eso no quiere decir que el futuro no pueda ser como nosotros queramos.

—Estoy rota —balbució—, rota por dentro. En las partes más importantes. Ni siquiera sé si soy capaz de amar o de querer. No sé qué hacen los amantes o cómo se supone que deben actuar. Solo conozco la violencia y la muerte; esas son las cosas que entiendo. Todo lo demás, una vida normal, una relación normal… no puedo dártelo y no porque no quiera. Joder, daría lo que fuera por poder disfrutar de lo que todo el mundo da por supuesto: felicidad, amor, relaciones, salir con alguien. No sé cómo actuar en situaciones sociales o íntimas. ¿Por qué querrías embarcarte en algo así?

Él se levantó de su asiento y se arrodilló delante de ella para poder mirarla mejor a los ojos. Entonces le puso una mano en la nuca, la atrajo hacia sí y le plantó los labios en la boca.

Ramie notó como una descarga eléctrica. De repente sintió una oleada muy intensa de deseo, de lujuria, de todo eso que no había experimentado nunca. Era abrumador. No sabía qué tenía que hacer a cambio.

Al final no le hizo falta saberlo. Caleb tomó la iniciativa y le rozó los labios con la lengua para separarlos. Cuando los abrió, su lengua entró y acarició la suya sensualmente.

La besó apasionadamente, intensificando el beso hasta que apenas pudo respirar. Apoyó las manos en su pecho en un primer intento de apartarlo, pero las dejó ahí, en contacto con su fuerte torso.

El calor le quemaba las palmas, las mismas con las que entraba en la mente de los demás. Sin embargo, lo único que sentía era su deseo —y sus ganas— de que no lo apartara. Flexionó los dedos en el sólido muro de su pecho. Nunca había disfrutado de algo tan sencillo como tocar a otra persona.

De repente se vio tocándolo delicadamente con las yemas de los dedos. Y al instante, lo supo. Caleb tenía la capacidad de conectar con ella como nadie. La cuestión era, ¿lo quería ella? ¿Quería comprobar qué era la normalidad? ¿Quería saber cómo eran las cosas que le habían negado: deseo, sexo, flirteo, intimidad, diversión?

Pero por mucho que dijera su mente, su corazón decía algo completamente distinto. En lugar de apartarlo y cortar el lazo que les unía —fuera cual fuera—, se inclinó hacia él y respondió al roce de su lengua con la suya.

Cuando él se apartó al final, tenía los ojos entrecerrados y llenos de deseo. Ramie se sintió vacía sin su tacto, desprovista de la calidez que la envolvía cuando la besaba y que se volvió fría por la soledad repentina. Algo que, hasta ahora, no le importaba demasiado. Había vivido y sobrevivido sola toda la vida. Y ahora Caleb había hecho que se preguntara por vez primera qué otras alternativas eran posibles.

Le acarició la barbilla y la instó a mirarlo a los ojos; unos ojos que ardían de sinceridad, una verdad que le iluminaba la mirada.

—¿Por qué no me dejas que me preocupe yo solito de eso? —preguntó con esa firme determinación marcada en el rostro—. Soy mayorcito ya. Resisto carros y carretas cuando se trata de lo que quiero.

Ella se limitó a mirarlo y no respondió. Sentía que andaba en la cuerda floja y que si daba un mal paso, caería al abismo que había a sus pies. Se notó un poco mareada y contuvo la respiración; sabía que tenía que andarse con mucho cuidado.

—¿Y qué quieres exactamente? —susurró.

—A ti, Ramie. Te quiero a ti.

Once

Ramie todavía no estaba acostumbrada a los climas cálidos. Le chocaba que en Oklahoma hiciese tanto calor en pleno octubre. Siempre había preferido zonas más frías y menos húmedas. Colorado no estaba mal, aun teniendo en cuenta que no habría aguantado el invierno en la destartalada cabaña de la que Caleb la había sacado. Así que, cuando salió del avión con él a las afueras de Houston, no estaba preparada para la repentina bofetada de humedad que recibió, una humedad que la oprimía y hacía que le costase respirar.

Cuando se detuvo para recuperar el ritmo de la respiración, Caleb dejó de caminar también, sin soltarle el brazo. La miró con preocupación.

—¿Qué sucede? —preguntó. Ella esbozó una sonrisa.

—Estamos en octubre.

Caleb tenía una expresión confusa, y sus ojos azules se llenaron de preocupación. Probablemente estaba pensando que el último hilo que ataba a Ramie a la cordura se acababa de romper.

—Debería hacer más fresco —continuó, todavía un poco mareada por la humedad—. Es difícil respirar aquí...

—Deberíamos meternos en el coche —dijo él, ignorando sus comentarios climatológicos—. Aquí estás demasiado expuesta.

La hizo llegar hasta el vehículo y, tan pronto entró, la invadió un aire mucho más fresco que recibió agradecida. El aire acondicionado estaba a toda potencia. Ramie suspiró aliviada.

Caleb se sentó junto a ella y, tan pronto como cerró la puerta, le dio al chófer la orden de arrancar; mientras tanto, Ramie tenía la vista puesta en el exterior, mirando sin ver a través de la ventanilla. Oía a Caleb hablando por teléfono —en una ocasión se dio cuenta de que hablaba con uno de sus hermanos—, pero pronto dejó de prestar atención a eso también.

No lo habría creído posible, pero debió de quedarse dormida, porque se despertó de improviso al sentir que Caleb la sacudía suavemente.

—Ramie, ya estamos en casa —dijo.

Pestañeó, somnolienta, mientras trataba de ubicarse. No sabía muy bien qué esperaba encontrar, pero todo parecía muy… normal.

Salieron al sol y Caleb la llevó hacia la puerta de la entrada. Habían aparcado en el camino que llevaba a la entrada principal de la suntuosa residencia, una enorme mansión de dos pisos que ocupaba un amplio terreno cual invasor gigantesco.

No había nada más que bosque a su alrededor. Ni una sola casa más. Era un lugar íntimo y apartado, pero Ramie solo podía pensar en la cantidad de escondites para posibles intrusos que ofrecía el entorno. ¿Cómo se iban a enterar si alguien se aproximaba? La inquietud se apoderó de ella y empezó a preguntarse si no habría sido una tontería confiar en Caleb Devereaux. Había actuado presa del pánico, pero ahora que ese pánico había pasado, temía haber cometido un gran error.

—¿Ramie?

Se dio cuenta de que se había detenido de nuevo, resistiéndose a que Caleb la siguiera llevando hacia la casa. Clavó los tacones en el suelo y soltó el brazo de la mano de Caleb. El pánico volvió a invadirla y empezó a notar los síntomas de un inminente ataque de ansiedad.

—Aquí no estamos seguros —balbució—. Es un lugar demasiado apartado, demasiado solitario. ¿Cómo nos enteraríamos si hubiera alguien escondido entre los árboles?

Se le nubló la vista y murmuró un taco entre dientes con la poca fuerza que fue capaz de reunir. Ya estaba bien de llorar. No era una llorica. Y, sin embargo, poco había hecho desde que Caleb había vuelto a irrumpir en su vida. Lo último que necesitaba era alterarse emocionalmente; tenía que apañarse como fuera con la poca cordura que le quedaba.

Para gran sorpresa suya, Caleb no discutió ni intentó calmarla; simplemente la cogió en brazos y la llevó resueltamente hasta la puerta. Cuando estaban llegando, esta se abrió y pasaron junto a un hombre que debía de ser uno de sus hermanos.

—Caleb, para —jadeó—. Suéltame. Por favor.

Haciendo caso omiso, la llevó a una espaciosa sala con dos grandes sofás, otro un poco más pequeño y dos sillones. La dejó en el sofá pequeño y le sujetó los hombros, obligándola a mirarlo a la cara.

—Ramie, respira.

Ya no se mostraba tan cariñoso como antes, ni tan comprensivo; más bien parecía fastidiado e impaciente. Cansado, como de haber dormido poco. Ramie empezó a sentir vergüenza. Sabía que sonaba desagradecida y desconfiada.

—Reacciona —le ordenó Caleb—. No te nos puedes venir abajo ahora. Estás a salvo. Respira, joder.

Sus palabras le sentaron como si un látigo restallara sobre su cabeza y la trajera de vuelta a la realidad. Se fue calmando y dejaron de pitarle los oídos. Caleb le puso bruscamente un pañuelo en las manos y ella hundió la cara en él, respirando profundamente. Cuando volvió a alzar la mirada vio que junto a él había dos hombres con una expresión indescifrable.

Genial. El primer encuentro cara a cara con su familia, y ella estaba hecha un manojo de nervios.

—¿Estás más tranquila? —inquirió Caleb, en un tono más calmado que antes. Ella asintió cerrando los ojos, avergonzada.

—Ramie, venga —le dijo con voz queda—. No tienes nada de lo que avergonzarte.

—¿Y esta qué hace aquí?

Ramie dirigió la mirada hacia la puerta de la que venía la angustiada voz femenina que había hecho la pregunta, y vio a una mujer que la miraba horrorizada. Había sonado estridente, casi histérica. La reconoció al instante, sin necesidad de que se la presentaran: Tori Devereaux, la hermana de Caleb. Una mujer en cuya mente se había introducido. Una mujer con quien había sufrido.

—Habéis dicho que la ibais a ayudar, no que la ibais a traer aquí —dijo Tori, en un tono cada vez más fuerte—. ¿Qué hace aquí? Aquí no puede estar. ¡Lleváosla!

Por la cara de Tori corrían las lágrimas mientras miraba a Ramie, con una vergüenza que le brillaba en los ojos. Ramie cerró los suyos, incapaz de mirar a Tori un solo segundo más.

Era evidente que los hermanos de Tori no esperaban semejante reacción de su hermana. Antes de que pudiesen hacer nada, Tori se dio la vuelta y se fue corriendo.

Caleb tenía la cara como si le acabaran de dar un puñetazo en el estómago, y sus dos hermanos estaban igual de estupefactos.

—Voy a buscarla —dijo uno de ellos en voz baja.

Salió de la estancia, dejando a Ramie sola con Caleb y el otro hermano. Aunque no los asociaba con las caras, Ramie sabía los nombres de todos: Caleb era el mayor, los del medio eran Beau y Quinn, y Tori era la más pequeña. Supuso que el que había salido en busca de Tori era Quinn y que Beau, el segundo de los Devereaux, era el que se había quedado. Al ver la reacción de Tori, la expresión de Beau se había tornado arisca, y miraba a Ramie como si fuera una intrusa. No podía reprochárselo.

—Lo siento —se disculpó Caleb, visiblemente desconcertado.

Ramie sacudió la cabeza.

—No te disculpes. Su reacción no tiene nada de sorprendente.

Beau frunció el ceño.

—¿Por qué lo dices? Parece que esperaras que hiciera precisamente eso.

Ramie lo miró fijamente y habló con voz tranquila:

—Porque yo lo vi todo, lo sé todo y soy la única persona, aparte de ella misma y su secuestrador, que sabe exactamente por lo que pasó. Ni tus hermanos ni tú lo visteis; solo sabéis lo que ella os quiso contar. Está muerta de vergüenza porque la vi en su peor momento y hasta lo viví con ella, así que no podéis esperar que me reciba con los brazos abiertos; es más, mientras yo esté aquí, mi presencia le recordará constantemente lo que tanto se está esforzando por olvidar. En lo que respecta a vosotros, puede consolarse pensando que no lo sabéis absolutamente todo, pero yo sí, conque conmigo no tiene ese consuelo.

—Ay, Dios —dijo Caleb, pasándose una mano por la cabeza—. Ni se me ocurrió pensar que…

—Me voy —lo interrumpió Ramie, levantándose del sofá con brusquedad—. Es obvio que no tengo que estar aquí. Le estoy haciendo daño. Nunca debí haberte llamado. Lo siento.

—No estoy de acuerdo —espetó Beau, para sorpresa

de Ramie. Por la manera en que llevaba mirándola desde el arrebato de ira de Tori, creía que estaba deseando deshacerse de ella cuanto antes—. Creo que lo que Tori necesita es precisamente que te quedes. Tienes razón: no sabemos todo lo que sufrió ni podemos entenderlo, pero tú sí. Y no, no le va a gustar, pero llevamos un año mimándola y cuidándola como a un bebé y creo que en el fondo no le hacemos ningún favor, aunque nuestro instinto sea justamente el de protegerla. Quizá sea hora de dejarnos de paños calientes.

—Esta familia ya ha utilizado bastante a Ramie —repuso Caleb fríamente—. No pienso seguir haciéndolo. No quiero que siga siendo la muleta de Tori. Le prometí protección y seguridad, así que sí, se va a quedar aquí, pero no para que sirva de cura para Tori.

Beau parecía sorprendido por la vehemencia de su hermano. Su mirada saltaba de él a Ramie.

—Me va a odiar —dijo Ramie con suavidad—. No va a ser capaz de estar en la misma habitación que yo. Cada vez que mire hacia donde yo esté será consciente de que yo lo sé todo. Que sé cosas que está tratando de olvidar y que no compartió con vosotros ni con nadie más. Me va a odiar en todo momento.

—¡Pues muy bien! —repuso Beau con violencia—. ¡Por lo menos habrá algo humano en ella! En este momento, cualquier emoción que salga de ella me vale, aunque sea odio o ira. Cualquier cosa es mejor que esta apatía que parece estar succionándole la vida desde hace un año. Ramie, no mereces su odio, pero esta es la primera vez que veo un atisbo de vida en ella. Lleva un año viviendo en una bruma, y ni yo ni mis hermanos sabemos qué hacer para no verla morir un poquito más cada día. Si tu presencia le hace sentir algo, sea lo que sea, no quiero que te vayas a ningún lado.

Caleb sacudió la cabeza. Su frustración y su amargura se podían palpar en el ambiente tenso de la sala.

—No la he traído aquí para eso. Estamos en deuda con ella, todos nosotros. Hay un maníaco suelto que lleva año y medio detrás de ella y que ayer a punto estuvo de agarrarla. Que no, joder, que no está aquí para ser el saco de boxeo de Tori. Le debemos bastante más que eso. Así que, Quinn y tú, mantened a Tori alejada de Ramie.

Beau no dijo nada; sus labios formaban una fina línea. Caleb posó una mano en el hombro de Ramie y la empujó con suavidad para que se volviese a sentar. Entonces se giró hacia su hermano.

—Ramie cree que este lugar no es seguro. Le preocupan el aislamiento y el bosque; dice que no podemos saber si hay alguien cerca.

Ramie notó que a Beau le alarmaban las palabras de Caleb; la miró, como pidiendo confirmación de lo que su hermano le acababa de decir.

—Así que, antes de llevar a Ramie a descansar a su habitación —continuó Caleb—, tú y yo le vamos a mostrar por qué no hay de qué preocuparse.

Doce

*R*amie tenía la cabeza apoyada sobre una almohada tan cómoda que casi le parecía estar flotando. Se le cerraban los ojos. Sentía como si la cama se la tragara, envolviéndola en su reconfortante abrazo. Decidió desactivar conscientemente todas sus sensaciones excepto la de seguridad y bienestar; porque como se permitiera pensar en algo más, se rompería el débil hilo que aún la ataba a la cordura.

Caleb y Beau la habían llevado a una habitación del piso de abajo que contenía todo tipo de aparatos electrónicos y monitores de televisión en los que se mostraba cada rincón de la casa en tiempo real. Además, alrededor de la casa había infinidad de sensores remotos que emitirían una señal sonora si alguien se aventurase a acercarse a ella, y si llegara a entrar en la zona más próxima saltarían las alarmas. Una de las habitaciones del piso de abajo era un búnker, impenetrable y a prueba de incendios, en el que había suficientes víveres para sobrevivir a un desastre natural, o a un apocalipsis zombi.

Tuvo que reprimir la repentina carcajada que le quiso salir del pecho. No había nada de gracioso en su situación, ni en pensamientos absurdos como sobrevivir a un apocalipsis zombi. Aunque viniera a cuento.

Lo importante era que la casa era a prueba de bombas, o a prueba de maníacos homicidas dementes. Nadie podía tirarse un pedo en el bosque sin que se enteraran Caleb y sus hermanos. Eso debería aliviar su preocupación, y aun así, allí estaba, tumbada en una de las camas más cómodas que había visto en su vida, agotadísima, pero incapaz de relajarse y dormir. Por mucho que su corazón le dijera que estaba a salvo, ella no conseguía dejar de sentir miedo; corazón y cerebro no se ponían de acuerdo, y eso no la ayudaba a dejar de sentir que la cordura se alejaba de ella cada vez más y más.

Para empeorar las cosas, mientras Caleb la llevaba a la habitación donde la iba a instalar, habían pasado por delante de la de Tori; el sonido de sus sollozos la entristeció. Sintió un dolor en el pecho por todo el trastorno emocional que su presencia le estaba causando. No podía reprochar a Tori el haber reaccionado de esa manera al encontrarse cara a cara con la verdad absoluta de lo que le había pasado. No había nada malo en la negación. Cada uno tenía su manera de abordar los problemas, y solo Dios sabía cómo había aprendido Ramie a hacerlo a lo largo de los años. Absorber una tragedia detrás de otra quizá no fuera el método más saludable, pero ser capaz de compartimentar cada pesadilla era lo que la había ayudado a sobrevivir. Algún día, las murallas se desmoronarían y todo lo que había guardado dentro saldría de golpe como en la erupción de un volcán; pero mientras tanto... aguantaba. Aguantaba igual que resistía Tori, o no. No era ni su trabajo ni su responsabilidad sanar a la hermana de Caleb. De hecho, ni aun queriendo hacerlo sabría siquiera cómo empezar.

Sin abrir los ojos, se pasó la mano por la frente y se la frotó con cansancio, intentando aliviar la tensión y el dolor que le martillaba las sienes. ¿Cuándo podría parar de correr? ¿Dejaría de huir algún día, y podría llevar la vida normal y aburrida que tanto ansiaba?

«Si crees que estás a salvo de mí o que lo estarás alguna vez, eres imbécil. No hay ningún sitio en el que te puedas esconder de mí. Y cuando te encuentre, vas a sufrir. Me vas a suplicar que te mate y si te portas bien, puede que me apiade y lo haga rápido.»

Ramie se levantó como un rayo, a la vez que rompía con un grito el silencio que hasta ese momento había arropado el dormitorio. Su mirada saltaba histérica de un punto a otro de la habitación en penumbra. Pestañeó rápidamente para que las pupilas se acostumbraran a la oscuridad. Esperaba verlo de pie junto a su cama, al alcance de la mano. Debería echar a correr, pero estaba paralizada: era incapaz de moverse, incluso de respirar. El terror la apresaba hasta el punto de sentirse magullada, como si una mano le estuviese apretando la garganta.

Cuando la puerta se abrió de golpe, volvió a gritar y se fue rápida y atropelladamente al otro lado de la cama. Cayó con un sonoro golpe; una punzada de dolor le atravesó la cabeza, pero consiguió plantar las palmas en el suelo y alzarse, preparada para luchar por su vida. Estaba claro que allí no iba a estar a salvo. ¡Idiota, idiota, idiota!

Giró la cabeza como un animal salvaje, agitando las aletas de la nariz y evaluando las posibles escapatorias. Entonces, una figura masculina cruzó el umbral, y de repente se encendió una luz que la deslumbró.

Oyó su nombre y miró por todas partes, buscando el lugar de donde venía la voz. Unas manos fuertes le sujetaron los brazos. Empezó a revolverse violentamente por puro instinto de supervivencia: no estaba preparada para morir.

—Caleb, ¿qué narices pasa?

Ramie miró hacia la puerta, ahora abierta, y vio a Beau Devereaux allí plantado, en ropa interior. Enseguida llegó Quinn y lo apartó de un empujón, con cara de preocupación y cansancio.

—Por Dios, esto no va a ayudar a Tori —dijo entre dientes.

Ramie miró hacia arriba. El miedo empezaba a abandonar su cuerpo. Caleb estaba arrodillado a menos de medio metro de ella, con el pelo revuelto y los ojos rojos. Al igual que Beau, solo llevaba puestos unos calzoncillos, y era evidente que se había despertado con su grito. Ramie cerró los ojos; el miedo estaba empezando a dar paso a la vergüenza.

—Volved a la cama —ordenó Caleb a sus hermanos—. Ya me encargo yo. Id a comprobar que Tori esté bien.

Ramie contuvo la respiración mientras los hermanos de Caleb salían de la habitación, ambos con el ceño fruncido. Su expresión era claramente de fastidio, sin rastro de hospitalidad; parecía claro que Beau se arrepentía de lo que había dicho antes. Salieron y cerraron la puerta con suavidad.

Ramie se dio cuenta de que tenía las uñas clavadas en las palmas hasta el punto de dejar marcas. Se obligó a relajar las manos y cerró los ojos: no quería mirar a Caleb y ver lo mismo que en las caras de Quinn y Beau.

—No estoy loca —susurró—. De verdad que no.

No se daba cuenta de que se estaba golpeando con el puño en el muslo, ni de que por la cara le resbalaban ya las primeras lágrimas. Finalmente le salió un sollozo, le pareció un ruido horrible que no quería repetir, porque sonaba demasiado a derrota, como si el cabrón aquel hubiese vencido ya.

—No estoy loca —repitió con fiereza, desafiando a Caleb a discutírselo, a juzgarla.

Él se puso de pie con calma, se agachó, levantó a Ramie y la volvió a dejar con cuidado en la cama. A continuación se acostó junto a ella y la rodeó con sus brazos.

Ramie inspiró y se llenó de su aroma. Sentía como si lo estuviera inhalando a él. Era como si las piezas de un rompecabezas, una por una, empezasen a encajar a su alrededor.

—No creo que estés loca —murmuró Caleb junto a su oído—. Pero me gustaría saber qué ha pasado. Tú no te asustas con facilidad, Ramie, así que, para gritar tan fuerte, algo ha tenido que suceder que te ha aterrorizado.

Lo miró boquiabierta y con los ojos como platos, como si se hubiera vuelto loco de atar.

—¿Que no me asusto con facilidad? ¿Es algo que se te acaba de ocurrir sobre la marcha para apaciguarme, darme una palmadita en el hombro y decirme lo bien que me he portado?

—Eh… No sé cuál es la respuesta correcta para una pregunta como esa, así que mejor voy a repetir que creo que no te asustas con facilidad.

Ramie resopló y se secó las mejillas en esas almohadas tan blanditas sobre las que tendría que estar durmiendo, si no fuera por el psicópata que la acosaba y la aterrorizaba.

—Estoy muerta de miedo —dijo, sin ningún teatro. Lo dijo tan claramente como diría cualquier otra verdad, como que el cielo es azul salvo algunos días que es gris y a veces negro o de un blanco algodonoso.

Caleb habló con un deje de exasperación en la voz, aunque seguía apretándola contra su cuerpo, envolviendo el de ella completamente, dándole cobijo. Ramie reconoció lo que sentía: alivio, un dulce alivio. Mientras Caleb la tuviese sujeta de esa manera, nada ni nadie podría hacerle daño.

—¿De qué tienes tanto miedo? —preguntó con suavidad—. Ya te hemos enseñado el sistema de vigilancia. Le hemos robado las mejores mentes militares al tío Sam. Estos hombres harían quedar a cualquier tipo de la calle, como el macarra ese que te anda persiguiendo, como una niña de preescolar. Y, bueno, creo que esas niñas le podrían dar una paliza. ¿Has visto alguna vez niñas de preescolar? Dan un miedo increíble, en serio. Me quito el sombrero ante quien sea capaz de pasar un día entero rodeado de niñas, y niños, de cinco y seis años.

Le había hecho una pregunta, pero no le había dado oportunidad de responderla. Siguió hablando, desplazando los pensamientos de Ramie del susto que se acababa de llevar a sus historias burlonas sobre niñas de preescolar. Le estaba dando tiempo para que pudiera contarle las cosas a su propia manera, en lugar de interrogarla y sacárselas con sacacorchos. Era probable que hubiera tenido que aprender a tener ese tipo de paciencia últimamente, con Tori; debía de haber sido bastante frustrante para sus hermanos que se mostrase tan poco comunicativa, porque ellos querían respuestas, respuestas para todo. Y quién sabe qué habría pasado si hubieran sido capaces de sacar algún dato identificativo de los sueños rotos de Tori.

Ramie bostezó y de repente Caleb estaba más cerca, amontonando almohadas entre sus espaldas y la cabecera de la cama. A continuación la atrajo hacia sus brazos para mecerla con su cuerpo; su calor la tranquilizaba.

Había sentido frío desde el momento en que Caleb había abierto la puerta de la habitación de invitados, que estaba en el otro extremo del mismo pasillo que los dormitorios de los hermanos y además tenía cuarto de baño propio. Pero a Ramie no le gustaba la habitación. Era... fría. Estéril. A decir verdad, la espantaba.

Caleb pasó sus labios por el pelo de Ramie.

—¿Qué ha pasado, Ramie? ¿Has tenido una pesadilla?

—Vas a creer que estoy loca. O mejor dicho, te vas a dar cuenta de que lo estoy, como también empiezo a darme cuenta yo —susurró.

Incluso ahora que danzaba alrededor de lo que Caleb buscaba, en la habitación hacía cada vez más frío. A Ramie le dio un escalofrío; los dientes le castañeteaban de manera muy poco atractiva, pero en ese momento le importaba un bledo resultar atractiva o no. Lo único que quería era estar calentita.

—Pero si estás congelada —dijo Caleb con recelo—. ¿Estás enferma? ¿Por qué narices no dijiste nada? Podría haber llamado a un médico.

Ramie levantó una mano.

—No estoy ni enferma ni loca. Eso es lo único de lo que estoy segura en este momento de mi vida.

—¿Qué has soñado? —preguntó Caleb, yendo directo al grano para evitar salidas por la tangente.

—No ha sido un sueño —susurró—. Aún no me había dormido. Estaba cansada y pensaba que esta cama era la mejor que había visto en muchísimos meses; miraba al techo intentando apagar el cerebro. Me dolían un poco las sienes, así que empecé a masajearlas mientras intentaba relajarme, y entonces…

—¿Entonces qué, Ramie?

Dudó un momento, pensando hasta dónde podía llegar con Caleb, cuánto podía confiar en él. ¿Y si se volvía en su contra? ¿Y si había planeado un intercambio y pretendía entregarla, envuelta para regalo y con un lacito, a cambio de la seguridad de Tori? A lo mejor solo la estaban usando como chivo expiatorio para que ningún miembro de la familia pudiera ser considerado culpable, ni responsable de llevar a un hombre ante la justicia.

Caleb la miró con esos ojos azules, que a veces parecían gélidos, como si pudiera congelar a alguien con la mirada. Ramie sintió un hormigueo en la piel. Como si no tuviera bastante frío ya.

Como si hubiera sentido su frío, o quizá notaba que toda la cama temblaba con ella, Caleb tiró de las mantas para que los taparan a los dos y volvió a estrechar a Ramie entre sus brazos para que no quedara espacio entre sus cuerpos.

La chica notó como el calor salía del interior de la piel. Odiaba tener puesta una camiseta que ejercía de barrera entre su piel y la de Caleb. Ramie situó sus palmas sobre el pecho de él, haciendo caso omiso del respingo que dio al sentir el frío de sus manos. Poco a poco, según absorbía el calor de Caleb, ambos se fueron relajando.

Sus labios estaban tentadoramente cerca de los de ella. Sus respiraciones se mezclaban, y el silencio era tal que Ramie podía oír los latidos del corazón de Caleb. También podía sentirlos bajo las yemas de los dedos.

—Bésame —suplicó suavemente—. Hazme olvidar.

Los labios de ambos se tocaron con ternura en un simple roce que llenó de calidez el corazón de Ramie.

—¿Olvidar qué, Ramie? Tienes que hablar conmigo. Si te voy a mantener a salvo, no me puedes tener en ascuas.

Se rompió el hechizo y volvió el frío. Un escalofrío recorrió la columna de Ramie, que se giró hasta estar boca arriba y se subió las mantas hasta la barbilla. Miraba al techo sin ver, mientras Caleb yacía a su lado, tocando su costado con su fuerte cuerpo.

—Me habló —dijo en voz queda—. No estoy loca. No es mi subconsciente, ni estoy proyectando mi miedo, ni es la manifestación de mis miedos ni de mi paranoia. Tiene un lazo conmigo, un vínculo. Es así como me encuentra siempre. Ahora ya sabe dónde estoy.

Caleb se puso rígido. Ramie lo miró por el rabillo del ojo y vio que su cara estaba tan tensa como el resto de su cuerpo. Lo que no vio fue incredulidad. El alivio empezó a correrle por las arterias y se sintió embriagada, casi mareada, como si le acabaran de inyectar en vena alcohol o alguna droga dura.

—Me crees —dijo, maravillada—. ¡Me crees!

Caleb pasó su amplia mano por el vientre de Ramie, con los dedos separados, y siguió deslizándola hacia arriba, hasta alcanzar su barbilla. Tiró levemente de ella para que sus miradas se encontraran. La de él era seria e intensa; el azul de los ojos, más vivo, más oscuro, no tan gélido como de costumbre. Parecían... cálidos, tiernos. No era la mirada que le dedicaría a una desconocida, ni a alguien a quien considerara una amenaza; ni siquiera a un conocido cualquiera. Era una mirada íntima, y cada centímetro de su rostro reflejaba sinceridad.

—Te creo, Ramie.

Ella cerró los ojos. Esta vez no trató de impedir que brotaran las lágrimas y le resbalaran por las mejillas dejando un rastro de calor a su paso. Caleb la creía.

—¿Qué te dijo? —le preguntó, en tono seco.

El enfado de su voz acabó con su sentimentalismo. Se secó las lágrimas con brusquedad y se giró de nuevo hasta quedar sobre su costado, mirándole.

—Sabe dónde estoy, o por lo menos sabe cómo es el sitio. Me dijo que si creo que todas esas medidas de seguridad le iban a impedir llegar hasta mí, soy una mujer muy estúpida. También dijo que no hay ningún sitio donde me pueda esconder de él y que mi muerte no será ni rápida ni misericordiosa, salvo que me... me po... porte bien y quizá entonces me hará el favor de ma... matarme rápido.

Casi no era capaz de articular las palabras. Se sentía como si tuviera una tonelada de cemento sobre el pecho.

—No estoy preparada para morir, Caleb —susurró—. Antes creía que sí y me rendí. Me avergüenza reconocerlo, pero tengo que ser sincera contigo: me resigné a mi propia muerte. Hasta llegué a creer que era lo que quería y que por fin encontraría la paz. Pero luego, cuando vi a la muerte de frente, cuando él me atrapó delante de la habitación del hotel, luché por sobrevivir y eché a correr. No me rendí. Entonces te llamé, porque eras mi última esperanza. No tengo a nadie más: ni familia ni nadie que se preocupe por mí. Me di cuenta de que no estaba preparada para morir, a pesar de lo que hubiera creído o lo blandengue que me hubiera vuelto, y de que no importa que no tenga nada por lo que vivir: no estoy lista para morir.

Caleb deslizó la mano por la mejilla de Ramie, la hundió en su pelo y tiró levemente de su cabeza hasta que sus labios se encontraron. Sus narices chocaron varias veces hasta que Caleb encontró la postura adecuada, y entonces su lengua empezó a acariciar la de ella, tanteando, saboreando.

Sus respiraciones sonaban fuertemente en medio del silencio. Los únicos sonidos eran los resoplidos, sus bocas amoldándose ardientemente la una a la otra y su respiración, que entraba con fuerza por la nariz.

La mano de Caleb salió de la melena de Ramie, acarició su cuello y su hombro y se quedó bajo su brazo, con los dedos abarcando un lado del tórax de ella. Rozó con un pulgar la parte inferior de uno de sus pechos. Entonces sus dedos empezaron a recoger la fina tela de la camiseta de Ramie, que levantó poco a poco hasta llegar al dobladillo.

Cuando Caleb le tocó la piel desnuda, a Ramie se le escapó un leve gemido que rompió el silencio. Se tensó por un momento, temerosa de haber roto el hechizo una vez más, pero la mano de Caleb no hizo sino sujetarla más fuerte, como más posesivo. Esa misma mano se deslizó por la cintura de Ramie hasta el centro de su espalda. Caleb desplazó el cuerpo de la chica debajo del suyo propio sin que sus bocas se separasen en ningún momento, hasta que todo su peso estuvo sobre ella, caliente, macizo, ondulando en perfecto ritmo con el corazón de Ramie. Ella cerró los ojos, rendida al magnetismo existente entre ellos, un vínculo distinto que había estado presente desde el principio. Sus manos exploraron la musculosa muralla de la espalda de Caleb, luego sus hombros, y a continuación bajó hacia donde su cintura se estrechaba. Sus músculos respondieron con un estremecimiento y su respiración se entrecortó, vibrando sobre los labios de Ramie.

La erección de Caleb presionó sobre el vértice de los muslos de Ramie, rozaba eróticamente la fina tela de sus braguitas y ejercía sobre su clítoris la presión exacta para llevarla al orgasmo.

Caleb apartó las manos de Ramie de su cuerpo, con sus dedos entrelazados, hasta dejarlas sobre la cama, justo encima de la cabeza de ella. Con las manos todavía sujetas, Caleb deslizó sus labios desde la boca de Ramie hacia abajo, primero su mandíbula, luego su cuello, y finalmente le susurró al oído:

—Sí que tienes a alguien por quien vivir, Ramie. Me tienes a mí.

Trece

*C*uando Ramie se despertó a la mañana siguiente, se dio la vuelta de inmediato, buscando a Caleb; necesitaba ese consuelo. Cuando se encontró con el vacío, frunció el ceño y giró la cabeza para mirar por encima del hombro.

No estaba y, por el aspecto de la habitación, parecía que hacía rato que se había ido. No había marcas en la almohada ni en la cama. ¿Habría vuelto a su habitación en cuanto se quedó dormida?

Se estremeció cuando se giró y recibió toda la fuerza del sol que brillaba a través de uno de los listones de las persianas. El sol estaba bastante alto, lo que indicaba que era un tanto tarde y, cuando se fijó en el reloj que había junto a la cama, confirmó que sí, que era tarde.

Aun así, se quedó tumbada dándole vueltas a los acontecimientos de la noche anterior: Caleb en su cama con sus brazos estrechándola, sujetándola y dándole consuelo. La intimidad que les había arropado la había dejado agitada y nerviosa, insatisfecha de un modo que no había experimentado antes.

No tenía ni la más mínima idea de lo que había entre ella y Caleb ni de si quería o no que lo hubiera. Estar cerca de otro ser humano —sobre todo de un hombre— era una experiencia nueva para ella. Una que había descubierto que le gustaba. Y mucho.

Apartó la colcha y sacó las piernas por un lado de la

cama, pero entonces se quedó quieta. ¿Adónde iba? No tenía ningún sitio al que ir y no podía merodear por la casa de Caleb como si fuera suya.

¿Tenía que quedarse en la habitación o se suponía que debía de salir en algún momento?

El rugido de su estómago decidió por ella. Estaba muerta de hambre.

Arrastró los pies hacia el cuarto de baño, se metió en la ducha y se aseguró de que el agua estuviera fría para poder despertarse del todo. Jadeó cuando se sumergió bajo el chorro. La temperatura la espabiló y, tal como esperaba, la confusión que nublaba su mente y entorpecía sus sentidos se evaporó bajo el agua helada.

Rápidamente se lavó el pelo y el cuerpo, sin detenerse ante el frío del agua. Se enrolló una toalla en la cabeza, envolvió con otra su cuerpo y se fue a la habitación.

De repente la asaltó el frío. Hacía más frío aún que cuando estaba en la ducha. ¿Por qué narices hacía tanto frío en esta habitación? No ocurría lo mismo en el resto de la casa.

«Estoy aquí.»

Se le cortó la respiración. Se quedó completamente quieta mientras un escalofrío le recorría la espalda y sentía cómo se extendía por toda la superficie de su piel hasta que le erizó el vello de todo el cuerpo. Sacudió la cabeza. No. No permitiría que la perturbara.

A pesar del miedo, se puso la ropa apresuradamente y se secó un poco el pelo. Tiró la toalla al suelo y salió corriendo de la habitación.

En cuanto accedió al vestíbulo, notó una calidez muy agradable. Inhaló con fuerza para aspirar ese aire mucho más cálido y puso más distancia entre ella y esa habitación. Se dirigió hacia las escaleras y frenó a medio camino; se obligó a sí misma a aparentar tranquilidad, a pesar de que en su interior estaba hecha un manojo de nervios.

No le había prestado mucha atención a la visita guiada del día anterior. Lo único que recordaba con claridad era la habitación en la que se encontraban todos los monitores de seguridad. De esa recordaba hasta el último detalle.

Como sabía que el comedor estaba a su derecha, giró a la izquierda cuando llegó al final de las escaleras y recorrió el pasillo pasando frente a la habitación de los controles y la sala de seguridad hasta llegar por fin a la cocina. Cuando entró indecisa por la puerta, Tori, que estaba sentada en la isla de la cocina, levantó la vista y la fulminó con la mirada.

Sin mediar palabra, Tori se levantó como si tuviera un resorte en el trasero, tiró el vaso que tenía delante y se fue. Caleb se quedó allí, de pie, con el rostro consumido y los ojos atormentados.

—No me quiere aquí —dijo Ramie, aunque era evidente.

Caleb se giró sin mirarla a los ojos.

—No —dijo él en voz baja—, no quiere.

—Habéis discutido por mí. Porque estoy aquí.

De nuevo sus palabras eran una obviedad, pero aun así las dijo en voz alta para que Caleb pudiera darse cuenta de las consecuencias de su presencia. Ella no podía estar aquí. Él no podía elegir entre lo que le había prometido a ella y su familia. Nadie debería tomar nunca una decisión como esa.

Él se limitó a asentir con la cabeza, confirmando así su apreciación.

—Pues entonces me iré —dijo Ramie sin más.

—¡No! —exclamó Caleb con una expresión sombría—. No vas a ir a ninguna parte. Ni siquiera es una opción.

Ella pestañeó ante su vehemencia.

—Tenía hambre —dijo con un hilo de voz, en un intento de cambiar el tema de conversación.

—Y con razón. Lo siento. Tendría que haberte subido algo de comer. No tendrías que haber bajado para presenciar… esto —añadió señalando la dirección por la que se había ido su hermana.

Ramie no pudo soportar la aflicción que veía en sus ojos. Se le acercó y le estrechó las manos mientras lo miraba a los ojos.

—No es culpa tuya, Caleb. No puedes echarte la culpa por esto. Por ella. Por mí. Por todo lo que ha pasado. Y, sobre todo, no tendrías que elegir entre una extraña y tu hermana.

De repente, su mirada se volvió puro fuego y notó en su mente la ira de Caleb. Era tan abrasadora que, al instante, le soltó las manos para romper la conexión entre ambos.

—No eres una extraña —le espetó con rabia—. No eres una persona cualquiera, Ramie. Eres alguien. Eres importante. Para mí eres importante, así que deja de decirme qué puedo y qué no puedo elegir. Deja de decirme qué tengo que sentir.

—No te estoy… Lo siento —dijo en voz baja.

Se dio la vuelta. El corazón le latía tan deprisa que podía oírlo, al igual que su pulso. No tenía la más remota idea de qué decir o cómo podía responder a lo que había dicho.

—¿Eso es todo? —preguntó él—. Te disculpas… ¿por qué, Ramie? ¿Qué es exactamente lo que sientes? ¿Sientes que me preocupe? ¿Sientes no estar muerta? ¿Por qué te estás disculpando? ¿Lo sabes siquiera?

Se giró, se quedó inmóvil y apoyó su mano en el respaldo del taburete.

—No lo sé —admitió con sinceridad—. No tengo respuestas para lo que está pasando. No quiero que te enfades, Caleb. Te estoy muy agradecida.

Él estiró el brazo hacia un lado como si rechazara rotundamente sus palabras.

—No quiero tu gratitud, joder. Ya te la puedes ahorrar. Y tampoco quiero que te disculpes por todo.

—¿Y qué quieres entonces? —exclamó ella—. ¿Qué quieres? Porque yo no lo sé y no se me dan bien las adivinanzas ni los jueguecitos mentales.

De repente, volvía a tener a Caleb delante. Irradiaba un calor indescriptible. Tenía la mandíbula apretada con fuerza y una expresión sombría. Estaba muy enfadado.

—No lo entiendes, ¿verdad?

—¿Qué? ¿Qué tengo que entender? —le gritó—. ¿Qué se supone que tengo que entender? ¡Porque no lo sé! Lo único que sé es que le estoy ocasionando aún más dolor y sufrimiento a una familia que ya ha sufrido bastante.

Un sollozo la interrumpió; el nudo que notaba en la garganta había acabado por salir a la superficie. Se encogió de hombros y se tapó la cara con las manos.

Caleb suspiró y, sin pensárselo dos veces, la estrechó entre sus brazos. Ella hundió la cara en su pecho y le rodeó la cintura con los brazos, aferrándose a él como si fuera la única ancla en una feroz tormenta.

—¿Qué es lo que no entiendo? —susurró contra su camiseta—. Porque creo que entiendo exactamente cuál es la situación.

Él la agarró por los hombros y la apartó un poco para que ambos pudieran mirarse a los ojos.

—Que te deseo.

Ella se quedó mirándolo boquiabierta mientras sus palabras atravesaban el denso manto de desesperación y aislamiento que la envolvía. Se quedó tan quieta que de repente se dio cuenta de que había estado conteniendo el aliento demasiado rato y finalmente respiró con una larga exhalación.

—Lo que no entiendes es que te deseo —repitió Caleb—. Lo que no entiendes es que la idea de verte en manos de un monstruo me aterroriza. Lo que no entiendes es que eres importante para mí. Lo que no entiendes es que, por mucho que mi hermana odie que estés aquí, no pienso dejar que te vayas de mi vida. Esto no tiene nada que ver con lo que yo y mi familia te debamos o la responsabilidad que sintiera hacia ti hace un año. No tiene nada que ver con que le salvaras la vida a Tori. No dejaré que te vayas porque quiero que te quedes. Me he dado cuenta de que nunca ha habido nadie que luchara por ti, Ramie. Pero, ahora sí: me tienes a mí.

—Nadie me ha querido nunca —susurró ella—. Solamente me querían por lo que era capaz de hacer, lo que podía conseguir con mis habilidades, pero nunca por mí misma. ¿Sabes lo que supone eso?

La expresión de Caleb se suavizó y se le oscurecieron los ojos, pero no era pena lo que leía en ellos, porque eso la hubiera sacado de sus casillas, sino comprensión.

—No somos tan diferentes como piensas —dijo él en voz baja—. Soy un Devereaux. Y la gente, las mujeres, quieren lo que conlleva el apellido: dinero, poder, prestigio. Pero no me quieren a mí, a Caleb. Quieren a Caleb Devereaux.

Entendió lo que acababa de contarle y la vergüenza le encendió las mejillas. Estaba tan absorta en sí misma, tan acostumbrada a su propia miseria, que no veía más allá de sus propios problemas. Caleb la había tenido por una egoísta antes de saber cómo funcionaba su don, pero no se equivocaba. Era egoísta. Y reparar en eso no fue nada agradable.

Se había pasado la vida esperando lo peor, preparándose para lo peor. Nunca había luchado por nada más. Nunca había esperado nada más. ¿Cómo esperaba conseguir más si no lo pedía?

Había pasado mucho tiempo recriminándose por lo injusto que era ser la pobre y pequeña Ramie a la que nadie quería. Ella mismo había permitido que la despojaran de su propia alma. Nadie le había hecho eso, se lo había hecho ella misma porque no era fuerte, porque nunca había pensado que podía tener más de lo que le habían dado. Porque podría ir en busca de la felicidad en lugar de esperar a que mágicamente se la otorgaran. En lugar de eso, llevaba una década revolcándose en su propia miseria.

Pero en ese lugar, en ese momento, tenía delante a alguien que se preocupaba por ella y no por sus habilidades. Caleb no le estaba pidiendo nada. Sería idiota si huía ahora, aunque eso significara ponerle en peligro a él y a toda su familia. Tal vez podrían luchar juntos.

—Te deseo —dijo en un hilo de voz—. Te deseo, Caleb, y me da igual cómo te apellides.

Catorce

*C*aleb miró fijamente a Ramie, vio el miedo y la vulnerabilidad en sus ojos, y le sorprendió lo que tenía que haber sido para ella abrirse a él. A sus ojos se asomaba la duda y su expresión demostraba preocupación. No era exactamente el tipo de reacción que un hombre deseaba ver en el rostro de la mujer con la que quiere intimar, pero Ramie no era como la mayoría de las mujeres. La mayoría de las mujeres no había visto el mundo a través de los ojos de Ramie.

Cogió esas manos que unos momentos antes habían soltado las suyas y supo por qué había cortado el vínculo entre ambos. Sin embargo, ahora estaba más calmado y quería que viera —que supiera— que no tenía nada que temer de él.

Ella se estremeció cuando él la estrechó otra vez entre sus brazos y su cuerpo se volvió suave y flexible. Aún quedaba un atisbo de humedad en su cabello, que olía a madreselva.

Quería llevarla a la cama. Ahora mismo. Quería pasarse el día entero haciendo el amor con ella. Demostrándole sin palabras inútiles el vínculo cada vez más fuerte que había entre ambos. En lugar de eso, le alisó con la mano el pelo rizado y la acarició para tranquilizarla, para que se acostumbrara al tacto de alguien. De un hombre. Un hombre que no tenía la más mínima intención de hacerle daño. Se le pasó por la cabeza que su única experiencia con el sexo debía de ser la que veía en los crímenes degradantes que experimentaba a través de las mujeres a las que había ayudado.

Si ese era el caso, tendría que tratarla con una precaución extrema. No podía presionarla ni física ni emocionalmente hasta que estuviera preparada. Sí, él quería que ella dependiera de él, que estuviera dispuesta a depender de él y a confiar en él. Sin embargo, él no quería ser su bastón. No, Caleb quería ser más que un mecanismo de defensa y protección; quería más.

Le dio un beso en la parte superior de la cabeza mientras seguía acariciándole la espalda y la nuca, enredando sus dedos de vez en cuando en los revoltosos mechones de su pelo. Simplemente se dejaba llevar, disfrutando de la sensación de tenerla entre sus brazos, de que estuviera en su casa y saber que estaba a salvo, no ahí fuera sola y vulnerable. Temiendo que cada aliento fuera el último. Aquella no era forma de vivir. Y por supuesto no era forma de morir.

Gracias a Dios que lo había llamado. De no ser así, aún estaría buscándola. O peor aún, Ramie podría estar en manos de su acosador mientras sufría una tortura indescriptible.

Apretó los ojos para poder olvidar esa imagen y respiró a través de la nariz para que no le embargara de nuevo toda esa rabia. Había demasiada ira y animosidad en esta casa ahora mismo. No había pensado que Tori se opondría rotundamente a la presencia de Ramie. No lo entendió hasta que Ramie se lo explicó.

Odiaba sentirse tan inútil. Si cedía ante su hermana, Ramie sufriría. Podría morir. Moriría. Pero si se mantenía en sus trece, como ya había hecho, crearía un distanciamiento entre Tori y él que jamás podría enmendar.

—Quiero que luches por tu derecho a quedarte aquí —murmuró él.

Ella se puso tensa y se apartó, levantó la vista hacia

él con aquellos preocupados ojos grises que parecían demasiado grandes para su rostro, unos ojos que escondían multitud de vidas llenas de dolor y violencia.

—Sé que no es fácil lo que te pido —prosiguió él—. No te mereces el trato hostil de Tori y tampoco mereces que mis hermanos te miren con ese rechazo en la mirada, pero te pido que te quedes. Por mí. No me debes nada. Y Dios sabe todo lo que yo te debo a ti. Pero aun así, te lo pido.

—¿Qué quieres que seamos exactamente? —le preguntó con voz ronca—. ¿Amigos? ¿Amantes?

—Sí y sí —respondió en voz baja—. Más. Mucho más. Pero ya llegaremos a eso. Por ahora, sí, amigos. Con el tiempo, amantes. ¿Después de eso? Seremos lo que tú quieras, lo que necesites. Y espero por Dios poder darte lo que necesitas.

—¿Y qué hay de lo que tú necesitas?

Él la miró fijamente. Por un momento, su pregunta lo había pillado por sorpresa. ¿Necesitar? Necesitaba muchas cosas. Cosas sobre las que no tenía ningún control. Para un hombre que está acostumbrado a tener cada aspecto de su vida controlado, de repente se le antojaba abrumador no tener las riendas de las cosas. Le hacía sentirse débil en un momento en el que su familia necesitaba su fuerza más que nunca.

—Yo… Te necesito a ti —dijo finalmente—. Necesito que Tori pueda dormir por las noches. Que mis hermanos dejen de culparse a sí mismos por lo que le pasó. Necesito que atrapen y castiguen a los animales que os aterrorizaron a Tori y a ti. Necesito un montón de cosas, pero lo único sobre lo que tengo algo de control eres tú y tu presencia en mi vida. Así que concédeme eso, por lo menos. Si no puedo tener nada más, concédeme eso.

—Está bien —respondió ella en un susurro—. Me quedaré. Lo intentaré. Me he pasado tanto tiempo huyendo que no conozco otra forma de vivir, Caleb. No sé actuar como la gente normal. Pero no me dejes huir esta vez. Necesito que creas en mí, aunque ni siquiera yo lo haga.

Él le apretó la mano y después deslizó la otra por su brazo hasta llegar al hombro, para que no perdiera el equilibrio, para infundirle su voluntad y determinación. Después, se inclinó y la besó en la frente al tiempo que inhalaba su perfume.

—No te dejaré huir, Ramie. Nunca más. Quiero que te quedes aquí conmigo y si intentas huir, iré a buscarte. Siempre.

Caleb observó cómo lentamente ella captaba y comprendía sus palabras y cómo aparecía en sus ojos una mirada de asombro, pero también de esperanza. Quizá estuviera por fin llegando a ella. Eso esperaba.

—Ahora vamos a prepararte algo de comer —dijo—. Cuando hayas comido algo decente, nos reuniremos con mi equipo de investigadores para hacernos una idea de a qué nos estamos enfrentando.

Quince

*P*asar a ser cazador en vez de ser cazado era un concepto realmente aterrador. Ramie se había pasado la vida huyendo, intentando que no la cogieran, y ahora, de repente, era ella la que pasaba a la ofensiva. Iba tras el hombre que no quería otra cosa más que su muerte. ¿Estaba loca por acceder a quedarse en un mismo lugar durante tanto tiempo? ¿No debería estar constantemente en movimiento, siempre un paso por delante de su acosador?

Se frotó las manos repetidamente por la parte superior de los muslos. Llevaba unos pantalones vaqueros desteñidos, raídos y hasta con agujeros, lo que atraía las miradas de aquellos que tenían dinero y podían comprarse pantalones nuevos. Para Ramie, esto era simplemente el resultado de no poder comprarse ropa nueva.

—¿Ramie?

La voz de Caleb consiguió penetrar su consciencia y ella, con un aire de culpabilidad, volvió la cabeza hacia él. Sentía la presión de un inminente ataque de pánico, pero estaba decidida a no rendirse y no volverse loca delante de la gente a la que Caleb había contratado para atrapar al hombre que la perseguía.

—Lo siento. ¿Puedes repetir la pregunta?

Caleb suspiró, pero al menos no parecía enfadado, tenía un aire comprensivo. Y entonces, como si se diera cuenta de cuán peligrosamente cerca estaba de perder los nervios, se sentó a su lado en el sofá y entrelazó la mano con la suya. Tal vez lo hizo para que ella pudiera participar de su determinación y su arrojo. La verdad es que le encantaría adquirir esas cualidades.

—¿Puedes describir al hombre que te asaltó? —preguntó Caleb.

Se quedó en blanco. Arrugó la frente y la piel alrededor de sus ojos se le tensó al tiempo que centraba toda su atención en recuperar una imagen de su acosador desde lo más recóndito de la mente.

—Nos sería de gran ayuda tener un retrato suyo —dijo amablemente la mujer que se presentó como Eliza—. Si colgamos carteles con su cara en el mayor número posible de lugares, tarde o temprano lograremos encontrarlo.

Ramie tragó saliva; se le había quedado la boca seca. ¿Estaría él ahí ahora mismo hurgando en su mente, viendo lo que ella veía, oyendo lo que ella oía? ¿De qué servía intentar atraparlo si conocía los planes que tenían, ya que era una presencia continua en su mente?

Por eso ella no podía saber nada.

Se fue corriendo del sofá en cuanto se dio cuenta. Se giró para explicárselo a Caleb, pero él ya estaba agarrándola del brazo con una mirada confusa.

—No puedo saber nada —balbució ella—. Porque si yo lo sé, él lo sabrá. Así que tienes que dejarme fuera de esto. No puedo ver ni saber nada.

—Basta, para el carro —dijo Dane Elliot, uno de los especialistas en seguridad de Caleb, mientras levantaba las manos intentando tranquilizarla.

Quería que se relajara. Pensaba que estaba histérica, que era imbécil. No, esta vez estaba siendo lista.

—Él está ahí —dijo ella, mientras miraba a todos los presentes—. Tiene una conexión psíquica conmigo. Es como tener a alguien sentado en tus hombros en todo momento. Tiene un ángulo de visión perfecto; tiene vía libre en todo lo que veo y hago. Así que, como podéis entender, de nada nos sirve trazar un plan si él sabe exactamente lo que estamos haciendo.

Caleb blasfemó y los ocupantes de la habitación empezaron a murmurar. Seguramente todos pensaban que se había vuelto loca. No tenía ni la más remota idea de si Caleb les había contado algo sobre ella. Ni siquiera sabía si estaban al tanto de sus habilidades psíquicas.

—No puedo estar aquí. Lo siento —murmuró ella.

Se dio la vuelta y salió corriendo de la habitación. Una mano invisible la agarró por el cuello; la estrangulaba impidiendo que el oxígeno le llegara a los pulmones. Notaba tanto el opresivo peso del mal en el pecho que parecía que la estuvieran aplastando.

Entró a trompicones en el baño que había en el piso de abajo y abrió rápidamente el grifo de agua fría del lavabo. Se echó agua en las mejillas y apoyó los codos en la repisa. Se cubrió la cara con las manos mientras el agua seguía saliendo con fuerza.

Se agarró el cuello con la mano como intentando desprenderse de esa sensación de ahogo, pero era tan dolorosa que parecía que la estaban estrangulando de verdad.

—¿Ramie? ¿Estás bien? ¿Qué demonios está pasando? —preguntó Caleb.

Él la giró y cerró el grifo. Después la sujetó por los hombros y la zarandeó un poco. Ramie levantó la mano para indicarle que parara mientras se esforzaba por intentar explicarle la sensación de ahogo que sentía.

—Tengo que aprender a vencerlo —soltó al fin—. Tengo que bloquearlo. Tengo que saber mejor cuándo está ahí y tengo que ser capaz de dejarlo fuera. O puede que esté siempre ahí. No lo sé. ¿Cómo es posible que no lo sepa?

—¿Está... ahí... ahora mismo? —preguntó Caleb, que la miraba como si pudiera atravesarla con la vista, como si buscara en ella a su acosador. Algo en sus ojos o en su expresión. O, incluso, que hubiera desarrollado una doble personalidad y la mitad de ella fuera un monstruo enfermo que se ensañaba con las mujeres. O puede que pensara que estaba poseída por un demonio. En realidad, tampoco le había explicado gran cosa.

No podía soportar la aversión ni la preocupación que observaba en sus ojos.

—Crees que estoy loca —susurró ella—. Puede que lo esté.

—Ni hablar. No creo que estés loca —dijo frustrado Caleb—. Solo quiero saber con quién narices estoy hablando y si eres tú o el gilipollas que intenta matarte.

—Es un observador pasivo —le explicó Ramie, o al menos lo intentó. Porque ¿cómo se puede explicar lo inexplicable?—. Es como si viera mi cerebro a través de una ventana. Puede ver lo que yo veo, oír lo que yo oigo y saber lo que yo sé. Por eso me dijo anoche que no estaba a salvo aquí. Que todas tus medidas de seguridad no le impedirían llegar hasta mí. Lo sabe todo.

—¿Cómo ha ocurrido esto? —preguntó Caleb—. ¿Te ha pasado antes? ¿Puedes bloquearlo?

—Joder, ¿crees que no lo he intentado? ¿Crees que quiero que esté en mi mente siempre? ¿Que quiero ser vulnerable todas las horas de todos los días de mi vida porque ve todo lo que yo veo?

—Claro que no —intentó tranquilizarla él—, pero tiene que haber una forma de bloquearlo. Tenemos que conseguir que domines tu mente, que tu cabeza se quede completamente en blanco. Tori acudió a terapia cuando era más pequeña. Fue una de las muchas cosas que probamos en un intento de conseguir que las visiones desaparecieran, pero algo me dice que se ajusta más a tu situación que a la de Tori.

El pulso le latía dolorosamente en las sienes, como si fuera a explotarle la cabeza en cualquier momento. Debía de tener la presión arterial por las nubes.

Se frotó la frente, distraída, al tiempo que intentaba recopilar sus dispersos pensamientos. Su explicación tenía lógica, pero ¿cómo iba a ponerla en práctica? Nunca se había preparado para bloquear una invasión mental. Nunca se había visto a sí misma capaz de hacer tal cosa. Siempre había sido ella la que entraba, la que se veía arrojada a la mente de otros, pero, aun así, no tenía ningún control sobre el tiempo que duraba esa conexión.

Quizás fuera eso lo que estaba haciendo su acosador. No se trataba de que pudiera entrar y salir de su mente por propia voluntad, sino que había encontrado la forma de evitar que se cortara la conexión entre ambos. Antes, cuando establecía una conexión con la víctima y el agresor, al cabo de unas horas o incluso días, esta se cortaba y el silencio volvía a ocupar su mente. Sin embargo, esta vez no se había cortado. Se había mantenido. Era como el cuento de Hansel y Gretel y el rastro de las migas de pan. Desde que se estableciera la conexión entre ambos hacía un año y medio, había dejado tras de sí un rastro fuera adonde fuera.

—¿Ramie?

Sobresaltada, Ramie levantó la cabeza y vio a Eliza de pie en la puerta. Esta miró a Caleb.

—¿Puedo hablar un minuto con Ramie?

Caleb frunció el ceño y miró a Ramie, que asintió con la cabeza.

—Estaré afuera —dijo Caleb en voz baja al salir.

Ramie tragó saliva cuando desapareció de su vista. Odiaba lo dependiente que era de él y solo sentirse segura cuando lo tenía delante.

—Tienes que ayudarnos a atraparlo —dijo Eliza firmemente.

Ramie negó con la cabeza.

—No lo entiendes. Te estoy poniendo en peligro. A todos vosotros. A Caleb, a su familia. A Tori.

Eliza le lanzó una mirada penetrante.

—Lo que entiendo es que ahí fuera hay un monstruo ensañándose con las mujeres y la única persona que conozco capaz de atraparlo eres tú.

Ramie cerró los ojos; no quería escucharla. Intentaba poner la mente en blanco, como si se la tragara un agujero negro; en eso quería convertirse.

—Se ha llevado a otra mujer —dijo en voz baja Eliza.

Ramie abrió los ojos de golpe.

—¿Qué?

—Es lo que creemos, vaya —corrigió Eliza—. Las pruebas apuntan a esa posibilidad. O eso o se trata de un imitador realmente bueno.

Se notaba el pulso acelerado y ensordecedor. No. Joder, no.

No se dio cuenta de que lo había dicho en voz alta hasta que el sonido atormentado de su voz le resonó en los oídos. Levantó la mirada hacia Eliza. Sabía que solo le quedaba una opción.

Tenía que ganar el pulso al miedo y a la desesperación. No permitiría que ganara. No dejaría que controlara todos los aspectos de su vida.

Eliza tenía razón: era la única persona que podía atraparlo. La única que podría terminar con el dolor y el sufrimiento de tantas mujeres, demasiadas para contarlas. Era el momento de dejar de ser la víctima y de contraatacar.

No podía eliminar los recuerdos ni el dolor que ella y otras mujeres habían sufrido, pero sí podía asegurarse de que ninguna otra mujer tuviera que pasar por ello.

La calma llegó. La paz, dulce y persistente, la inundó por fin. Con la mandíbula firme, miró a Eliza a los ojos y vio cómo se abrían de asombro cuando comprendió lo que Ramie estaba a punto de hacer.

—¿Puedes traerme algo que pertenezca a la víctima? —le preguntó.

Dieciséis

Caleb oyó lo que acababa de decir Ramie desde el pasillo y de repente le asaltó un miedo que lo dejó paralizado.

—¡No!

Tuvo una reacción explosiva. Volvió corriendo al lavabo donde estaban Ramie y Eliza; sacudía la cabeza enérgicamente y la fulminó con la mirada.

—Y una mierda —espetó él—. Ni pensarlo, Eliza. Como lo intentes, estás despedida. Tu trabajo es protegerla, no exponerla a más peligros.

Eliza apretó los labios, pero no dijo nada. En lugar de eso, miró fijamente a Ramie como si esperara que ella consiguiera tranquilizarlo.

Ramie tenía los ojos apagados. Le temblaban los labios y se le hinchó la nariz. Parecía una presa acosada por su depredador, como si supiera que estaba a punto de ser atacada.

—Tengo que hacerlo, Caleb —dijo monótonamente y con una mirada de resignación.

—No —dijo él con énfasis—. No tienes por qué hacerlo. ¿Por qué tendrías que volver a pasar por esa tortura?

Le resbaló una lágrima por la mejilla y le lanzó una mirada triste.

—Tengo que hacerlo —repitió ella—. Ya lo sabes, Caleb. No hay más remedio. Eliza tiene razón: soy la única que puede acabar con ese maldito cabrón.

Caleb estalló de la rabia; toda su furia iba dirigida a Eliza.

—¡No tenías que decirle esas cosas! No es para lo que te contratamos. Fuera de este caso, tanto tú como Dane. Salid de mi casa.

Ramie vio cómo Eliza apretaba aún más los labios; tenía un tic nervioso en la mejilla. Se mordió el labio como si quisiera decir algo, pero se contuvo. Sin embargo, había algo en esa mujer que la hizo detener. No era una bravucona descarada y sin sentimientos que quisiera hacer su trabajo y punto. No era así cómo la veía ella.

—Dilo, Eliza —la animó ella—. Si te va a despedir de todos modos, ¿qué pierdes diciéndole lo que piensas? Y por supuesto, que Dane también diga su opinión para que no se hunda con tu barco.

A Dane no le hizo gracia lo de hundir el barco, pero al mismo tiempo era evidente que apoyaba a Eliza. Se quedó detrás de ella en señal de apoyo. Eliza y él miraban a Ramie. Entonces, Dane negó con la cabeza.

—No es a Ramie a quien tenemos que convencer, Lizzie —dijo en tono cariñoso—. Ella nos apoya. Es Caleb quien pide nuestras cabezas.

Una de las cosas que Ramie había aprendido de Eliza era que no era del tipo de mujeres que se retiraba y tomaba el camino más servil así sin más. No cuando su manera de hacer las cosas era mucho mejor.

Eliza se acercó a Caleb a grandes zancadas, con Dane a la zaga. A Ramie le dio la impresión de que no estaba protegiendo a Eliza, sino que de algún modo protegía a Caleb de su embate de rabia.

Eliza le puso un dedo en la nariz y lo hizo retroceder hasta tenerlo con la espalda en la pared.

—No nos vengas con lo de no obligar a la gente a hacer cosas en contra de su voluntad. ¿O acaso olvidas que sabemos lo de tu visita inesperada a Ramie Saint Claire, que no aceptaste un no por respuesta y que la obligaste a vivir ese infierno? El mismo infierno que vivió Tori, precisamente. Tienes a dos mujeres sufriendo los mismos ataques a manos de un solo hombre.

—Seguro que podremos atrapar a ese cabronazo por lo que le hizo a Tori. Tenemos pruebas, rastros de ADN. Acabará preso. Solo es cuestión de tiempo. No podemos hacer nada por lo que le hizo a Ramie —dijo Eliza en un tono ominoso—; ni una puta mierda.

—No pasa nada —terció Ramie en voz baja—. Siempre que acabe recibiendo un castigo, me da igual por quién o por qué lo castiguen.

—¿Y puedes vivir con eso, Ramie? —preguntó Dane con tacto—. Saber que no habrá justicia por lo que te hizo, por lo que has sufrido...

—Llevo viviendo con ello toda la vida. No ha cambiado nada. Nadie sabe el alcance de mis habilidades. Simplemente se marchan tranquilos, sabiendo que hay esperanza. Nunca ven lo que hay detrás, así que no tienen forma de saber que al final sufre más de una mujer.

—Pero yo sí lo sé —rugió Caleb—. Sé exactamente lo que te sucede y no permitiré que vuelvas a pasar por eso. Es demencial. Y denigrante. Ninguna mujer tendría que aguantar esas fantasías retorcidas y asquerosas sin su consentimiento y en contra de su voluntad.

Ramie negó con la cabeza rotundamente; por primera vez sus ojos cobraron vida.

—Pero esta vez será con mi consentimiento y se hará según mi voluntad. Escojo luchar. Es lo que debería haber hecho estos meses que he pasado acobardada y aterrorizada por si me lo encontraba por ahí. No es forma de vivir. No puedo vivir así por más tiempo.

La desesperación impregnaba sus palabras. En ese momento de indefensión, Caleb consiguió ver a través de sus barreras: estaba al límite de sus fuerzas. Traerla aquí, según ella, solo estaba retrasando lo inevitable: su muerte, su paz.

—Tiene que haber otra manera —dijo Caleb con terquedad—. Una que no suponga tu regreso a ese infierno. Piensa en lo que te hará, Ramie. Estarías débil e indefensa después de pasar por ese trauma inimaginable y entonces aprovecharía él para atacar. Sería tu momento más bajo, estarías vulnerable y serías incapaz de defenderte.

—Lo que no puedo ni pienso hacer es taparme los ojos y los oídos para no saber que hay alguien ahí fuera sufriendo de un modo horrible por… por mi culpa. Tal vez tú puedas vivir con eso en tu conciencia, pero yo no. No soy así. Ya sabía en lo que me estaba metiendo hace años. Cuando empecé a ayudar a la policía a localizar a las víctimas siendo una adolescente que buscaba como una loca mi lugar en el mundo. Mi única «familia» fue el sistema de casas de acogida y, créeme, no les hacía mucha gracia una niña que podía localizar asesinos. Les aterrorizaba, pero me acogían por la pasta. La paga que recibían por tenerme en su casa. Me daban solo lo básico e imprescindible. Un par de mudas y un abrigo para invierno. Sandalias para cuando hacía calor y botas con calcetines para cuando hacía frío. Nada me iba bien porque mis padres adoptivos compraban mis cosas en tiendas de beneficencia. Para sus hijos biológicos bajaban la luna si era necesario. Nada era lo bastante bueno. Nunca olvidaré a una de mis «hermanas» —dijo con un gesto de dolor—. Becky. Era una niña muy dulce. Tenía varios años menos que yo y no entendía que no encajara, que no fuera de la familia. Se enfadaba al ver que no me hacían regalos como a los demás y no entendía por qué no me daban lo mismo.

—Joder —murmuró Caleb—. No quiero escuchar el resto. Déjalo, cielo. No te hagas esto; no pasa nada.

—Yo sí quiero escucharlo —terció Eliza, pasando por alto la mirada de odio de Caleb.

Ella prosiguió en un tono carente de emoción, como si diera el parte o una noticia que no tuviera nada que ver con ella.

—Mi madre adoptiva dejó muy claro que yo no era su hija de verdad ni la hermana biológica de sus niñas. Mi padre adoptivo ni se lo llegó a preguntar porque simplemente no existía para él. Las únicas veces que hablaba de mí, y no conmigo, eran cuando se retrasaba el cheque con la ayuda del gobierno. Entonces iba dando zancadas por toda la casa quejándose de lo molesto que era tener una boca más que alimentar cuando eran sus propias hijas las que necesitaban cosas… y no una de la calle que mentía a los policías para dar pena.

—¡Me cago en la puta! —exclamó Caleb. Miró a Dane y a Eliza, furioso por haberla empujado a contarles eso. Era como quitar una venda sin contemplaciones y hacer que le volviera a sangrar la herida.

Ramie estaba ahora sumida en el pasado, escarbando en las viejas heridas y decepciones. Tenía la mirada distante; la luz que brillaba antes empezaba a parpadear y a apagarse poco a poco.

—Becky desapareció un día volviendo a casa desde la escuela. A veces me acompañaba, aunque no la dejaban hacerlo. Me cogía de la mano y me sonreía. Yo era mucho mayor que ella, pero aun así parecía decidida a cuidarme. Siempre me sorprendió que hubiera una persona tan buena en ese entorno tan viciado. Becky era dulce, nada parecida a sus padres o a sus otros hermanos. Ese día hacía frío, así que andaba deprisa, aunque tampoco es que tuviera prisa por llegar a casa. En cuanto entré por la puerta, papá me cogió de los hombros con tanta fuerza que me hizo daño. Siempre fui pequeña para mi edad.

A Caleb y Eliza se les ensombreció la mirada. Dane negó con la cabeza, susurrando a saber qué. Parecía tan cabreado como sus compañeros.

—Sabía que estaba montando un numerito, pero al principio no entendía qué hacía o por qué. Empezó a acusarme. Le dijo a la policía que había amenazado a Becky y lo creyeron. ¿Cómo no?

Se quedó callada un buen rato. Esa historia era uno de los muchos demonios de su pasado.

—No creía en mis habilidades. De haberlo hecho, se hubiera esforzado por enmascarar sus pensamientos. Me quedé petrificada: era asqueroso. Y luego me entró pavor. Sabía que, pasara lo que pasara, tenía que huir del mal que había en esa casa.

—¿Te hizo daño? —preguntó Caleb en un tono amenazador.

Ramie levantó la vista de repente; estaba sorprendida.

—Ahora ya no importa. Eso fue hace diez años. Ya no soy esa adolescente asustada.

—No, ahora eres una adulta muy asustada —repuso Eliza suavemente.

Ramie tragó saliva; no la contradijo. Parecía petrificada aunque le temblaban muchísimo las manos.

—¿Ramie? —instó Caleb—. ¿Qué pasó después? ¿Qué le pasó a Becky?

—Me tocó —contestó con la voz quebrada—. No en plan sexual. Me agarró por los hombros e hizo el numerito para los policías. Se hacía el padre desesperado que teme que a su hija le haya hecho daño la rara hija adoptada. En ese instante vi lo que quería; vi las fantasías retorcidas y asquerosas que le rondaban por la cabeza. En cuanto me tocó, noté todo lo que quería hacerme de forma vívida. Era como si me estuviera pasando de verdad. Me sentí violada como si hubiera ocurrido en la realidad.

—Lo mato. ¡Lo mato! —dijo Caleb con tanta rabia que cualquiera diría que había aumentado la temperatura a su alrededor.

—¿Qué le ocurrió a Becky? —insistió Eliza en un intento por desviar la atención.

Su voz tajante la hizo salir del trance. Caleb estaba cabreado y soplaba por las fosas nasales hinchadas de la misma rabia. Levantó la mano para que no siguiera hablando, pero Dane negó con la cabeza.

—Espera —dijo en voz baja.

Ramie estaba ahí de pie, quieta como una estatua, y las facciones petrificadas. Caleb fue a cogerle una mano y ella se asustó al notarlo. Tenía los dedos helados y al momento se le erizó el vello del brazo. Apartó la mano como si se hubiera quemado y luego se la frotó con la otra con aire distraído, como si le hubiera hecho daño.

—Había un policía que, al parecer, no me había juzgado tan alegremente ni me había declarado culpable. Se quedó callado observando al padre. Y a mí. Creo que lo sabía o lo sospechaba al menos. Me separó de mis padres de acogida diciéndoles que tenía que hacerme unas preguntas. Cuando nos quedamos a solas, me dijo que me había investigado y que creía que podría ayudar a encontrar a Becky. Me dijo que si lo ayudaba a localizarla, se aseguraría de que me asignaran otra familia… una buena.

—Te chantajeó —dijo Eliza consternada.

—Y accediste —apuntó Caleb, serio.

Se le revolvió el estómago. Eliza, Dane y él se miraron; por sus caras supo que ya intuían lo que sucedería a continuación. Lo ponía enfermo. Haría lo que fuera por protegerla de su pasado, pero evidentemente no podía hacer nada. El daño ya estaba hecho y tal vez fuera irreparable.

Ramie asintió despacio.

—Sí, claro que accedí. Quería demostrar que no tenía nada que ver con su desaparición.

Cerró los ojos y el dolor se hizo patente en su ceño fruncido. Se tambaleó un instante y Caleb le agarró el brazo por encima del codo para que no cayera. Esta vez no le rehuyó, claro que él también estaba más tranquilo. Tenía que llevar más cuidado a la hora de controlar sus pensamientos para no hacerle daño con sus emociones.

—El padre de Becky dijo que había encontrado su mochila en la calle por donde regresaba de la escuela, pero no se dio cuenta de que no estaba hasta que volvió a casa y entonces se preocupó. No creía para nada en mi don o no me hubiera dejado tocar la mochila. Me tildó de estafadora; me acusó de explotar a los padres desesperados por encontrar a sus hijos. De personas que harían lo que fuera por encontrar a un ser querido. No me hizo falta tocar la mochila para saber que había hecho algo terrible. El agente también lo supo. Y a pesar de todo eso no estaba preparada para lo que vi. Recogí la mochila e inmediatamente me entró una arcada y vomité. Estuve vomitando tanto rato que creí que no se me pasaría nunca.

Volvió a guardar silencio. Tenía la mirada atormentada y parecía que tragaba saliva para contener las arcadas.

—¿Qué viste? —le preguntó Eliza con tacto.

Ramie se lamió los labios. Tenía la cara blanca como el papel y empezó a estremecerse. Eliza empapó una toalla con agua y se la tendió. Luego le acarició el hombro en un gesto maternal, aunque no había mucha diferencia de edad entre ambas.

Ramie tardó un buen rato en recobrar la compostura. Inspiró hondo varias veces; el pecho le subía y le bajaba como si estuviera haciendo un gran esfuerzo por no devolver. Entonces se sentó en el retrete y se pasó la toalla por la cara.

—Me aterraba desafiarle. Tenía un miedo horrible por lo que pudiera hacerme. El policía lo intuía. Cuando sabía que mi padre adoptivo no podía oírle, me susurró «¿Dónde?».

»Le dije dónde encontraría a mi hermana, pero sabía que era demasiado tarde. La había dejado allí para que muriera y no pude salvarla a tiempo. A veces me pregunto si aguantó con vida lo suficiente para que alguien supiera lo que había hecho. Era tan pequeña y tan buena… ¿Cómo podía ser hija de semejante monstruo?

Caleb le pasó una mano por el pelo y luego se arrodilló delante de ella. La besó en la frente y le dio igual que Eliza y Dane estuvieran allí.

—Lo siento mucho, cielo.

Ramie entrelazó los brazos alrededor de su cuello. Él se inclinó hacia delante, apoyó su frente en la de ella y la abrazó.

—Tengo que hacerlo, Caleb —susurró—. No solo por mí, sino por ti. Por Tori. Por la mujer que está sufriendo mientras estamos aquí hablando de su destino. Tengo que hacerlo. No podré vivir conmigo misma si muere y no he hecho nada por ayudarla.

Él cerró los ojos. Sabía que tenía razón, pero le daba mucha rabia al mismo tiempo. Se volvió para mirar a Eliza y a Dane, que aguardaban en el umbral.

—Haz esa llamada —dijo escuetamente.

—Entonces entiendo que ahora ya no estamos despedidos —murmuró Eliza, que pasó junto a Dane y desapareció por el pasillo.

Diecisiete

Ramie estaba sentada en el borde del sofá con la mirada fija al frente. Se frotaba las palmas en las piernas y luego se abrazó con fuerza, hincándose los dedos en la piel.

No era consciente de que se balanceaba hacia delante y hacia atrás; era la viva imagen de la angustia. Caleb se sentía impotente, incapaz de protegerla de lo que estaba a punto de hacer.

Ella apretó los labios y pestañeó, tras lo cual adoptó un aire meditabundo. Miró a Eliza.

—¿Cómo sabes que hay otra víctima?

Caleb frunció el ceño cuando vio a Eliza mirar rápidamente a Dane y ambos pusieron cara de circunstancias.

—Es una pregunta muy buena —dijo Caleb—. Creo que olvidáis quién os paga la nómina.

—Está jugando contigo —espetó Eliza—. Él mismo ha llamado. Quiere que lo sepas, que lo localices. La víctima es su mensaje para ti.

A Caleb se le aceleró el pulso.

—No quiero que lo haga. ¿Estáis locos, o qué? Está claro que le está tendiendo una trampa. Ramie, no puedes hacerlo.

—¿Cuándo ha llamado? —quiso saber Ramie—. ¿Cómo ha sido? ¿Cómo sabéis que era él?

Dane hizo una mueca.

—Esta mañana. Ha llamado a la policía de Houston y ha dejado un mensaje para ti.

Ramie miró a Dane estupefacta.

—Por eso quería que un dibujante le hiciera un retrato —dijo Eliza—. Lo filtraremos a la prensa, lo subiremos a Internet, haremos que lo busquen. Houston es una gran ciudad. No sabemos ni si está aquí. Solo sabemos que ha llamado a la comisaría del centro y que les ha pedido que le dijeran a Ramie Saint Claire que no podría esconderse de él para siempre, que la estaba esperando y que hasta entonces ya había encontrado a alguien que lo entretuviera.

—El inspector Ramírez quería ver a Ramie —dijo Dane—. Le hemos dicho que la estábamos ocultando ya que él quiere descubrir su paradero.

—Tienes que ganar a ese tipo en su propio juego, Ramie —dijo Eliza con la mirada penetrante.

Ella se volvió y miró a Caleb con un aire inquisitivo. No era para saber si debería hacerlo o no, sino si estaba con ella. Si estaría ahí para protegerla.

Él se sentó a su lado y alargó el brazo por encima de su pierna para cogerle las manos, que tenía entrelazadas entre las rodillas. Le dio un apretón firme y tranquilizador, aunque en verdad no estaba nada tranquilo.

No lo estaba desde el día que secuestraron a Tori. Ni tampoco tan indefenso. No estaba acostumbrado a tener tan poco poder o control sobre lo que le rodeaba. Solía estar al mando de todo, pero durante el último año había sido todo lo contrario.

—Estaré aquí, Ramie —murmuró—. No me iré a ningún sitio, pero quiero que me prometas una cosa.

—¿El qué? —preguntó con una mirada inquisitiva.

—No sé bien cómo decirte lo que pienso porque no termino de entender cómo funcionan tus poderes, pero si las cosas van mal, prométeme que regresarás. No te quedes ahí con él. Vuelve conmigo.

Se le cortó la respiración.

—Lo intentaré.

A Caleb no le hizo gracia que sonara tan poco convincente, que pareciera tan insegura y asustada. Le temblaban la voz y los labios. Se mordía el labio inferior, nerviosa, hincando los dientes en la tierna carnosidad.

Él le pasó el pulgar por el labio para que dejara de mordérselo. Luego se inclinó hacia delante y la besó.

—Estaré aquí todo el tiempo.

Ramie cerró los ojos y el alivio se reflejó en su rostro. Apoyó la frente en la suya y él le acarició la cara con ambas manos antes de besarla de nuevo, esta vez en la frente.

Se quedaron así un buen rato; sus alientos se mezclaban y se fundían como si fueran uno solo. Le pasó una mano por el pelo para tranquilizarla o, tal vez, para calmarse él también.

—¿Qué narices pasa aquí?

Caleb se dio la vuelta y vio a Quinn en el umbral. Le seguía Beau, que se detuvo a su lado. Ambos tenían el ceño fruncido y Beau lo miraba a él y a Ramie. Frunció aún más el ceño cuando percibió la tensión que se palpaba en el ambiente.

—¿Caleb? —dijo Beau—. Acabo de salir de la habitación de Tori. Está alterada. Deberías subir a hablar con ella.

Notó cómo Ramie se ponía tensa y soltó un improperio en voz baja. Ni Beau ni Quinn querían a Ramie en la casa, no al ver que a su hermana le molestaba tanto. Y todavía menos sabiendo que volvería a entrar en la mente de una víctima y su asesino.

Eliza pasó entre Ramie y los hermanos de Caleb y se cruzó de brazos como si de algún modo quisiera protegerla de su desaprobación.

—La policía viene de camino —los interrumpió

Dane mientras miraba el móvil—. Tendrás que dejarlos pasar.

Ramie parecía hacerse cada vez más pequeña al lado de Caleb.

—¿Qué mierdas hace aquí la policía de Houston? —preguntó Quinn—. No estamos en la ciudad.

—Ramie va a ayudar a los agentes —dijo Caleb sin alterarse—. Que pasen.

Beau entrecerró los ojos mientras miraba a Ramie en silencio. Al final se dirigió a su hermano:

—Si tan duro es para ella, ¿por qué ha accedido a pasar por eso otra vez?

Por el rabillo del ojo, Caleb vio cómo Ramie abría las fosas nasales. Apretó los puños y bajó la mirada al suelo; no se la oía ni respirar.

Al final levantó la cabeza y Eliza se le puso al lado mientras Ramie fulminaba a los hermanos con la mirada.

—Así que sois los más indicados para juzgar lo duro que es esto para mí… —dijo tranquilamente.

—Iré a abrir —dijo Quinn quitándose de en medio.

—Mantente al margen de esto, Beau. Y tú también, Quinn —dijo Caleb cada vez más cabreado—. Tori no es la única víctima.

—Qué raro. Estoy bastante seguro de que Ramie no estaba cerca de donde encontraron a Tori. Tal vez hayas olvidado tus prioridades, pero Quinn y yo no —dijo su hermano con un tono igual de enfadado.

—Basta ya —les espetó Eliza—. No es un trozo de carne por el que pelearnos como perros salvajes. Y Beau, Tori no es la única que ha sufrido. Hay muchas otras y Ramie quiere justicia para todas ellas, incluyendo a tu hermana.

Ramie miró a Eliza con gratitud. Tenía la mandíbula muy tensa y evitaba mirar a Caleb. Joder. Antes de que este tuviera tiempo de responder o de tratar de aplacar a Ramie, Quinn entró en el salón con dos agentes detrás.

Ramie se quedó pálida y cerró los ojos. Le temblaban las manos en el regazo y Caleb le cogió una mano.

—Esta vez no estás sola —le aseguró.

Dieciocho

A Ramie le sudaban las palmas de las manos y el labio superior. Dio algunas boqueadas cual pez fuera del agua y se notaba el pecho tenso, como si respirara fuego.

No podía creer que volviera a pasar por esto voluntariamente cuando había jurado que no lo haría nunca más. Se sentía un mono de feria, puesta ahí para que la vieran en pleno espectáculo.

Por lo menos se haría a su manera y nadie más llevaría la batuta.

Apretaba tanto la mandíbula que le dolían hasta los dientes. Apenas asintió con la cabeza a modo de saludo cuando los dos agentes se presentaron. Caleb estaba impaciente y no estaba de humor para prolongar el asunto. Se pasó una mano por el pelo y se apretó la nuca mientras escuchaba a los policías explicar la llamada de teléfono que habían recibido del acosador de Ramie.

Ella apagó las voces mentalmente. Una risa siniestra resonó en su cabeza; no estaba todavía segura de si se lo había imaginado o era él que se estaba divirtiendo a su costa.

Cuando se dio cuenta de que todo el mundo esperaba que entrara en la mente del asesino en el salón mismo mientras la miraban, negó con la cabeza. Uno de los inspectores le tendió un bolso pequeño, esperando que lo cogiera. Ella lo miraba como si fuera una serpiente y se negó. Sabía que en cuanto lo tocara, caería en el abismo y esta vez no estaba segura de poder regresar.

—¿Ramie? —tanteó Eliza suavemente—. Dime cómo quieres que lo hagamos. Tú decides.

Se le secó la boca y tragó saliva, que le dolió horrores. Asintió, pero no hizo amago de cogerle el bolso al policía. Estaba manchado de tierra. Y de sangre.

Se quedó mirando el bolso; el pavor le provocó un nudo en el pecho y el estómago.

Caleb la estrechó entre sus brazos y le dio la espalda al resto, protegiéndola de las miradas de los demás. La besó en la cabeza. La abrazaba con fuerza, de un modo implacable.

Ramie ni se movió; se quedó inmóvil absorbiendo su fuerza como si se preparara para el ataque que le esperaba. Se armó de valor, se apartó de Caleb y se volvió para mirar fijamente a los dos agentes.

—Aquí no —dijo en voz baja—. Déselo a Caleb. Lo haré arriba.

El inspector Ramírez miró al otro agente y luego carraspeó.

—Es una prueba. Preferiría no perderla de vista.

—¿Quieren encontrarla? —le espetó ella bruscamente.

Beau y Quinn se miraron, indignados, pero ella no estaba dispuesta a dejarse avergonzar. Tenía que ser fuerte, despiadada, o no lo superaría.

—Todo el mundo fuera —ordenó Caleb.

Eliza dudó y lo miró.

—¿Quieres que me quede?

—No —contestó Ramie con un hilo de voz—. Solo Caleb. Ya lo ha visto antes y sabe cómo va.

Él se encogió del dolor al pensarlo y un destello de pesar se asomó a sus ojos.

—Vete —dijo en voz baja—. Ya me ocupo yo de ella.

—Me gustaría grabarla —terció el inspector Briggs.

—De ninguna manera —dijo Caleb antes de que ella pudiera protestar siquiera. Estaba horrorizada y consternada. Lo último que quería era que su vulnerabilidad quedara expuesta y a la vista de todo el mundo. Si llegaba a manos de algún medio de comunicación, el vídeo acabaría subido a YouTube y a Facebook.

Notó un escalofrío, igual que en el dormitorio al que no tenía ningunas ganas de volver. Apretó la mandíbula para que no le castañetearan los dientes. Todos la tomarían por loca o enferma. Debía de haber más de treinta grados fuera y estaban en pleno octubre. ¿Cómo podían soportar ese calor?

Caleb no se daba cuenta de nada, le miraba el brazo: se le había erizado el vello. Frunció el ceño e hizo un gesto a los demás para que salieran, tal como les había pedido.

—¿Estás bien? —murmuró él—. Quizá no deberías hacerlo.

—Quiero hacerlo y olvidarme ya —dijo entre dientes.

Empezaba a dolerle mucho la cabeza y a entrarle arcadas, y aún no había establecido un vínculo con la víctima.

—Date prisa, por favor —susurró.

Caleb dio un par de órdenes a los ocupantes de la habitación. Ramie se apartó de él, se acomodó en el sofá y se dobló un poco para mirar el suelo. Él le acarició un hombro y la nuca y le pasó los dedos por el pelo, enredándolos en sus mechones.

Ella levantó la vista y se fijó en el bolsito que sujetaba. Se lo quedó mirando un rato sin respiración, preguntándose qué horrores la aguardaban.

Caleb se arrodilló delante de ella, pero no le dio el bolso todavía. Ella se frotó las piernas notando la dura tela desgastada de los vaqueros.

Contuvo la respiración, alargó la mano para alcanzar

el bolso y la oscuridad la engulló. Mareada, empezó a caer entre unos gritos tan agudos que casi la dejaron sorda.

El olor a sangre era muy fuerte; un hedor metálico y acre. Le quemaba en la nariz y le embargaba todos los sentidos. Sabía con total certeza que ya era demasiado tarde para esa chica. Nunca había tenido ninguna opción.

De repente tuvo una especie de revelación. La víctima creía que ya estaba muerta y que la repentina calidez que sentía se debía a un ángel. Ramie no la disuadió; trató de consolar a la pobre muchacha moribunda de la única manera que podía.

—No dejaré que se salga con la suya —susurró a la víctima—. Se hará justicia.

—Gracias —le susurró ella.

La oscuridad explotó en su cabeza y la engulló. La maldad era tan fuerte, tan radiante, que era como si un agujero negro la succionara.

—Te estaba esperando —murmuró él—. Me entretenía hasta que llegaras. Ahora que estás aquí…

—¡No! —gritó Ramie en el preciso instante en que los ojos de la mujer quedaron inertes.

En su mente atormentada oía la risa del hombre. ¿Dónde estaba? ¿Por qué no había vuelto? La víctima estaba muerta; ya no mantenían el vínculo a través de Ramie.

—Seguiré coleccionándolas —susurró él con suavidad—. No puedes detenerme, pero sí puedes entregarte a mí. Tú a cambio de ellas. Tú sí que me mantendrías entretenido, Ramie. Ellas no pueden; son demasiado débiles y sucumben enseguida.

—Te mataré —dijo enfadada.

Él se echó a reír otra vez y ella notó cómo le acariciaba la piel con los dedos. Asqueada, intentó apartarse y cortar el lazo que les unía. La sangre le bombeaba con fuerza en la cabeza y se notaba el pulso descontrolado en el cuello mientras forcejeaba.

El dolor le sobrevino de repente. No podía respirar. Sangre; había muchísima sangre, estaba por doquier: en las manos, en su ropa... Bajó la vista hacia la mujer; la sangre seguía emanando de su cadáver, aún caliente.

—¡Ramie! ¡Ramie! ¡Vuelve, joder!

Lejos, muy lejos, había alguien que la llamaba. Notó una sacudida y se dio cuenta de que había dejado de luchar. De que poco a poco se estaba apartando de Caleb y moría de una forma inexplicable.

La estaban zarandeando. Caleb le gritaba que no se fuera. Empezaba a tener frío.

Se sentía flotar en el aire como si fuera lo más ligero del mundo. Pestañeó un par de veces y miró a la muerte a los ojos. El hombre era bastante atractivo; no era para nada el demonio que se había imaginado. Parecía benigno y tenía unas facciones esculpidas con gusto.

Enseñaba los dientes; los tenía increíblemente rectos y blancos. Este hombre no se mimetizaría mucho, seguro que llamaba la atención dondequiera que fuera. ¿Cómo había esquivado la cárcel durante tanto tiempo?

—La gente ve lo que quiere ver —murmuró él, con su cálido aliento en la cara. Inclinó la cabeza a un lado y al otro, le acarició la mandíbula. Esbozaba una sonrisa. Era de satisfacción... de victoria. Pestañeó y cerró los ojos, tratando de encontrar en su interior la fuerza para luchar contra él.

Abrió los ojos y lo miró fijamente, fascinada por sus increíbles iris azules.

—Que te jodan —le espetó ella fríamente.

La rabia se asomó al rostro del hombre, que dio un traspié. De golpe, Ramie quedó libre y dejó de notar ese peso que la oprimía. Era como si la hubieran soltado en el agua. Se impulsó hacia la superficie, hacia la consciencia. Y hacia Caleb.

Pestañeó varias veces y vio a Caleb justo frente a ella —su nariz casi rozaba la suya—, que le acariciaba la cara mientras gritaba que volviera en sí y no dejara que ese cabronazo se saliera con la suya.

—¿Ramie?

Ella respiró entrecortadamente. Dejó caer los hombros, se escurrió de entre sus brazos y se desplomó. Se quedó en el suelo jadeando, débil y vulnerable, hecha un ovillo y temblando sin parar.

Los demás entraron corriendo; sus pisadas hacían vibrar el suelo. Caleb se inclinó, con los ojos cerrados, pero visiblemente aliviado.

—Joder, Ramie. Pensaba que te había perdido —susurró.

—¿¡Eso es lo que le hiciste!?

Esa repentina exclamación hizo que Ramie levantara la mirada. Veía a Tori con el rostro borroso. Estaba entre sus hermanos; parecía aterrada y horrorizada, y tenía una mirada arrepentida.

—¿Le hiciste lo mismo cuando te dijo dónde encontrarme? —quiso saber.

Caleb sujetó a Ramie por los hombros con manos temblorosas, la recogió del suelo y la abrazó. Apoyó su cabeza en el pecho, que se hinchaba del esfuerzo. Le pasó una mano por el pelo y le desenredó algunos mechones, que luego besó con ternura.

—Sí, eso le hice —dijo él, cansado—. Que Dios me ayude, pero sí.

Ramie se apoyaba en él medio desfallecida. Ni siquiera tenía fuerzas para incorporarse sola. No tenía ánimo ni para abrir los ojos. Las lágrimas le resbalaban por las mejillas y se le escapó un sollozo.

—¿Sabe dónde está? —preguntó el inspector Briggs—. ¿Ha podido localizarla?

—Ramie, no llores, cariño —susurró Caleb—. No llores, por favor. Te tengo; estás a salvo.

—Está muerta —dijo entrecortadamente—. La mató en cuanto establecí el vínculo. Es lo que él estaba esperando.

El inspector Ramírez soltó un improperio. Eliza se arrodilló junto a Ramie y Caleb, con un gesto de compasión en el rostro.

—¿Dónde está? ¿Puedes decírnoslo? No dejes que muera en vano. Si puedes decirnos dónde encontrarla tal vez puedan arrestarle.

Ramie les dio la localización en un tono monótono, como si se hubiera apagado la vida en ella al igual que en la víctima.

Beau la miró con un aire que interpretó como de remordimiento. Quinn le pasó un brazo por los hombros a Tori, que temblaba y lloraba como Ramie, en silencio. Las dos mujeres se miraron y compartieron un momento de afinidad antes de que Tori apartara la mirada, afligida. Salió corriendo del salón y Quinn soltó un taco.

—¿Cómo has podido hacerle esto? —le preguntó a Caleb alzando la voz—. Lo último que necesita Tori es esto y menos aún en su casa.

Ramie agachó la cabeza y apartó la vista de los hermanos de Caleb. El cansancio se apoderó de ella y se dejó arrastrar por el vacío, por la negrura. Encontró la paz en el silencio, así que se dejó llevar. Estaba cansada y el presente le dolía demasiado.

Así pues, permitió que la oscuridad la engullera.

Caleb notó cómo se quedaba inerte en sus brazos y de repente sintió un miedo irracional.

—No se merece esta mierda —espetó a sus hermanos—. Penséis lo que penséis, no se merece que la juzguéis. La envié al infierno para que salvara a Tori. Eso siempre estará ahí. Y acaba de volver a hacerlo porque es la única persona que puede detener a ese monstruo despiadado. ¿Qué mierda os pasa por la cabeza para tratarla de esta manera? ¿Qué ha hecho sino tratar de sobrevivir sin perder la cordura?

Quinn abrió los ojos de forma esquiva al oír la vehemencia de su hermano. Beau frunció el ceño aunque sus facciones implacables delataban su sentimiento de culpa.

—¿Está… viva? —preguntó Beau, incómodo.

Los dos inspectores se sobresaltaron y se acercaron corriendo a Ramie. Caleb la abrazó, como protegiéndola de todos.

—Pero ¿qué ha pasado? —preguntó Briggs.

—Pues que he estado a punto de perderla, eso es lo que ha pasado —contestó Caleb enfadado—. Váyanse. Busquen a la víctima y encuentren al asesino para que ella pueda estar a salvo. No permitan que haya sufrido por nada.

El inspector Ramírez estaba ya al teléfono dando órdenes a quien tenía al otro lado de la línea.

—Deja que le eche un vistazo, Caleb —dijo Dane serio—. ¿Respira?

Caleb le pasó una mano por el pelo y se acercó de modo que pudo notar su cálido aliento en el cuello.

—Está viva —dijo tenso—. Voy a llevarla arriba.

Se levantó poco a poco, con mucho cuidado de no zarandearla demasiado. La cogió entre los brazos y se fue derecho a las escaleras. Ella hundía su pálido rostro en su pecho. El corazón le latía muy deprisa; el miedo era un ente con vida propia en su interior.

Se había pasado media vida sin sentir miedo, pero en el último año se había sentido vulnerable al darse cuenta de lo que era tener miedo todos los días. Odiaba pasar miedo. Era algo que lo paralizaba y que no necesitaba. Sin embargo, al empezar a preocuparse por alguien supo que viviría con miedo el resto de su vida porque había cosas que no podía controlar.

Llevó a Ramie a su dormitorio y la recostó sobre el

colchón con sumo cuidado. Tenía las manos y los pies helados; la piel era puro hielo y parecía incluso azul. Retiró las sábanas, se metió en la cama con ella y se la acercó para ofrecerle todo su calor.

Ni siquiera se movió y respiraba tan débilmente que cada dos por tres sentía la necesidad de asegurarse de que siguiera con vida.

¿Qué podía hacer? Nunca se había sentido tan impotente. Ni todo el dinero del mundo podría solucionar este problema. Hacía tiempo que el dinero había perdido ese valor intrínseco para él. Era un objeto como cualquier otro que le hacía la vida más fácil. No solucionaba todos los problemas de la vida ni tampoco le hacía inmune al dolor o a la adversidad.

Olió el dulce perfume de su pelo, cerró los ojos y se preguntó qué diantre podía hacer para que Ramie dejara de sentir dolor.

Ramie murmuró algo ininteligible y se acomodó aún más entre sus brazos. Ese pequeño gesto le alivió un poco. Se relajó y se dejó embargar por la felicidad de tenerla a su lado.

Estaría ahí cuando despertara, así que no se despertaría sola y asustada. Por mucho tiempo que durmiera, él estaría ahí abrazándola cuando abriera los ojos.

Diecinueve

Eran las dos de la madrugada cuando Ramie se movió. Caleb había pasado la tarde y la noche a su lado, tenso por la ausencia de reacción durante tanto tiempo. En cuanto notó que se movía, se puso nervioso y le echó un vistazo al reloj que había junto a la cama. Solo había dado una cabezada.

A ella se le escapó un gemido. Caleb le acarició la mejilla y se inclinó para besarla. Ramie se quedó inmóvil; casi podía oír los engranajes de su cabeza al recordar el tormento que había vivido unas horas antes y dónde se encontraba ahora.

Sollozaba en silencio y se estremecía toda ella. Le desgarraba ver lo derrotada y desesperanzada que parecía a pesar del tiempo transcurrido.

—No estás sola, Ramie —le susurró al oído.

—La ha matado. Joder, Caleb, la ha matado. La ha usado como anzuelo para mí.

—Shhh, cielo. No es culpa tuya.

Ella le acarició el pecho y rozó su cuello con los labios. Caleb notó la humedad de sus mejillas y la besó en una de las lágrimas.

—Ayúdame a olvidarlo —dijo en un tono angustiado—. No puedo soportarlo. No hago más que verla y lo último que sé es que le he fallado.

Él la zarandeó un poco y la miró a los ojos, enfadado.

—No le has fallado, Ramie. Si quieres empezar a repartir culpas, échaselas a la persona adecuada, a ese cabronazo que te está acosando.

Le frotó la espalda por debajo de la camiseta, subiendo por la columna y hasta la nuca. Luego le pasó los dedos por el vientre y hacia arriba de nuevo para acariciarle los pechos con la palma de la mano.

Entonces rozó sus labios, acallando su sollozo y absorbiendo su aliento, que devolvió aún más cálido y acelerado. Le rozó un pezón con el pulgar hasta que lo dejó duro y tieso. Ella le pasó un brazo por la cintura y se aferró a él. La otra mano la apoyó en su espalda al tiempo que Caleb se colocaba encima de ella y le subía la camisa con la mano derecha.

Él se notaba la piel ardiendo; quería, necesitaba tocarla, acariciarla. Nunca había sido tan paciente y tan suave con nadie. No estaba seguro de que ella supiera lo que le había pedido, pero no se aprovecharía de ella. Le estaba dando tiempo a que le dijera que no, a que cambiara de parecer, aunque luego se preguntó si no debería ser él quien dijera que no por ella. Tal vez lo odiaría después por hacerle el amor.

—Ramie, cielo.

Ella le recorrió el cuello con los labios temblorosos que luego acabaron en su oreja, donde le mordisqueó el lóbulo y le hizo estremecerse.

—Dime que lo quieres —dijo con voz ronca—. Quiero que estés segura; ya te he hecho bastante para que me odies.

—No te odio —susurró—. Lo entiendo. No tienes que seguir explicándote. Tengo frío, Caleb. Necesito tu calor.

Con la rodilla, él le separó las piernas y frotó el delicado material de su ropa interior. Ella se estremeció cuando sus dedos se introdujeron bajo la cinturilla elástica de sus braguitas y se perdieron entre sus pliegues. Estaba mojada, pero no lo suficiente para acogerlo.

Le quitó la camisa por la cabeza y luego intentó hacer lo mismo con la suya, pero sus brazos se enredaron porque ella también quería quitársela. Caleb trataba de ir despacio, pero había una innegable sensación de urgencia. No quería agobiarla, no quería que hiciera algo de lo que luego se arrepintiera, pero al mismo tiempo la deseaba con una desesperación que no había sentido por una mujer antes.

Le resultaba difícil moderar sus deseos. No estaba acostumbrado a renunciar a nada porque nunca había tenido que hacerlo.

Pero Ramie era especial, tan frágil. La tocaba como si fuera algo valioso y delicado; su boca se desplazaba sobre su piel como si fuera seda. Tenía un sabor muy dulce. Con la lengua le acarició los pezones y con la boca los succionó hasta tenerlos bien erectos. Ella respiraba con frenesí y arqueaba la espalda para acercarse más a su boca.

—Por favor, Caleb —le rogó.

No quería que le suplicara por nada que pudiera proporcionarle.

—Quiero que estés segura. Antes de penetrarte, quiero que estés segura de que esto es lo que quieres. Si no, me detendré. Solo tienes que decirme que no.

Ella le puso un par de dedos en los labios y él calló.

—Te necesito.

La elegancia con la que lo dijo lo descompuso del todo. Había vulnerabilidad en sus palabras. Estaba muy cachondo, pero se contendría por ella para protegerla, para no herirla. Ya le había hecho bastante daño, un daño suficiente para dos vidas. No lo olvidaría nunca aunque ella pudiera hacerlo.

Trazó una línea de besos entre sus pechos y bajó las manos hasta su cadera para bajarle las braguitas. Ella arqueó la espalda de nuevo sobre el colchón para permitir que pudiera quitárselas por las piernas. Entonces separó los muslos y él inhaló su aroma; todo su cuerpo palpitaba de deseo.

Se moría por probarla, así que le lamió el sexo entero hasta el clítoris; todo él se contrajo al oír cómo gemía. Ramie introdujo los dedos en su pelo y le acarició el cuero cabelludo. De ese modo le sujetaba mientras la lamía, la succionaba, la degustaba.

Tenía que poseerla. Estaba a punto de correrse y ni siquiera la había penetrado todavía. Tenía la polla mojada y el glande cubierto de líquido preseminal. Se colocó entre sus piernas y la preparó para que pudiera acogerlo con todo su grosor.

Tendría que haberle dado más tiempo, prepararla más, y a pesar de todo, estaba ya presionando. Ella dio un grito ahogado por la sorpresa.

Ese sonido de descubrimiento, la repentina humedad que se notó en la polla hizo que se corriera casi al instante. Apretó los dientes y se obligó a contenerse, aguardando en la entrada de su sexo.

—Ahora —dijo ella con la voz entrecortada—. Ahora, Caleb. Por favor.

Entonces la penetró con fuerza, hasta el fondo. Ramie gritó y él le plantó un beso, aún dentro de ella, sin moverse, pero notando sus ligeros espasmos. Húmedo y cálido, su sexo le envolvía como un guante de terciopelo. Se aferraba a él con ganas, acogiéndolo más adentro.

Él cedió a sus deseos; el rugido en sus oídos era cada vez más fuerte. Cerró los ojos al tiempo que un estallido de color lo envolvía con intensidad, de una forma explosiva, y todo el cuerpo se le ponía tenso. Empezó a empujar con fuerza, cada vez más rápido; la fricción se volvió casi insoportable. Era tan placentero que a pesar de apretar los dientes se le escapó un gemido de agonía.

Ella se volvió toda suavidad; su cuerpo se acoplaba al suyo como un guante. Jadeó levemente; empezaba a respirar con dificultad. Le hincó los dedos en los hombros y levantó la cadera con un grito agudo que rompió el silencio.

Caleb le tiró del pelo y le echó la cabeza hacia atrás al tiempo que le comía la boca, consumiéndola cual adicto con su dosis. En su interior ardía un deseo que lo devoraba, que le recorría toda la espalda y las venas como la más fuerte de las drogas.

Empujó una vez más, hasta el fondo, y permaneció así un momento, cadera con cadera, sus pelvis bailando al unísono. En aquel momento recordó vagamente que no se había puesto el preservativo, que ni siquiera se lo había planteado y que ahora era demasiado tarde. Caleb se corrió como si se dejara llevar por una tormenta furiosa de la que era imposible escapar.

Ella hundió el rostro en su cuello y lo agarró con fuerza; empezó a temblar también al llegar al orgasmo, que le sobrevino en oleadas de placer.

Caleb no había sentido nada tan hermoso en toda su vida. Nunca había tenido algo tan valioso, tan bonito, en sus manos. Susurró su nombre una y otra vez, abrumado por la fuerza con la que ambos habían alcanzado el orgasmo a la vez.

Redujo el ritmo, cabalgándola con suavidad. No tenía suficiente, quería más. Seguía con la polla dura aunque acababa de correrse y disfrutaba aún de las sacudidas del orgasmo. La abrazó con fuerza y dando una vuelta, se la puso encima.

Ramie se quedó tumbada encima de él; el pelo le caía como una cortina sobre el pecho. Sostuvo su rostro con ambas manos y le dio un beso. Sus lenguas se entrelazaron igual que lo habían hecho sus cuerpos; girando y contoneándose, húmedos y cálidos.

Poco a poco, Ramie agachó la cabeza y apoyó la frente en su pecho; con el pelo le rozaba la barbilla. Él seguía dentro y notaba cómo ella contraía los músculos alrededor de su miembro de una forma rítmica, exprimiendo las últimas gotas de semen.

Nunca se había sentido tan completo, pero no tenía ni idea de cómo se sentía ella.

Con una mano le recogió el pelo con fuerza, luego aflojó un poco y le acarició los suaves mechones rizados que descansaban sobre su pecho. El torso de ella subía y bajaba pesadamente; la tenía tumbada encima, ceñida a su cuerpo como una toalla. Era suave y cálida, era delicada y femenina. No podía resistirse a tocarla, a recorrer con los dedos su pálida piel.

Allá donde tocaba se le ponía la piel de gallina y se le erizaba el vello. La besó en el cuello, que luego acarició con sus labios.

—¿Te he hecho daño? —murmuró.

Ella gimió levemente y luego negó con la cabeza, que le rozó la barbilla.

—No sabía que era así —dijo maravillada. Se le entrecortó la voz y levantó la cabeza para mirarlo a los ojos.

Él bajó las manos por su esbelta espalda y le agarró las nalgas. Estaba sentada a horcajadas; seguía con su polla dentro con lo que notaba sus ligeros temblores, que se le antojaban como pequeñas descargas eléctricas.

Dejó de mover las manos en su trasero.

—No me he puesto condón. Lo siento, nunca había estado tan inmerso en el momento como para olvidarme de la protección.

Ella se estremeció, pero no respondió. Notó cómo contraía la vagina a su alrededor e involuntariamente se le puso dura de nuevo. No se había puesto un preservativo antes, pero no volvería a cometer ese error.

Con suavidad, la cambió de posición y la hizo tumbar de costado a su lado. Ramie se aferró a él, pero él aprovechó para retirarse de su calor. De repente notó su ausencia; se sentía hueco y vacío.

—Debes de estar muerta de hambre —le dijo Caleb—. No has comido nada desde el desayuno.

Ella se estremeció un poco.

—Por mucha hambre que tuviera, no creo que pudiera comer nada.

—Pues no estás para saltarte comidas —le recordó—. Tienes que cuidarte mejor. Si no lo haces tú, lo haré yo.

—¿La han encontrado? —preguntó en voz baja—. ¿Lo han atrapado?

Él se puso tenso y la abrazó con más fuerza a modo de protección.

—La han encontrado, sí, pero a él no lo han pillado.

Ramie exhaló con brusquedad y empezó a respirar entrecortadamente.

—Va a seguir matando —dijo ella con gran pesar—. Me quiere a mí. Quiere que me cambie por las futuras víctimas.

—¡No! —exclamó él con un nudo en la garganta de puro miedo—. Ni lo pienses. No va a haber intercambios. Nada de tratos. No vamos a negociar con un loco. Te vas a quedar aquí conmigo, donde pueda estar seguro de que estás a salvo.

—No puedo esconderme siempre —protestó.

—¿Cómo que no? —le preguntó, algo desafiante—. Tengo unos recursos que ni te imaginas. Puedo asegurarme de que nunca llegue hasta ti.

—¿Y a qué precio? ¿Cuántas mujeres más van a tener que morir por la obsesión que tiene conmigo? Tal vez deberíamos comentarle a la policía lo de negociar con él, tenderle una trampa, darle lo que quiere.

El pánico se apoderó de él. No conseguía que el aire le llegara a los pulmones. La abrazaba con tanta fuerza que seguramente le estaba haciendo daño. Intentó relajarse un poco, pero no podía evitar sentir esa rabia que le consumía por dentro.

—No negociaremos nada —dijo tenso.

—No es decisión tuya.

—¡Y una mierda! Uno de los dos tiene que poner un poco de cordura a todo esto y veo que no eres tú. No estás en esto sola, Ramie. Y no pienso dejar que te ofrezcas como el cordero del sacrificio a un psicópata perturbado que quiere matarte. No es negociable. Si tengo que atarte a la cama y vigilarte, lo haré sin remordimiento alguno.

—Entonces, ¿qué hacemos? —preguntó, frustrada—. No puedo vivir así. Aún huelo la sangre, la noto en las manos y recuerdo el instante en el que la mató. Para él es como una partida de ajedrez. Es frío y calculador y disfruta matando. Es el dios de su propio universo, una fuerza imparable.

Él la besó en el ceño fruncido en un intento de que dejara de preocuparse.

—Que estés muerta no va a salvar a nadie. —A ella se le cortó la respiración, pero el siguió hablando en un tono despiadado—. ¿En serio crees que va a parar en cuanto acabe contigo? Siempre necesitará ese subidón y un desafío mayor.

Frustrada, Ramie chasqueó la lengua.

—Tal vez esté buscando a su próxima víctima. Seguirá jugando conmigo hasta que consiga lo que quiere.

—Me importa una mierda lo que quiera —espetó él, que hizo más fuerza con el brazo—. No pienso entregarte ni permitiré que caigas en una trampa que puede que funcione o no. Encontraremos otra manera.

—No hay ninguna otra manera —repuso ella en voz baja—. Lo sabes tan bien como yo. Eliza y Dane también lo saben. Incluso la policía es consciente de eso. ¿Cuánto tiempo más crees que van a permitir que haya un maníaco matando a mujeres antes de lanzarme a mí como cebo?

—Si tengo que sacarte del país, lo haré —contestó él

apretando los dientes—. Esto no está abierto a debate, Ramie. No es negociable.

Ella se apoyó en él y suspiró, cansada.

—No podemos hacerlo. Es una locura.

Caleb frunció el ceño y notó un nudo de frustración en la garganta.

—Ya lo hemos hablado. Te pedí que te quedaras, que lucharas por el derecho a quedarte conmigo y por mí. Si yo estoy dispuesto a hacer sacrificios, ¿no deberías hacerlos tú también?

Ella se apoyó con el codo mientras se tapaba los pechos con la sábana.

—En cualquier otro momento te diría que sí. Si nos hubiéramos conocido… antes. Tal vez entonces hubiéramos tenido la opción, pero esto no va a funcionar de la forma en que está ahora. ¿Qué clase de vida tendrás conmigo si debemos pasárnosla escondidos, incapaces de hacer frente a un asesino? Será un recordatorio constante para tu familia de lo que le pasó a Tori.

—Cállate —le espetó con brusquedad—. Nunca te he dicho que tenga todas las respuestas, joder, pero sí creo que vale la pena luchar por ti. No pienso rendirme.

—Dios, Caleb, no es que no te desee o que no quiera luchar por ti o nosotros o lo que sea. Solo quiero que entiendas el tipo de vida que será, no solo para ti, sino para tu familia. No puedo pasarme los próximos cincuenta años escondiéndome.

—Pues no veo por qué no —replicó.

Ella apoyó la cabeza en su pecho, y la dejó caer sobre él. Caleb suspiró y le pasó la mano por el pelo, acariciándole la nuca.

—Siento cosas por ti que nunca he sentido por ninguna otra mujer. Quiero explorar esos sentimientos y ver dónde nos llevan. Lo único que sé es que no puedo y no pienso perderte. Ni por Tori, ni por mis hermanos y aún menos por un maníaco homicida. Como te he dicho, no tengo todas las respuestas... todavía, pero eso no quiere decir que me rinda y te entregue cual virgen a un sacrificio.

Ella se le quedó mirando sin decir nada. Reparó en el desconcierto que delataban sus facciones y supo que estaba valorando sus palabras.

—Acéptalo —dijo él—. No me vas a convencer. No puedes decirme lo que tengo que hacer o sentir por ti. Y ya puedes resignarte porque me mantendré en mis trece. Ahora voy a bajar a preparar algo de comer y luego volveremos a acostarnos. Por la mañana nos sentaremos con Dane y Eliza y nos pondremos a pensar a fondo en ello. Y una cosa más, Ramie —dijo tirándole del pelo para que lo mirara—. Acostúmbrate a estar en mi cama porque aquí es donde vas a dormir a partir de ahora.

Veinte

*T*ori se sentó en la cama tras despertarse sobresaltada. El corazón le latía con fuerza en el pecho y tenía el pulso tan rápido que se sentía muy débil. Salió de la cama a tientas, con esas imágenes aún frescas en su memoria. Oía el disparo, olía la sangre y veía la cara de su torturador que le apuntaba con una pistola en la sien.

Fue al lavabo y se echó agua fría en la cara. Entonces levantó la vista, se fijó en el reflejo que le devolvía el espejo e hizo una mueca al ver lo pálida y demacrada que estaba.

Había pasado un año. Era hora de seguir adelante. Ya le tocaba dejar de tener miedo hasta de su sombra y empezar a vivir.

¿Había sido una visión o una simple pesadilla? Era demasiado real, demasiado nítida y gráfica para ser un sueño. Los sueños no solían tener mucho sentido, no eran más que imágenes revueltas y combinadas de forma aleatoria.

Se quedó quieta un momento y frunció el ceño para concentrarse. No reconocía el sitio de los disparos. Estaba claro que no era aquí ni en otro lugar que conociera.

Debería de resultarle fácil de evitar, si se trababa efectivamente de una visión profética. No salía de casa nunca. Tenía miedo de salir, fuera sola o acompañada. Sobre todo sola, claro.

¿En qué había quedado su vida? ¿En quién se había convertido? Ya no reconocía a la chica del espejo. Estaba apagada y sin vida; atemorizada y asustadiza. No tenía nada que ver con la persona que era un año antes de descender al infierno.

¿Cómo lo había conseguido Ramie? ¿Cómo podía resistirlo una y otra vez? Se encogió de la vergüenza al recordar lo cabreada y grosera que había sido con ella. La idea de que alguien presenciara ese momento bochornoso era demasiado. Se había cometido una gran injusticia contra Ramie Saint Claire y, sin embargo, Tori no lograba encontrar la empatía que la ablandara.

Se quedó en el baño un buen rato antes de volver al dormitorio. Se metió bajo las sábanas y se las subió hasta la barbilla. Empezó a temblar y a gruñirle el estómago.

A la hora se dio por vencida. Un viajecito a la cocina sería una ronda nocturna agradable... y necesaria. Y no contaba con sus hermanos para eso. Pero entre las veces que ellos o sus hombres buscaban por la casa —por dentro y por fuera—, Tori tenía su propia ruta durante la cual iba cambiando ciertos objetos para comprobar si alguien los movía. Sus hermanos pensarían que estaba loca, perturbada de verdad, si les contaba lo obsesionada que estaba con ese miedo de que volvieran a secuestrarla. Escondía muchas cosas a sus hermanos. Esta era solo una más en la larga lista de manías que no hacía falta que supieran porque se preocuparían aún más.

Hoy no dormiría, estaba claro. Igual que muchas noches durante el último año, se quedaría despierta mirando al techo e intentando cerrar la puerta a todo eso que querría olvidar.

Por muchas ganas que tuviera de dejar el pasado atrás y hacerse un ovillo en el sitio preferido de su elección, no le gustaba nada estar sola. No quería que la gente la estuviera psicoanalizando cada dos por tres, que todos creyeran saber siempre lo que quería o necesitaba. No tenían ni idea.

Solo quería ser normal y hacer lo que todas las chicas hacían: encontrar un trabajo al acabar la carrera, sentirse preparadas para enfrentarse al mundo, vivir en sus pisos y tomar sus propias decisiones.

Todas las chicas salvo ella, que a sus veintitrés años no estaba por ninguna de esas cosas, aunque sí pensaba en ellas de vez en cuando.

Veintiuno

*R*amie abrió los ojos perezosamente y suspiró al tiempo que se estiraba como un gato junto a Caleb. Tenía la mente en blanco. Ningún fragmento de violencia ni muerte, solo calma y tranquilidad. Tal vez tenía que agradecérselo a él. Le había pedido que la ayudara a olvidar, pero no creía de verdad que nadie consiguiera aliviar su tormento.

—Buenos días —murmuró Caleb mientras la besaba en la frente.

Le pasó un brazo alrededor y la atrajo hacia sí. Ella le pasó la mano por el fuerte abdomen y la subió por su pecho hasta llegar a su corazón. Los latidos que notaba a través de la piel eran de lo más tranquilizador.

—Buenos días —contestó ella.

—Tengo que irme unas horas —dijo Caleb en tono de disculpa—. Tengo que encargarme de unos asuntos y asistir a una reunión con mi abogado para firmar papeleo de empresa. Volveré en cuanto pueda.

—No pongas tu vida en espera por mí —dijo ella con firmeza—. Y no quiero que pongas en peligro tu negocio por hacerme de niñera las veinticuatro horas del día.

—Siento decírtelo, cielo, pero mi vida ya está en espera por ti.

Aunque se quedó consternada por el comentario, empezó a notar una calidez que le recorría las venas por la convicción que transmitía su voz. Cerró los ojos y se permitió soñar despierta y plantearse algunos «¿Y si…?». Sabía que era una tontería, además de peligroso, desear una vida normal. Su vida nunca sería normal. Pero eso no hacía que la deseara menos.

—Trabajaré con el dibujante mientras estés fuera —dijo Ramie en voz baja.

Era una tontería tener miedo de plasmar su cara en un papel, pero le daba un miedo atroz.

Caleb le dio un apretón cariñoso.

—Si quieres esperar hasta que vuelva, te haré compañía mientras hablas con el dibujante.

Ella negó con la cabeza.

—No. Hay que hacerlo lo antes posible. Ya debería estar hecho. Tal vez si no hubiera estado tan histérica podríamos haber salvado a la última víctima.

—Para —dijo Caleb tajante—. No empieces otra vez, Ramie. Tú no tienes la culpa; no permito que lo pienses y aún menos que lo digas.

Por muy convencido que estuviera él, ella no sentía lo mismo. Detestaba sentirse tan inútil. Odiaba verse tan impotente para evitar que escogiera a otra víctima. A saber a cuántas mujeres había matado ya.

Ella no dijo nada, no quería discutir con él sabiendo lo empecinado que estaba en que no se echara las culpas.

Caleb la acercó con un brazo y se inclinó sobre ella para besarla.

—Me voy a la ducha ya para ponerme en marcha y volver cuanto antes. Eliza y Dane estarán contigo hasta que vuelva. No tienes que preocuparte por Tori o mis hermanos. Le he pedido a Dane que no se te acerquen.

Ella se mordió el labio para no reaccionar a sus palabras. Caleb no las dijo para herirla, pero ¿cómo no iban a ser hirientes cuando las personas más importantes para él no la querían ahí?

Le rozó el pecho con los labios y lo abrazó con fuerza.

—Date prisa —dijo ella—. Ya te echo de menos.

Era la verdad. Saber que él no estaría allí, protegiéndola, la ponía muy nerviosa. Pero tenía que mantener la compostura y no perder la calma para ayudar a poner a ese psicópata entre rejas.

Ella se hizo a un lado tapándose con la sábana. Al incorporarse, la sábana cayó y volvió a cogerla para cubrirse un poco, como si de repente fuera consciente de su desnudez y la de él. Caleb salió de la cama también y ella vio su erección, que seguro no tenía nada que ver con que fuera por la mañana.

Ramie agarró la sábana para taparse los pechos mientras él rodeaba la cama para ponerse delante. Entonces Caleb se inclinó y tiró de la sábana hasta que al final la soltó. Cayó a sus pies y él recorrió su cuerpo con una mirada abrasadora.

La sujetó por los hombros y la atrajo hacia sí. Su calidez era chocante en comparación con lo fría que estaba ella. Con sus grandes manos le acarició la espalda, que después bajó hasta su trasero, que agarró y apretó de forma posesiva.

—Pensaba que tenías que irte —susurró ella.

—Sí, pero los dos necesitamos una duchita, así que ¿por qué no matar dos pájaros de un tiro?

Ramie se estremeció delicadamente con el pulso acelerado. Los labios de Caleb devoraron los suyos con voracidad. Le pasó la mano por el pelo, del que tiró un poco para levantarle la barbilla y que su boca pudiera encajar a la perfección con la suya.

Empezó a llevarla hacia el baño sin dejar de besarla. Cuando entraron, buscó el interruptor a tientas y la levantó para sentarla en la encimera entre los dos lavamanos.

Tenía la polla dura y erecta, casi tocándole el ombligo, y se apresuró a abrir el grifo de la ducha. Cuando volvió hasta ella y la abrazó para levantarla, apretó su erección contra el vientre.

Ella suspiró y apoyó la cabeza sobre su hombro. Él la besó en la clavícula y luego fue dándole mordisquitos hasta el lóbulo. La levantó otra vez y ella le rodeó la cintura con las piernas para anclarse mejor. Caleb, que la sostenía con un solo brazo, aprovechó la mano libre para comprobar la temperatura del agua.

Satisfecho con el resultado, entró en la ducha y la dejó a ella en el suelo. Sin dejar de sujetarla con un brazo, cogió el bote de champú con la mano libre.

La enjabonó de la cabeza a los pies, frotándola y acariándola hasta que casi perdió el oremus por el deseo. Estaba excitadísima, loca, frenética. El vapor era cada vez más denso y les cubrió la piel como si fuera rocío. Entonces volvió a meterse bajo el chorro de agua para aclararla.

No habían pasado ni cinco minutos cuando Caleb cerró el grifo y salió de la ducha rápidamente. La sentó en la encimera de nuevo y colocó su erección entre los muslos de Ramie en un solo movimiento.

La penetró con fuerza y hasta el fondo. A Ramie le sobrevino una oleada tras otra de placer. Echó la cabeza hacia atrás y se dio un golpe en el espejo de detrás. El pelo se le pegaba al cuerpo mientras arqueaba la espalda y le acercaba los pechos para que su boca los encontrara mejor.

Ramie golpeó la encimera con las manos y se aferró al borde para sujetarse mejor mientras él seguía embistiéndola. Y entonces, entre dientes, soltó un improperio y salió de ella con el rostro contraído por el esfuerzo. Se le marcaban las venas en la sien y respiraba de forma entrecortada; el pecho le subía y le bajaba pesadamente.

—¡No te detengas! —dijo entre jadeos—. ¡Joder, Caleb, no puedes pararte ahora!

—Me he olvidado el puto condón otra vez —gruñó él—. Dame un minuto.

Le pareció una eternidad desde que abrió el cajón y abrió un paquete. Se entretuvo un rato entre sus piernas y luego le separó las piernas otra vez.

La penetró y ambos gimieron. Ramie le rodeó el cuello con ambos brazos y lo atrajo hacia sí para que la besara. ¿Había habido un hombre como Caleb en su vida? Nunca había sentido un deseo tan hedonista, descarnado y tumultuoso.

—Me vuelves loco, Ramie —dijo apretando los dientes—. Haces que me olvide de todo hasta el punto que solo quiero estar dentro de ti para no salir jamás.

Ella lo besó por la mandíbula y luego le dio mordisquitos en el cuello que lo hicieron temblar de placer. Inhaló con fuerza y captó el olor del jabón junto con su intensa esencia masculina.

Él le pasó las manos por debajo del trasero y la levantó hincándole los dedos en las nalgas, marcándola irrevocablemente. Su cuerpo se tensó alrededor de su erección, aferrándose a ella y sujetándola en el fondo.

—Tú también haces que me olvide de todo —susurró ella.

Le arañó la espalda y él bramó de placer. Siguió embistiéndola una y otra vez hasta que solo podía oírse el palmoteo de sus cuerpos, de piel contra piel.

El espejo se empañó por la ducha caliente y sus alientos. Ella se echó hacia atrás y apoyó la cabeza en el espejo. Le agarró los antebrazos al tiempo que llegaba al orgasmo contrayendo hasta el último músculo.

Su orgasmo fue tan explosivo que se le nubló la vista y le dio la sensación de que flotaba en el aire. Susurró su nombre sin parar mientras él llegaba al suyo.

Se convulsionó contra ella sin dejar de apretarla de tal modo que seguramente le haría daño, pero a pesar de todo a Ramie le gustó saberse protegida entre sus brazos.

Caleb respiraba entrecortadamente y se le estremecía todo el cuerpo. Le retiró el pelo mojado de la frente y luego la besó.

—Sé que quizá no estás lista para oír esto, Ramie, pero no me estoy enamorando de ti... es que ya lo estoy.

Ella se quedó inmóvil y contuvo la respiración mientras él se retiraba lo justo para mirarla a los ojos. Le entró el pánico y no conseguía que le funcionara la lengua. ¿Se enfadaría Caleb si no encontraba las mismas palabras, que la idea de querer y ser querida la aterrorizara?

Llevaba la marca de la muerte. No podía permitirse vínculos sentimentales porque solo terminarían en dolor. No quería que él la amara porque acabaría destrozado si algo le pasara a ella.

—Caleb...

Solo pudo decir su nombre. Él la besó en los labios con ternura.

—No —la interrumpió él—. No pasa nada. Puedo esperar a que estés preparada. Solo quiero que sepas que te quiero y que no estás sola. Por ahora eso me basta.

Veintidós

$\mathcal{A}$l final vio a su presa a lo lejos. Esbozó una sonrisa de satisfacción mientras veía a Caleb Devereaux entrar en el edificio que albergaba las oficinas de todos sus negocios. Le hacía especial gracia la empresa de seguridad de nuevo cuño. ¿De verdad pensaba Devereaux que sus expertos en seguridad eran rivales dignos para su genialidad?

Riéndose para sus adentros, negó con la cabeza y se puso en cuclillas para esperar hasta que saliera. Era un hombre paciente y la paciencia siempre tenía recompensa. Siempre. La paciencia era una virtud según decía la Biblia.

—Voy a por ti, Ramie —dijo con una voz cantarina.

Le vinieron a la cabeza imágenes de Ramie Saint Claire castigada por interferir en su cruzada. Su responsabilidad era librar al mundo de débiles y pecadores. Pero Ramie le echó a los inspectores encima, lo que le había costado un tiempo valiosísimo. Tuvo que emprender la retirada y reorganizarse, esconderse e infundirles una falsa sensación de seguridad. Así pensarían que había terminado la purga, pero en realidad solamente se había tomado una excedencia.

Volvió a reír. Una excedencia del pecado. Le gustaba cómo sonaba.

Ramie Saint Claire no era la única en su radar. Él era capaz de dividir su atención, sobre todo si había sangre nueva a la vista. Había otra que lo esperaba. Se lamió los labios ante la expectativa y se frotó las manos.

En cuanto terminara lo que había venido a hacer aquí se ocuparía de su última conquista. Seguro que Ramie estaría contenta de que tuviera otra víctima porque eso significaba que aún no era suya. Pero pronto, muy pronto, todo encajaría y Ramie sería castigada por sus pecados.

Volvió a verlo. Se le hincharon las fosas nasales y entrecerró los ojos al fijarse en Caleb Devereaux, que salía de las oficinas. Fue hacia él con paso renqueante y la ropa sucia y raída. Nada en su apariencia podría delatar su identidad. Iba siempre con mucho cuidado y se sabía mucho más listo que los demás. No lo descubrirían.

Se le aceleró el pulso y sintió una emoción embriagadora al ver cómo se acercaba Caleb. No lo vio. Los hombres como él nunca se fijaban en los menos afortunados. Miraban a los demás sin verlos realmente, como si no existieran en su mundo privilegiado. Su cortedad de miras le costaría cara.

En el momento justo, dio un traspié y cayó justo delante de él. Agitó los brazos como si quisiera recuperar el equilibrio y se aferró al brazo de Devereaux al tiempo que apoyaba una rodilla en el suelo.

—Caballero, ¿está bien? —preguntó Caleb con tono preocupado.

La sorpresa por la reacción de Devereaux lo pilló totalmente desprevenido. Pestañeó y tuvo que esforzarse por centrarse en la tarea que tenía entre manos.

Devereaux lo ayudó a ponerse en pie mientras él se aferraba a su muñeca.

—¿Quiere que lo vea un médico? —le preguntó con el ceño fruncido.

Negó con la cabeza y respondió con la voz ronca:

—No. Gracias, señor. Es usted muy amable, pero estoy bien. Solo he tropezado. Siento haberlo molestado.

—No me ha molestado —repuso él amablemente.

Para su asombro, Devereaux sacó la cartera y extrajo varios billetes de veinte. Se los tendió y le apremió para que los aceptase.

Aún mejor. De esta forma tendría algo que había estado en su posesión, que tenía sus huellas.

—Que pase usted un buen día —le dijo a Devereaux con la voz cavernosa, que sonaba tan anciana como parecía. Se dio la vuelta y se marchó andando despacito y arrastrando los pies como lo haría un hombre mayor y sin hogar. Esbozó una sonrisa; la adrenalina le bombeaba con fuerza por las venas, lo que le daba un subidón de euforia que solo superaría tener a Ramie a su merced.

Veintitrés

—*L*os ojos no están bien —apuntó Ramie con una frustración que se notaba hasta en la sien.

Se pasó una mano por la cara y cerró los ojos un momento. Intentó tranquilizarse y que su mente se centrara solo en las facciones de su acosador, pero cada vez que conseguía vislumbrar su cara, esta no era más que un borrón.

Le dolía muchísimo la cabeza. Cuánto más intentaba enfocar su rostro, más le dolía. Era como si en cualquier momento fuera a estallarle un vaso sanguíneo del cerebro.

—¿Quieres descansar un rato? —preguntó Dane.

La preocupación era evidente en su mirada. A juzgar por esa reacción, debía de tener un aspecto horrible. Si estaba la mitad de mal de cómo se sentía, el concepto de «muerta viviente» le vendría al pelo.

—Podemos parar un ratito —dijo Eliza suavemente— y salir a que te dé el aire. ¿Te traigo algo de beber?

—La cabeza —se quejó ella con un dolor punzante que puntuaba las dos palabras que acababa de decir. Escondió la cabeza entre las manos y se apretó las sienes con las palmas.

—¿Estás bien? —preguntó Dane—. ¿Qué le pasa a tu cabeza?

—Migraña —fue lo único que consiguió decir. Se oía

a un volumen tan alto que le parecía que había gritado esto último.

Eliza miró a Dane con inquietud.

—¿Tienes medicamentos para eso? —preguntó él—. ¿Prefieres que llamemos al médico para que venga a verte?

Ramie frunció el ceño. Le entró un tic en un párpado; era uno de los muchos efectos secundarios de sus migrañas. Si le tocara la luz de forma directa o viera luces brillantes, el tic sería aún más pronunciado.

—Los médicos no hacen visitas a domicilio y si vamos a urgencias me pasaré horas en la sala de espera, con lo que tardaremos una eternidad en terminar el retrato. Todos los minutos cuentan para su próxima víctima.

Dane se encogió de hombros.

—Los médicos visitan en casa si eres Caleb Devereaux.

—Ya, claro —murmuró Ramie, trazando con los dedos movimientos circulares en la sien—. Y sí, tenía un medicamento para eso, pero lo tomaba con moderación porque ya no tenía un médico fijo. Tampoco puedo ir a urgencias y pedirlo sin más. Cuando escapé del asesino en Oklahoma me lo dejé allí, junto con todo lo demás.

—Le pediré una pastilla a Tori —ofreció Dane con la mirada y la voz amables.

Ramie se preguntó cómo de mal debía de parecer y sonar para que Dane y Eliza se anduvieran con pies de plomo. En ese momento, tras asimilar lo que le había dicho, arrugó la frente y negó con la cabeza. Lo último que quería era meter a Tori en eso. Era mejor para todos que se mantuviera al margen entre las cuatro paredes de su habitación.

—Su médico se las recetó después de lo que ocurrió el año pasado porque le dan unos dolores de cabeza muy fuertes cuando tiene visiones o pesadillas. Puede que te entre sueño, pero eso tampoco es tan malo —añadió

Dane enfáticamente—. Te convendría descansar para recargar las pilas.

Al decir eso último, se levantó del sofá y le hizo un gesto al dibujante, que pacientemente había retocado y modificado los trazos cada vez que Ramie se equivocaba.

—Tómate unos cinco minutos de descanso —le dijo Dave Dane al dibujante—. Le traeré algo para el dolor de cabeza. Ahora mismo, tampoco vale de mucho presionarla. Seguro que unos minutos no importan si ya va en busca de otra víctima.

Ramie oyó una carcajada en su mente y cerró los ojos con fuerza; las manos le temblaban en el regazo. No pensaba dejar que la trastornara. No estaba ahí de verdad.

El dolor aumentó. La presión era tal que sentía como si algo fuera a romperse en mil pedazos, como si alguien le estuviera perforando el cráneo.

«Demasiado tarde…»

Le pasó esa idea por la cabeza, pero no sabía si se debía a la manifestación de sus miedos más recónditos o si era el asesino que se comunicaba a través del vínculo que compartían.

No se lo estaba imaginando, evidentemente. No era imbécil y hacía un par de noches él le había dejado muy claro que no estaría segura en ningún lugar. No era una histérica por regla general, aunque cualquiera que la viera ahora pensaría que estaba chiflada.

Dane no esperó a que aceptara o rechazara su ofrecimiento. Salió del salón sin mediar palabra.

Pasaron algunos minutos y, como no volvía, Eliza frunció el ceño y miró el reloj. Impaciente, empezó a dar golpecitos en el suelo con el pie y luego le lanzó una mirada de disculpa a Ramie.

—Sé lo duro que debe de ser para ti. O quizá no… Te evitaré la condescendencia y no te diré que sé por lo que estás pasando. No digo que haya vivido nada parecido a la misma escala que tú, pero puedo imaginar lo asustada que debes de estar igual que imagino que yo no tendría el valor de hacer lo que haces.

Ramie se rio; era un sonido chirriante y áspero, como quien se pasa un estropajo por la piel.

—¿Asustada? Totalmente. ¿Valiente? Ni por asomo. Si no fuera por Caleb, aún seguiría escondida por ahí, tratando de ocultar mis huellas y rezando para que cada día no fuera el último. Si fuera valiente, o lo que fuera... —dijo en un tono burlón.

Se quedó callada y tragó saliva como si quisiera deshacerse un nudo en la garganta. Miró a Eliza como si la atravesara.

—Si tuviera valor de verdad, todas las mujeres a las que ha matado para conseguirme a mí seguirían vivas todavía. Si fuera valiente, hubiera tomado cartas en el asunto mucho antes en lugar de portarme como una niña asustadiza y escurrir el bulto.

Levantó una mano cuando Eliza empezó a protestar.

—No digas nada —le dijo abrumada de repente por la fatiga—. No lo he dicho para ganarme vuestra compasión o para que me digas que no es culpa mía. Tampoco espero que lo comprendas. Sé racionalmente que no soy responsable de los actos de los demás, pero, al mismo tiempo, también soy consciente de que si hubiera intentado enfrentarme a él en lugar de pasarme este último año huyendo y mirando hacia atrás tal vez ya estaría en la cárcel. O muerto. Y todas esas mujeres que han muerto seguirían vivas y disfrutando de sus familias, sus hijos...

—O tal vez habrías muerto tú y él seguiría buscando a su próxima víctima, llevándose por delante vidas inocentes porque no tendría a nadie que le parara. Hay muchos «quizás», Ramie, muchas hipótesis y muchas elucubraciones. Olvidas que has salvado muchísimas vidas.

Salvaste a Tori de una muerte segura. Llegaron hasta ella escasas horas antes de que la matara. Y están todas las otras a las que has salvado. Estarían muertas de no haber intervenido. Piensa en esas vidas que has salvado, no en las que no has conseguido rescatar.

Dane volvió en ese instante con una botella de agua en una mano y la mandíbula apretada. Tenía una mirada enfadada y reparó en que Eliza arqueaba una ceja. Evidentemente veía lo mismo que Ramie. No hacía falta tocarlo para saber que estaba cabreado.

—¿Qué pasa? —preguntó Ramie en voz baja.

Dane no hizo caso y le dio la medicación, que ella miró con recelo porque sabía que perdería la sensibilidad al cabo de una hora. Era muy susceptible con respecto a la medicación que alteraba sus niveles de consciencia, por muy poco que fuera.

Estaba de lo más vulnerable cuando tomaba medicinas. Le costaba controlar sus pensamientos y no tenía barreras protectoras. Sabía por experiencia que se desatarían los sueños y los recuerdos de las víctimas del pasado y que no podría controlar sus patrones mentales. Se estremeció y se le puso el vello de punta.

—Tómatela, Ramie —apremió Dane.

Aunque no era nada intimidatorio y modulaba el volumen de la voz en deferencia a su susceptibilidad al sonido, lo notaba increíblemente decidido a que se tomara la pastilla. Ella suspiró y él la dejó caer en su mano, pero se quedó quieta después de que le pasara la botella de agua.

Las emociones la saturaron de repente. Casi dio un brinco por la fuerza de las impresiones que acababa de recibir de una pastilla tan pequeña. Tori y Dane la habían tocado y le llegó parte de este breve encuentro.

Dane la miraba con una mirada intensa como si quisiera valorar su reacción. Apretó los labios al darse cuenta de lo que acababa de pasar y no le hizo mucha gracia. Ramie no consiguió oír los insultos que profirió entre dientes.

—Antes de que te cabrees, quiero que comprendas que ya es hora de que alguien deje de consentirla y la devuelva al mundo real, donde no todo gira alrededor de uno mismo —dijo Dane.

Estaba claro que Tori y él habían tenido un encontronazo por algo. ¿Por ella? ¿Por el alivio de ese esfuerzo mental que le había provocado una migraña, por el peso de tantas almas que la empujaban a un lado y a otro, todas pidiendo justicia por lo que les habían hecho?

Todo ese peso le dio las fuerzas que tanta falta le hacían para enfrentarse a la tarea que tenía entre manos. Si todo el mundo tenía a Tori por rebelde y poco razonable, ¿qué deberían de pensar de ella? Tori tenía más motivos que ella para estar enfadada. Al fin y al cabo, por mucho que ella compartiera ese destino, no era lo mismo estar allí, sufriéndolo de primera mano y sin poder hacer nada para detenerlo. Además, Ramie había sido difícil de encontrar y se había mostrado inflexible: le dio la información a Caleb después de obligarla.

Tragó la pastilla e hizo una mueca mientras la notaba bajar. No era capaz de tragarse las pastillas en general. Incluso de adulta, solía machacarlas y disolver después el polvillo en un poco de líquido.

Dio unos sorbos al agua para acabar de tragársela, se echó hacia atrás y se centró en el dibujo una vez más. No las tenía todas consigo de que dentro de una hora pudiera recordar los detalles con exactitud, así que necesitaba terminarlo ya. Cada minuto que este tipo estuviera libre era un minuto más que su víctima tenía que vivir lo inimaginable.

Hasta el esfuerzo de tragar la pastilla le provocaba unos pinchazos dolorosos en la base del cráneo. Se le revolvió el estómago e inhaló con fuerza por la nariz para mantener a raya las náuseas. Notó cómo si se le estuviera fracturando la cabeza; fracturas que formaban una red de telarañas en su cráneo, quebrándolo todo a su paso y entrecruzándose debajo del cabello.

Se tambaleó y el estómago volvió a rugir. Tragó saliva y tuvo que concentrarse para no devolver la pastilla.

Dane empezó a maldecir.

—Ya basta por ahora. No puede hacerlo. Esto no es bueno para ella y Caleb me cortará la cabeza si permito que siga así.

El dibujante se sorprendió un poco, pero se encogió de hombros como si le diera lo mismo una cosa que otra y eso cabreó a Ramie. Sabía que era algo irracional, pero el dibujante era una válvula de escape para su rabia y ella estaba que trinaba ya.

La ira era una emoción más aceptable que el miedo. La cólera no la volvía débil y darle rienda suelta solo la hacía imprudente y volátil.

La apatía del hombre le daba mucha rabia. La hacía sentir como si a nadie le importaran esas mujeres. O que les diera igual lo mucho que ella misma hubiera sufrido con cada una de ellas. La hacía sentir insignificante, ignorada igual que las mujeres que habían sido olvidadas ya, meros números en una estadística cada vez más elevada.

—¿Quiere cargar a la siguiente víctima sobre su conciencia? ¿En serio? —le preguntó al dibujante en un tono frío y fulminándolo con la mirada. Siguió mirándolo con desdén hasta que el hombre, visiblemente nervioso, empezó a mover las manos sin saber dónde ponerlas. Al menos tuvo la decencia de bajar la vista de la vergüenza; no quería mirarla a los ojos. Ramie chasqueó la lengua y miró a Dane—: Pararemos cuando el dibujo sea perfecto, no antes.

Eliza le apretó la mano como muestra de apoyo. Ramie hizo una mueca de dolor y se preparó para la siguiente arremetida. Eliza la miró horrorizada y apartó la mano; había olvidado que Ramie podía leer a la gente con el tacto y tenía secretos que no quería que salieran a la luz.

Ramie controló la expresión facial para no mostrar su reacción ante la furia que se escondía tras la fría fachada de Eliza. Se elevaba y se hinchaba como un cúmulo de nubarrones negros a punto de descargar.

A Ramie la asaltó entonces un torbellino de sensaciones. Las pupilas se le contrajeron y dilataron un par de veces. Era como estar en el camino de una avalancha sabiendo que no tenía escapatoria, que la enorme pared blanca la engulliría sin más.

—No la toques —dijo Eliza bruscamente.

Ramie supuso que hablaba con Dane, que tal vez iba a tocarla para que no perdiera el equilibrio.

—No —susurró ella—. No me toquéis, por favor.

Se inclinó hacia delante, apartando como podía el aluvión de emociones fragmentadas del epicentro de la tormenta. Cerró los ojos y apoyó la barbilla en las rodillas, se balanceó de atrás adelante en un intento de aliviar el dolor de las heridas que notaba en su mente.

Se pasó un buen rato meciéndose con la frente apoyada en las rodillas y los brazos alrededor de las piernas, creando como una especie de barrera para los demás. Era un gesto de protección, aunque tampoco le servía de mucho, ya que no había defensa alguna para esa tortura psicológica que vivía.

Respiró hondo para tranquilizarse, decidida a recuperar el control sobre sus pensamientos. Lo último que quería era que volviera Caleb y la encontrara de esa guisa. No podía estar recogiendo siempre sus pedazos y recomponiéndola después. Tenía que aprender a enfrentarse a esto sola. Su defensa de antes —su negación— ya no era una opción.

Sabía demasiado. Comprendía demasiado bien las

consecuencias de cerrar los ojos y bloquear la realidad. Hacerlo conllevaba hechos importantes: había mujeres que morían, familias que quedaban destrozadas y niños que debían enfrentarse a su futuro sin una madre.

—Los ojos están mal —susurró Ramie al final—. El puente de la nariz debería ser más plano y ancho. Los ojos están algo más separados y son más redondos por los rabillos.

Un destello de respeto brilló en los ojos de Dane. Ella notaba su aprobación, que irradiaba mientras la observaba en silencio. La expresión de Eliza se suavizó y se centró en el dibujante.

Ramie frunció el ceño, concentrada, cuando el hombre le enseñó el siguiente borrador. Examinó el rostro en busca de alguna señal de maldad, pero parecía... normal. Por encima de la media, incluso. Como ya había hecho antes, al mirarlo a los ojos, se quedó impresionada por lo guapo e íntegro que parecía. No había ningún indicador externo que delatara al demonio que se escondía detrás de esa pulcra fachada.

—Es él —dijo Ramie casi atragantándose.

Veinticuatro

Cuando Caleb entró en el salón se detuvo en seco y se le cayó el maletín, que aterrizó en el suelo con un golpe seco. El otro ruido provenía de Ramie. Intentaba recobrar la compostura y permanecer estoica, lo que empeoraba más las cosas porque libraba una batalla perdida. Hacía ruiditos como los que haría un animal herido. Se abrazaba las piernas y se tapaba la cara con las rodillas. Se balanceaba hacia delante y hacia atrás y tenía los nudillos blancos de lo fuerte que apretaba los dedos en los brazos. Seguramente le quedarían marcas, pequeños moratones.

Caleb repasó la habitación y a sus ocupantes, y se fijó en las expresiones serias de Dane y Eliza y en la confusión en los ojos del dibujante.

—¿Qué narices ha pasado? —preguntó.

Sin esperar la respuesta, cruzó el salón y se arrodilló frente a Ramie, sentada en el sofá.

—¿Ramie? —dijo en tono suave.

Su postura sugería una fragilidad extrema. No levantaba la cabeza y no se le veía el rostro. Estaba despeinada y las rodillas le tapaban los ojos; el resto de la cara permanecía escondido detrás de las piernas.

Caleb se encaró con Dane y Eliza, que observaban la escena con preocupación.

Emitió un bramido que le retumbó en el pecho.

—¿Qué le habéis hecho?

—Ha identificado al asesino —dijo Eliza en voz baja—. El dibujante ya ha terminado el retrato, así que podemos distribuirlo por los canales adecuados y, con suerte, alguien, dónde sea, lo reconocerá.

Caleb miró el dibujo que había en la mesita delante de la cual el dibujante aguardaba sentado. Frunció el ceño y entrecerró los ojos al examinar el retrato.

Parecía la última persona que cometería esas atrocidades, pero eso solía pasar con la mayoría de los asesinos en serie. Recordaba varios casos famosos en los que el criminal era el vivo retrato de la mediocridad y no había nada que indicara la brutalidad de los crímenes cometidos.

—Le he dado uno de los calmantes de Tori —explicó Dane—. Tenía una migraña terrible y temía que le diera un derrame o algo. Si no mejora pronto, tendrá que tomarse otra. Tenía mucho dolor y necesitaba alivio.

Caleb resopló y volvió a centrarse en Ramie. No podía llevarla al hospital ni a una clínica privada porque no quería exponerla a ningún peligro. Estaría a salvo siempre que estuviera dentro de casa, en esa impenetrable fortaleza que sus hermanos y él habían construido.

—Si no mejora llamaré al doctor y que venga a casa.

Dane asintió.

—Se lo he dicho, aunque creo que no me ha creído. Tu mundo le es completamente ajeno. Ha llevado una vida tan espartana que no conoce otra cosa. Tu tipo de riqueza y posibilidades, tus relaciones y tu poder la confunden. Y eso si llega a comprender tu mundo en toda su dimensión.

Caleb le cogió una mano a Ramie y le hizo un masaje en los dedos para que recuperara la circulación.

—También es tu mundo, Ramie. Tal vez no lo fuera antes, pero ahora lo es.

Ella levantó la vista y él hizo una mueca al reparar

en lo seria que estaba. Ni lo confirmó ni lo rebatió; simplemente le devolvió una mirada inexpresiva como si tratara de comprender las ramificaciones de lo que acababa de prometerle.

Entonces, para su sorpresa, se levantó del sofá para arrodillarse en el suelo frente a él y le abrazó. Hundió el rostro en su pecho y él notó cómo temblaba.

Le pasó una mano por el pelo sin decirle nada porque notaba que necesitaba tranquilidad y silencio.

—Estaba aquí —susurró de modo que solo Caleb pudiera oírla. De hecho, él tuvo que aguzar el oído para captar lo que había dicho. Cuando lo digirió y se dio cuenta de lo que significaba, se le heló la sangre.

La separó un poco y le acarició la barbilla para levantarle la cabeza y poder leer su mirada y su expresión.

—¿A qué te refieres?

—Le he oído.

En su voz captaba su frustración y una impaciencia creciente. Sabía que el acosador no se rendiría nunca. Había demostrado una paciencia increíble, prolongando la persecución y manipulándola como si fuera un títere.

El tipo estaba esperando que cometiera un error garrafal

—No puedo seguir así. No quiero vivir de esta manera, huyendo. Quiero lo mismo que todo el mundo: una familia, amigos... Me he pasado la vida sola; no quiero estar sola siempre.

Caleb le acarició la mejilla y le apartó el pelo detrás de la oreja.

—No volverás a estar sola, cielo. Me tienes a mí y a mi familia.

Al mencionar a su familia, ella hizo una mueca de dolor. Nunca serían su familia. Había demasiado dolor y resentimiento y ella sería un recuerdo constante de lo que le había pasado a Tori. No había forma de borrar eso ni subsanarlo. Tori —y la misma Ramie— llevarían esas cicatrices emocionales toda la vida.

—Ramie, mírame —le pidió con firmeza.

Ella obedeció instintivamente antes de procesarlo y rehuir. Se miraron; los ojos de Caleb eran pura sinceridad. La miraba con una expresión suplicante, quería que lo entendiera. Se debatía entre dos lealtades: una hacia su familia y la otra hacia sí mismo, la que se impuso al prometer que la protegería.

—Mi familia es tu familia, con sus defectos y sus virtudes. No son despiadados, tienen su corazón. Aún nos estamos reponiendo del secuestro de Tori y yo de lo que te obligué a hacer. Necesitan tiempo, y aunque no es justo para ti porque no has hecho nada para ganarte su reprobación, el tiempo cambiará su forma de ver las cosas. Ahora mismo mis hermanos están amargados y agobiados por el sentimiento de culpa porque creen que fallaron a Tori. No eres una vía de escape para su rabia o la mía. Estoy a punto de rogarte que me creas, que me dejes demostrártelo.

A Ramie se le cayó el alma a los pies y se le aceleró tanto la respiración como el pulso al fijarse en la intensa mirada azul que la repasaba como el más suave de los pinceles sobre la piel. Pincelada tras pincelada, aspirando a la perfección.

—Y quiero que quede clara otra cosa —prosiguió sin esperar o tal vez porque no quería esperar a oír la respuesta—. No quiero que lo localices. Te pone demasiado en peligro y no quiero perderte.

Ella le puso un dedo en los labios para que no siguiera y luego trazó una línea hasta las comisuras.

—Aunque parezca lo contrario, no puede llegar hasta mí. No telepáticamente, al menos. Solo tengo que recordármelo cuando vuelva a sentir pánico. Aprovecha el vínculo que tenemos para asustarme e intimidarme. Quiere que dé un mal paso y me equivoque, y no pienso permitir que eso pase. He tardado mucho en encontrarle el sentido a esto y en aprender a pensar en lugar de actuar a ciegas, pero si pudiera hacerme daño físicamente ya lo hubiera hecho. Sin saberlo, le he ayudado en su búsqueda por culpa de mis actos imprudentes e irreflexivos.

Caleb no parecía contento con su determinación. Por una vez sonaba convencida y convincente; parecía una mujer inteligente en lugar de ese caos que solía ser. Nervioso, se pasó una mano por el pelo corto.

Antes de poder rebatirle nada, ella le cogió una mano y le dio un apretón. Por primera vez era ella quien le consolaba a él. Le encantaba ser capaz de tocarlo; no podía tocar a nadie sin sufrir un dolor indescriptible. Tenía que ser fuerte mentalmente y dejar de ser tan pusilánime. Por el motivo que fuera, Dios le había dado un don especial... ¿un regalo? Tal vez no diría tanto, pero le habían dado esa habilidad y ya era hora de usarla para su propio beneficio.

—Ha respondido que era demasiado tarde cuando Dane ha comentado antes que unos minutos no supondría ninguna diferencia si iba a por otra víctima.

Caleb la miró sorprendido y se le oscureció el iris mientras miraba a Dane y a Eliza.

—Ya ha encontrado a otra víctima —dijo Ramie en voz baja—. O, por lo menos, tiene a alguien en su punto de mira. Imagino que estará por ahí ahora mismo siguiendo a la pobre incauta; tal vez haya puesto la maquinaria en marcha. Si sigue con el mismo patrón, me avisará. Querrá que lo sepa. Y seguirá castigándome acumulando una víctima tras otra hasta que me venga abajo.

Caleb negó con la cabeza con los labios apretados.

—No te vendrás abajo —le dijo con seguridad—. En eso está muy equivocado y esperemos que ese sea su error al ir a por ti.

Ella esbozó una sonrisa poco convencida.

—Ojalá yo estuviera tan segura de que no me vendré abajo.

—No lo permitiré —dijo él al tiempo que le daba un apretón tranquilizador—. Ya no tienes que preocuparte porque nadie te quiere. Y si de mí depende, nunca estarás sola.

La convicción absoluta en su tono y el amor, la calidez y la preocupación que expresaban sus ojos le dieron confianza.

Él la besó haciendo caso omiso de los demás ocupantes de la sala. Fue un beso de lo más tierno y dulce, como si la deseara con toda su alma. Ramie suspiró y él aspiró su aliento. Alguien tosió discretamente y Caleb se puso tenso. Se dio la vuelta y fulminó al dibujante con la mirada.

—Ya puede irse —le dijo, cortante—. Si el dibujo ya está terminado, Dane le acompañará a la salida. Nosotros nos ocuparemos de lo demás.

El hombre se levantó de la silla como si le faltara tiempo para marcharse. Metió rápidamente el cuadernillo y los lápices en la mochila y se fue hacia la puerta sin esperar a que Dane le enseñara el camino.

Caleb volvió a centrarse en ella. Le acarició la mejilla con el pulgar con aquel tacto cálido que la enloquecía.

—Me avisará como ha hecho con las demás —dijo Ramie—. Esta vez estamos a la espera, así que nuestro tiempo de reacción será más rápido. Tal vez eso nos dé ventaja a la hora de localizarle antes de que sea demasiado tarde.

Caleb soltó un taco y le soltó la mano. Empezó a pasearse por el salón, entre ella y Eliza.

—Aquí no puede tocarla —le recordó Eliza—. Este es el mejor sitio para ella si va a forjar un vínculo con el asesino. —Vaciló un momento y luego miró a Ramie—. He estado investigando esto de las habilidades psíquicas. En general hay mucha hipótesis ya que no existen casos documentados de *pathos* o telepatía mental, pero un investigador defiende que es posible que alguien que accede a la mente de otro pueda establecer un vínculo más permanente. Creo que esto, y ambos estaréis de acuerdo conmigo, es lo que ha hecho el asesino precisamente con Ramie.

—¿Dónde quieres llegar? —preguntó Caleb.

Ramie se quedó callada, sopesando las palabras de Eliza. Se hacía una buena idea de lo que quería decir con eso y le dio rabia no haber llegado a esa conclusión antes. Pero analizar sus habilidades significaba aceptarlas aunque fuera un poco, y ella nunca las había querido aceptar. Se había pasado la vida luchando contra los demonios que quizá pudieran salvarla ahora.

—Sugiero que ya que Ramie y él comparten una vía mental y que él puede proyectarse dentro de su cabeza para recoger información... que ella haga lo mismo. —Escudriñó a Caleb, le preocupaba su reacción, pero en lugar de estallar, este miró a Ramie con curiosidad.

—¿Puedes hacerlo? —le preguntó con un escepticismo evidente en su expresión.

—Pues no lo sé —respondió ella sinceramente—. No lo he intentado nunca. Nunca lo he querido intentar, vaya. Puedo establecer una vía mental hasta la víctima al tocar algo que le pertenece, de modo que es razonable pensar que podré acceder a él si hago lo mismo.

Caleb resopló y sacudió la cabeza.

—Y ahí está la trampa. No puedes localizarle si no tocas algo que ha tocado él antes.

—No tan deprisa —murmuró Eliza.

Él levantó la cabeza y arrugó la frente al mirarla.

Eliza jugueteó con un lápiz que el dibujante se había dejado y luego se acercó el dibujo para examinarlo mejor.

—No sé cómo la afectaría eso —dijo tras unos minutos de duda— porque no tenemos casos o investigaciones que lo aclaren. Las conversaciones, las especulaciones, se centran en supuestos hipotéticos y solo plantean la cuestión de qué pasaría si alguien tuviera un don específico, cosa que nosotros sabemos cierta aunque no haya pruebas. Pero ¿y si visitara la escena del crimen? Si este tío sigue un modus operandi concreto, habrá dejado algún objeto de la víctima en la escena del crimen, como una especie de invitación o desafío para que Ramie vaya tras él. De ser cierto, eso también significa que, al estar allí, tocó algo más. Por muy cuidadoso que sea, seguro que alguna huella habrá dejado. Además, Ramie no necesita un objeto tangible; puede obtener información al tocar a alguien o algo que otra persona rozó.

—No pienso arriesgar su vida llevándola a algún sitio donde pueda estar el asesino —dijo Caleb sacudiendo la cabeza con vehemencia—. Y digo más, si comparte un vínculo con el asesino y la víctima, ¡piensa en lo que le provocaría eso! Sufriría todo lo que siente la víctima y, además, experimentaría la tortura, el dolor y la muerte a través de los ojos del asesino, con lo que a efectos prácticos sería como si ella asesinara a la mujer. No podemos permitir que cargue con eso. Algo así acabará con ella…

Tenían una forma pasmosa de hablar de su cordura… o de su carencia, mejor dicho. Sabía que Caleb pensaba en lo que era mejor para ella —su protección total y absoluta—, pero también sabía que esa era la única opción que tenían de acabar con el monstruo.

En lugar de miedo, era la expectación, la emoción, lo que corría por sus venas.

Ramie hablaba con una voz fuerte y convincente; era como un destello de luz y la primera vez que le pasaba, que ella recordara. De repente se sentía embargada por una esperanza que, hasta entonces, no se había permitido contemplar siquiera.

—Caleb, podría funcionar.

Él levanto la cabeza de golpe, visiblemente sorprendido. Ella hizo una mueca al reparar en lo extrañado que estaba porque ella se planteara otra cosa que no fuera huir o evitar el tema. Ahora que se fijaba en su incredulidad se daba cuenta de lo cobarde que había sido.

—No —dijo él al final—. Ni pensarlo, Ramie. Hay un millón de cosas que podrían ir mal en un supuesto como este y no pienso arriesgarme. No voy a poner en peligro tu vida ni cambiarla por otra.

—Es una buena idea y lo sabes —defendió ella—. Si se tratara de otra persona, si hubieran contratado a tu empresa de seguridad para proteger a alguien como yo, no dudarías porque sabrías que me estabas brindando una protección de primera. ¿Has oído alguna vez eso de que la mejor defensa es un buen ataque? Pues es hora de dejar de huir y empezar a perseguirle igual que él ha estado haciendo conmigo todos estos meses. No se lo espera. Está familiarizado con mi modus operandi y siempre que él siga con el suyo, le llevaremos ventaja.

—Es una locura —espetó él.

—Mira, será mejor que dejemos de hablar de mi salud mental —replicó ella secamente.

Caleb hizo una mueca; sus ojos tenían una expresión de arrepentimiento.

—No estará sola ni expuesta —les interrumpió Dane desde el umbral del salón. Se acercó a los demás y se detuvo junto a Caleb, al que miró para valorar su humor—. El asesino sería muy gilipollas si volviera a la escena del crimen. Además, no tendrá manera de saber que ella irá.

Caleb sacudió la cabeza enérgicamente; parecía que echaba chispas por los ojos.

—Y una mierda. Si tiene línea directa con su mente

y ve lo que la rodea, sabrá exactamente dónde está y qué hace. Ya puestos, pintémosle una diana en la frente y atémosla a un árbol.

—Ahí es donde entramos nosotros —dijo Eliza con un tono de voz tranquilo y conciliador—. Pondremos al mejor equipo en esto y nos aseguraremos de tener las bases bien cubiertas. Entrará, verá si puede captar algo y entonces entraremos en acción. Con suerte, atraparemos al tío este antes de que mate a otra inocente.

—Por mí, de acuerdo —dijo Ramie con firmeza.

Se levantó del sofá, pero se quedó inmóvil tras tambalearse un poco. Soltó un improperio de frustración porque todo había empezado a dar vueltas al levantarse. Los efectos de la medicación que Dane le había dado no se habían manifestado tanto hasta entonces. Estaba algo mareada y la taladradora que tenía en la cabeza había dejado paso a un ligero dolor sordo.

—¿Te encuentras bien? —le preguntó Caleb, preocupado.

—Sí, estoy bien —confirmó ella—. Creo que es por la medicación, pero ya está.

Sin embargo, él seguía inquieto y muy serio.

—Creo que deberías acostarte un rato. Necesitas descansar bien si hay que llevar a cabo esta mierda de plan de dejar que vayas a por el monstruo.

Ella le miró a los ojos y luego acortó la distancia que les separaba. Le cogió la mano y le dio un apretón para tranquilizarlo, aunque fuera solo un poco.

Emanaba muchísima tensión. Su cabeza era un hervidero de ideas y miedos. Notaba lo aterrado que estaba de que algo fuera mal y ella pagara el mayor precio de todos.

—Tengo que hacerlo y lo sabes. No me entusiasma la idea de sumergirme en tanto miedo, dolor, sangre y violencia, pero si no le paro yo los pies, ¿quién lo hará? La policía dice que al final cometerá un error, pero no lo ha cometido hasta ahora y no lo hará. Es demasiado bueno. Es un asesino de los más peligrosos que hay: es frío, calculador y muy metódico con todo lo que hace. Si tiene que esperar cinco años, o hasta diez, hasta que yo meta la pata o baje la guardia, esperará. Y yo no quiero pasarme estos cinco o diez años guardándome las espaldas continuamente y dejando que el miedo me controle. Estoy avergonzada por haber tardado tanto en llegar a esta conclusión. Muchas mujeres han muerto para que yo haya atado cabos, pero esto es algo con lo que tendré que vivir el resto de mi vida. Atraparle reducirá enormemente esta carga que tengo que soportar.

Caleb se había tranquilizado un poco; su expresión era más amable y sus ojos habían perdido ese brillo hostil.

—Cielo, no puedes salvarlas a todas.

Él le apartó el pelo de la cara, que enmarcó después con ambas manos. Caleb tenía unos ojos tan azules que se sintió naufragar en el océano. Eran cálidos y de expresión afectuosa, pero también tenían un vestigio de miedo. Miedo por ella; miedo de perderla.

—Yo también tengo miedo de perderte —susurró ella—. ¿No lo ves? Te preocupas por mí y por lo que me pasará si caigo en sus manos, pero a mí me da miedo que tú, Tori, tus hermanos o hasta Dane o Eliza paguéis por ofrecerme protección. Es despiadado y carece de sentimientos. Le divierten el asesinato y la muerte. Está convencido de su superioridad y por eso me he convertido en una obsesión para él, porque no me ha vencido y me he acercado demasiado. Me considera el máximo insulto.

—Increíble —dijo Eliza con un deje de incredulidad—. Le tienes bien calado. Es, palabra por palabra, lo que cuenta su perfil según el FBI.

—Tenemos que llevar este retrato a la policía y a los medios —les recordó Dane—. Cuanto antes advirtamos

a la gente y se aumente la conciencia de que hay un asesino en serie merodeando por la zona metropolitana de
Houston, antes podremos llevarle ante la justicia. Tal
vez tengamos suerte y lo arresten antes de que escoja a
su siguiente víctima.

—Pues entonces, manos a la obra —dijo Caleb—.
Llevaré a Ramie arriba para que pueda descansar hasta
que se le pase el dolor de cabeza.

Veinticinco

—¿*E*s ahora cuando digo lo de «Lo siento, cariño, pero me duele la cabeza»? —preguntó Ramie en un tono adormilado.

Bostezó abriendo tanto la boca que le crujió la mandíbula. Luego apoyó la mejilla sobre el pecho desnudo de Caleb como si buscara hueco entre sus brazos medio somnolienta. Él se rio y le acarició la espalda de arriba abajo.

Ramie tenía la piel suave como la de un bebé, como la más delicada de las sedas. Estaba disfrutando como un enano con el simple placer de tocarla, de tenerla en sus brazos y en su cama. Volvió la cabeza lo suficiente para besarla en la frente.

—Dejaré que te salgas con la tuya, pero solo esta vez —dijo, divertido.

De repente, reparó en que durante unos instantes reinaba la tranquilidad. Todo era paz y no había intromisiones del mundo exterior. Era un momento de intimidad que los envolvía en un dulce abrazo.

—¿Cómo va esa cabeza? —le preguntó mientras le acariciaba los tirabuzones que le caían por el hombro—. ¿Mejor?

Ramie volvió a bostezar y asintió, frotándole el pecho con la mejilla.

A Caleb le encantaba tenerla a su lado, cálida, dulce y contenta. Ese era su lugar, entre sus brazos, lo reconociera ella o no. Podía ser muy paciente cuando la recompensa lo merecía y el corazón y la confianza de Ramie valían toda la paciencia del mundo que tuviera que emplear para sellar esta nueva relación.

—¿Estás segura de que quieres hacerlo? —preguntó en voz baja.

Ella se quedó inmóvil y no respiró siquiera. Él siguió acariciándola distraídamente en un intento de aliviar la tensión que se palpaba de repente.

—Sí. No... —se calló y luego respiró profundamente—. Sí, joder. A ver, no es exactamente así. No soy imbécil. No quiero hacerlo, pero no me queda otro remedio. Tengo que hacerlo y ahí radica la diferencia.

—Eres una mujer valiente y altruista —le dijo desde el corazón.

Ella chasqueó la lengua.

—¿Qué os pasa para que me llaméis «valiente» tantas veces últimamente? Eliza ha dicho lo mismo antes. ¿De verdad doy la impresión de ser tan valiente? Estoy muerta de miedo —reconoció levantando la voz.

Caleb trató de tranquilizarla acariciándola, recorriendo sus formas sinuosas con los dedos, pero ella ya se había alterado por lo que acababa de decirle.

—No hay nada valiente, heroico o ni siquiera especial en mí —le espetó sin emoción alguna, en un intento de rebatir su razonamiento. Era una frase la mar de realista; ella se la creía a pies juntillas. Él solo pensaba en que ojalá se viera cómo él la veía.

No era deseo, pasión, ni siquiera amor lo que lo empujaba a verla con tanto optimismo. Independientemente de su relación o sus sentimientos hacia ella, ninguno de sus actos contradecía la opinión que él tenía de su persona.

—Llevo toda la vida sola y asustada —apuntó con un dolor que se hacía evidente en su voz—. Siempre a la fuga, escondiéndome de quien soy y lo que soy. No quiero esa vida ya. Y antes de que me digas si debería hacerlo o no, me gustaría que pensaras que tú eres el motivo por el cual ya no quiero ser esa mujer asustadiza. Tú eres el motivo por el que aspiro a más. Te mereces algo mejor, igual que yo. Lo que tenemos, vaya donde vaya esta relación, no va a resultar afortunado si no puedo retomar las riendas de mi vida. Por muy bien que suene eso de que vas a protegerme y a cuidar de mí, ¿cuánto tiempo crees que tardarás en darte cuenta de que has hecho un mal trato? Verás que no estamos a la par en esta relación, sino que soy una sanguijuela dependiente que te succionará la vida. No creo que seas feliz con una mujer como la que acabo de describirte. Eres demasiado fuerte; tu personalidad es demasiado fuerte para tener a una pareja más débil. Por toda esta dependencia que he mostrado, más bien eres una figura paternal.

Dirigía tanto asco y odio hacia ella misma que Caleb hizo una mueca de dolor ante la fuerza y la vehemencia de sus palabras. Hervía de rabia y le temblaba todo el cuerpo. La mano que apoyaba en su pecho se había convertido en un puño con los nudillos blancos.

Aunque quería hacer exactamente esas cosas que ella había descrito, se daba cuenta de que era injusto para ella y no hacía justicia ni a su inteligencia ni a su tesón. Estaba en la naturaleza de Caleb asumir el control, manejarlo todo y ponerla en una cajita donde supiera que estaría a salvo, pero no era vida para ella. Empezaba a entender su frustración y que empezara a llegar al límite de su aguante. Tal vez ya hubiera llegado.

Sus instintos de protección se equivocaban. No solo en lo referente a Ramie, sino también a su familia. La idea de relajarse y dejarle más margen iba en contra de quien y lo que era, pero si no lo hacía perdería a Ramie. Quizá no ahora mismo, pero al final se cansaría de su carácter controlador y autoritario.

—Lo entiendo —murmuró—. Lo entiendo, Ramie, de verdad, pero tenemos que aceptar nuestras diferencias en cuanto a tu suposición de que no eres ni fuerte ni valiente. En este aspecto no pienso ceder. No conozco a nadie, ya sea hombre, mujer o niño, que resistiera tan estoicamente lo que tú has soportado durante una década.

Ella levantó la cabeza y la emoción se asomó a sus ojos turbulentos.

—Pero el tema es ese. No lo he soportado estoicamente. Joder, ojalá lo hiciera o pudiera. El problema es que siento demasiado, absorbo demasiado. Me ha destrozado demasiadas veces, tantas que ni puedo contarlas. Y justo cuando llego a un punto donde creo que las cosas empiezan a tener indicios de normalidad, vuelvo a entrar en ese mundo de dolor, de muerte y de miseria.

Le pasó la mano por el pelo y le acarició la cabeza para tranquilizarla y aliviarla.

—Shhh, lo entiendo, cielo. Deja de martirizarte; no sirve de nada. Preferiría hablar de que acabas de reconocer que yo soy el motivo para querer más… o algo mejor —se corrigió.

—Pues sí, quiero algo mejor —susurró—, pero me da miedo soñar. No sueño nunca nada bueno, solo son pesadillas. Pero por una vez quiero algo bueno y maravilloso.

Él le rodeó la cintura con los brazos y dando una vuelta se le puso encima. Sus labios buscaron los suyos en un arrebato; sus lenguas se entrelazaron, devorándose el uno al otro.

Cuando Caleb levantó la cabeza y sus labios se separaron, la miró a los ojos.

—Yo te daré buenos sueños, Ramie, y te abrazaré durante las pesadillas. Ambos soñaremos lo mejor juntos.

Ella lo miraba con una expresión resuelta, como si

le examinara y quisiera averiguar la veracidad de su promesa.

Y entonces su mirada se suavizó y desapareció parte de la oscuridad: la luz del sol reemplazaba los nubarrones de tormenta.

—Soñar lo mejor —murmuró—. Me gusta.

Él agachó la cabeza de nuevo para reclamar sus labios. Mientras la besaba, le introdujo la mano por debajo de la camisa, con la palma bien abierta sobre el vientre, y fue subiendo hasta cogerle un pecho. Le rozó el pezón con el pulgar hasta que se volvió duro.

Poquito a poco, y con sumo cuidado, la fue desvistiendo y luego hizo lo propio antes de volver a colocarse encima de ella.

—Hoy quiero que sueñes solo conmigo —murmuró él entre beso y beso—. Y que te duermas sintiéndote amada y protegida, porque te amo y te protejo.

Ella arqueó la espalda para acercarse más a él; necesitaba su tacto, su calidez. Lo abrazó por los hombros y le respondió con un beso apasionado.

—Te necesito tanto, Caleb —balbució con el deseo patente en la voz.

—Yo también te necesito y me gustaría que me creyeras. Aunque no creas en nada más, cree en mí.

—Ya lo hago —le dijo con una voz llena de emoción—. Hazme el amor. Demuéstrame lo que sientes por mí.

Sus besos se volvieron más ardientes, más urgentes mientras él se contoneaba y le separaba los muslos con la rodilla. Escondió el rostro entre sus pechos, lamiéndolos hasta que se le endurecieron los pezones y se le puso el vello de punta.

La besó en el cuello, le succionó el lóbulo de la oreja, lo que le provocó un escalofrío. No dejó ninguna parte sin rozar, sin palpar, sin amar.

Entonces, para su sorpresa, le dio la vuelta y empezó

a darle mordisquitos en la nuca. Fue trazando un camino con la lengua por su espalda que la hizo estremecer de un modo incontrolable. Le dio unos bocaditos juguetones en las nalgas y luego la besó en la parte baja de la espalda, succionándole un poco el lugar donde la había lamido.

Alargó el brazo para coger una almohada y la levantó lo suficiente para colocárselo bajo la pelvis, y le elevó el trasero para acceder mejor a su coño.

Se entretuvo un rato y la enloqueció de placer con los dedos. Acariciaba su húmeda piel y le rozaba el clítoris mientras le introducía un dedo para llegar a su zona más sensible.

Ramie perdía la razón con su tacto y sus caricias, y se aferraba a la tormenta que la embargaba hincando los dedos en las sábanas.

Jadeó cuando la levantó para acomodar el pene entre sus muslos y justo entonces, despacio, la penetró por detrás. De esta manera él se notaba más grande y tuvo que intentarlo un par de veces antes de llegar hasta el fondo.

Ella gimió al notar todo su grosor; tenía que estirarse para acogerlo entero. Cuando ya había entrado por completo, se detuvo un momento.

—¿Estás bien? —preguntó con la voz tomada.

—Sí, estoy muy bien. No pares, por favor.

—No pienso parar —bramó.

Entonces se retiró un poco y volvió a empujar, lo que la hizo gemir otra vez. Ella necesitaba más. Muchísimo más. No quería que fuera suave ahora; quería todo lo que pudiera darle. No quería que la tratara como si fuera a romperse.

Ella se levantó un poco como diciéndole sin palabras lo que quería… lo que necesitaba.

Caleb respondió a su súplica y empezó a embestirla con más fuerza, más al fondo, hasta que su deseo se volvió desesperado, tangible.

Le hincó los dedos en las caderas y la levantó para que recibiera mejor sus arremetidas. Empezó a moverse más rápido; los dos estaban ya al borde de la locura.

—Quiero que te corras conmigo, Ramie.

—¡Estoy contigo ya! —exclamó entrecortadamente—. Por favor, no me hagas esperar más. ¡Voy a correrme!

Sus palabras le dieron alas y la penetró más fuerte hasta que prácticamente la levantó de la cama. Le temblaba todo el cuerpo por la fuerza de sus embestidas.

Ramie empezó a temblar de forma espasmódica y gritó al llegar al orgasmo con una intensidad que nunca había sentido. Justo entonces él se inclinó y la envolvió con su cuerpo, su calidez y su fuerza. Ambos cayeron agotados, resollando con dificultad.

Al final él se apartó de encima, se quitó el preservativo y la abrazó. La acarició mientras ambos temblaban, consumidos tras sendos orgasmos.

La besó en la frente, los ojos, la nariz, las mejillas y, por fin, la boca. Permaneció ahí, deleitándose, moviendo la lengua con la suavidad que no había empleado antes.

—Te quiero tanto —dijo Caleb con la voz desgarrada—. Espero que un día puedas quererme tú también, pero estoy dispuesto a esperar todo lo que haga falta. No voy a rendirme nunca. Te esperaré toda la vida si es necesario.

Ella se acomodó entre sus brazos y hundió el rostro en su pecho; deseaba con toda su alma poder decirle esas palabras ahora mismo, que lo notaba tan vulnerable. Pero no, no se las diría. No lo haría hasta estar segura de que podía entregarse entera, curada y capaz de devolverle todo lo que le había dado.

La habitación estaba a oscuras y Tori notaba que no estaba sola, aunque no tenía ni idea de dónde se encontraba. La aterraba hacer ruido, así que se agazapó, rezando para que no la vieran ni oyeran.

Notaba el olor acre de la sangre, le embargaba los sentidos. Era tan intenso que le entraron náuseas. Le resultaba demasiado familiar el hedor de la sangre. Sobre todo de la suya.

Se tapó la boca con la mano al notar que se le revolvía el estómago de nuevo. Para evitar la arcada, cerró los ojos e intentó respirar hondo.

Y entonces oyó un ruido cerca. Se obligó a abrir los ojos para mirar lo que la rodeaba y frunció el ceño al ver que no reconocía el entorno. Pestañeó y reparó en una sombra alargada a unos metros de distancia, que trató de enfocar para saber quién o qué estaba en esa habitación con ella.

La sombra se acercó y se le cortó la respiración al ver que era su hermano. El alivio la invadió con una velocidad inaudita. Joder, qué miedo había pasado. Pero Caleb ya estaba aquí. Estaba con ella y no permitiría que nadie le hiciese daño.

Dio un paso más al frente y las sombras que le rodeaban desaparecieron como por arte de magia. El corazón le latía con fuerza en el pecho y dio un grito ahogado al fijarse en la horrible visión que tenía delante.

Caleb estaba cubierto de sangre. Le manchaba las manos, el pecho y le salpicaba el abdomen. Tenía los ojos vacíos y carentes de vida; unos témpanos de hielo sin alma.

Tori siguió gritando, presa de la desesperación y del pánico. Cerró los ojos en un intento de bloquear esa imagen de su hermano empapado de sangre, pero la imagen se le había quedado grabada en los párpados. Seguía viéndola tan clara como si tuviera los ojos abiertos.

La cabeza le iba de un lado a otro y entonces se dio cuenta de que alguien la estaba zarandeando mientras gritaba su nombre.

—¡Tori! ¡Tori! ¡Despierta, joder!

Empujó a la persona que la estaba sacudiendo y empleó tanta fuerza que se tambaleó hacia atrás. Se dio un porrazo en la cabeza con el cabecero de la cama y vio luces de colores. El dolor la arrancó del estado de parálisis y no tardó ni un segundo en levantarse de la cama de un brinco para echar a correr.

Nadie volvería a secuestrarla otra vez. Nunca. Antes prefería morir.

Cuando unas grandes manos volvieron a sujetarle los brazos, empezó a dar puñetazos al aire. El improperio y el repentino dolor de nudillos le hizo saber que había impactado en una mandíbula muy dura.

—Mierda, Tori, despierta de una puta vez. Soy Dane.

Le fallaron las piernas y cayó al suelo con un golpe sordo. Volvió a oír improperios, pero esta vez las manos que la tocaron fueron más amables y nada amenazantes.

Unos dedos le apartaron el pelo de la cara y se lo peinaron por detrás de las orejas; un suave pulgar le secó las lágrimas que le resbalaban por las mejillas.

Ella hizo una mueca de dolor y un ruido gutural mientras intentaba apartarse deslizándose por el suelo de madera, como un animal acorralado. Esta vez fue ella quien se apartó el pelo de la cara para poder defenderse por lo menos.

—No… no me… toques.

Él la soltó y levantó las manos para que ella pudiera vérselas bien. Tori lo miraba con recelo; esa imagen extraña seguía demasiado fresca. Tenía el pulso acelerado y pestañeó para enfocar y centrarse bien en lo que la rodeaba.

—Solo voy a encender la luz, ¿de acuerdo?

El tono tranquilizador de su voz logró aplacarla. Poco a poco la neblina roja se fue esfumando y el cuerpo ensangrentado de Caleb ya no se le aparecía al abrir los ojos.

—¿Dane?

Su voz temblorosa la hacía parecer una niña aterrorizada, no una mujer adulta que había visto la cruda realidad fuera de la existencia privilegiada en la que había vivido veintitrés años.

—Sí, Tori, soy yo. ¿Estás mejor?

Se le inundaron los ojos de lágrimas y empezó a sollozar débilmente tras desplomarse del alivio.

—Ay, Dane. Ve a ver cómo está Caleb. Creo que está muerto.

Dane levantó la cabeza de repente y entrecerró los ojos, con lo que su expresión facial daba más miedo que de costumbre.

—¿Pero qué dices? —le preguntó bruscamente—. Dime, Tori, ¿has tenido una visión?

Se quedó boquiabierta y lo miró consternada.

—¿De qué hablas? —susurró.

—Lo sé. Y Eliza también, pero nadie más. Ni siquiera tus hermanos o los demás expertos en seguridad, matones, etcétera. Ahora dime qué ha pasado. ¿Está Caleb en peligro?

Ella se frotó la cara con las manos; le quemaban los ojos como si le hubiera entrado arenisca.

—No lo sé —respondió, frustrada—. Desde que… No sé si ha sido una visión o una mera pesadilla al recordar lo que me pasó. Joder, creía que ya lo había superado. Pensaba que todo iría mejor, pero te juro que me estoy volviendo loca. La otra noche soñé que alguien me disparaba y hoy sueño con Caleb cubierto de sangre.

Dane la abrazó despacio y con cuidado, como si tuviera miedo de que echara a correr.

—Shhh. No te estás volviendo loca. Has pasado por una situación traumática tanto física como emotiva y no se pasará en una semana, un mes o ni siquiera un año. Va a tardar, sí, pero al final lo conseguirás.

—¿Crees en mis habilidades? —le espetó mirándolo a los ojos.

Dane siempre la había intimidado y, para ser sincera, le daba muchísimo miedo también. Sus facciones eran tan duras, tan serias, que le hacían parecer muy peligroso. Además, él nunca pasaba por alto ni un detalle.

No la había tratado como si fuera a romperse, como hacían todos los demás, aunque no los culpaba porque era lo que ella misma había fomentado. Era más fácil así. Si daba la impresión de venirse abajo a la primera de cambio, nadie la presionaría. Nadie la obligaría a hacer más de lo que ella quisiera.

Dane era el único a quien le daba igual que lo que dijera la molestara o no. No se anduvo por las ramas cuando le dijo que dejara de comportarse como una niñata malcriada y dejara de tratar a Ramie como si fuera el enemigo. Y no, Ramie no era el enemigo, pero era su pasado. La única persona que sabía exactamente lo a punto que había estado de perder el alma.

Su corazón se inundó de vergüenza e hizo una mueca de dolor al recordar esos horribles días.

—Asegúrate de que esté bien, por favor —le rogó.

—Está bien —le dijo él.

—¿Y cómo lo sabes? —le preguntó. El terrible pesar que sentía había dado paso a la rabia.

—Pues porque ha ido a acostarse con Ramie hace unas horas. Todo está tranquilo en casa. Nadie va a pisar el terreno sin que lo sepamos. Te digo que está bien, confía en mí.

—¿Y si ha sido una visión? —susurró, dando voz a su mayor miedo—. ¿Y si ambos sueños fueron visiones? ¿Y si morimos Caleb y yo? No quiero morir, Dane. Tal vez antes sí llegué a desearlo, pero no ahora. Me aterra morir antes de hacer nada en la vida. Nunca he tenido que hacer nada por mí misma. No me importaba hasta que vi lo mucho que me protegíais. ¿Sabes lo ridículo que es que no pueda ir al cine o a un restaurante sin seguridad? ¿Quién vive así?

—Mira, lo único que sé es que, por lo menos esta noche, no os va a pasar nada a ninguno de los dos —repuso él con toda naturalidad.

No sabría explicarlo, pero la tranquilizó que no le ofreciera una garantía total de que no les pasaría nada nunca. Solo había dicho que esta noche no. Si hubiera querido venderle cualquier otro argumento, habría pensado que solo quería tranquilizarla con palabras vacías.

Pero él no la trataba nunca con guantes de seda. Los demás querían protegerla de todo, hasta del mínimo enfado, como si su condición mental fuera tan frágil que cualquier situación estresante pudiera llevarla a un colapso nervioso.

Aunque tal vez ya estaba cerca.

¿Cómo podía hacerlo Ramie una y otra vez? Una vez ya era horrible. Tori había escapado por los pelos, aunque se hubiera dejado pedacitos de su alma por el camino, pero ¿revivir esa atrocidad cada dos por tres? ¿Quién podía ser tan altruista? Ella misma no, desde luego.

Tori no había sido justa con Ramie. Lo sabía y a pesar de todo no terminaba de aceptar que Ramie estuviera en casa; era un recordatorio del gran dolor que tanto quería olvidar.

Pestañeó al volver a la realidad; Dane y ella estaban sentados en el suelo junto a la cama. Las sábanas y el edredón estaban hechos un lío.

De repente se sintió increíblemente expuesta y vulnerable; odiaba sentirse así más que nada en el mundo. Sin embargo, no quería asustar a Dane ni asumir que su cordura pendía de un hilo.

—Lo siento —se disculpó en voz baja—. No quería despertarte. La visión, el sueño o lo que sea, me ha asustado. Era tan... real.

—No hace falta que te disculpes.

El interludio había terminado. Dane se puso de pie y le tendió una mano para ayudarla a incorporarse. Ella fingió que no la veía y se dio la vuelta para envolverse con la sábana y que no la viera.

—¿Estarás bien o quieres que me quede contigo? Podemos ir al salón si prefieres que haya más luz.

Ella frunció el ceño y negó con la cabeza.

—No. Estoy bien, en serio. Y tú deberías acostarte. Seguro que mañana te espera un largo día. Gracias.

—De nada —dijo él tras una breve pausa.

Parecía estar escudriñándola, tal vez para decidir si podía creerla o no. Debió de creer que estaría bien de verdad porque se fue hacia la puerta. Al llegar, se dio la vuelta con una mano en el pomo.

—Duerme bien, Tori. Intenta no matar a nadie en sueños.

Ella se quedó anonadada al ver el brillo jocoso de sus ojos y oír el tono irónico en su voz.

Dane tenía sentido del humor. ¿Quién lo hubiera dicho?

Abrió los ojos y miró al techo. Sin hacer ruido, salió de la cama y se acercó al armario mecánicamente. Con movimientos precisos y bien medidos, escogió unos vaqueros y un polo planchado con esmero, y se vistió en silencio y a oscuras.

Por un instante tuvo una sensación extraña que le hizo sentir un escalofrío por la espalda. Sin embargo, pronto desapareció y se acercó a la cama donde Ramie seguía durmiendo. La miró y vaciló un segundo antes de tambalearse. Un dolor punzante en la cabeza le cogió desprevenido. Apretaba la mandíbula y le temblaba un nervio en la mejilla.

Con pasos vacilantes, como si librara una batalla interna por no salir del dormitorio —por no dejarla—, salió al pasillo. Cuando vio que estaba despejado, echó a andar de forma algo errática. Cuanto más se distanciaba de Ramie, con mayor soltura andaba.

Bajó las escaleras y se detuvo en el descansillo para mirar furtivamente a izquierda y derecha.

El silencio envolvía toda la casa; era siniestro, incluso. Se acercó al puesto audiovisual que había junto a la sala de seguridad donde las cámaras de vigilancia controlaban todas las instalaciones.

Tecleó el código para acceder a través del panel de madera integrado en la pared. En cuanto entró, se fue derecho al panel de monitores al extremo izquierdo de la habitación.

Miró de arriba abajo y luego se centró en el monitor que iba buscando.

Una sonrisa desganada tiró de las comisuras de sus labios, aunque sentía que no estaba bien. Era más bien una mueca.

«Te tengo…»

Esa frase, susurrada mentalmente, precedió a una risa triunfante que oyó como a distancia.

Se le hizo un nudo en el estómago y tuvo un presentimiento. Los músculos del cuello empezaron a contraerse espasmódicamente en una especie de tic nervioso. Pronto se unieron ambos párpados.

«No. Esto está mal.» A pesar de todo, era incapaz de hacer otra cosa que no fuera obedecer esa compulsión abrumadora que lo atenazaba. Era como si esa mente no fuera la suya.

Estaba enfrascado en un duelo de voluntades. Una era la suya, enterrada bajo esta… criatura que no reconocía y que no sabía ni que existía, y luego estaba la otra, que le oprimía el corazón con sus dedos helados. Empezó a sudarle la frente y a acelerársele el pulso en el cuello. El tira y afloja por su nivel de consciencia era desgarrador.

Se sentía entre dos direcciones opuestas. El corazón le latía con fuerza y respiraba rápidamente; sudaba de tal manera que hasta el brillo de su piel era perceptible bajo la tenue luz de los monitores.

El dolor le abrasaba el pecho cuando por fin le dio la espalda al daño que había hecho. Salió de la sala tan sigilosamente como había entrado.

Un instante después, se desvistió con cuidado y dejó la ropa bien doblada, tal como la había encontrado. Entonces se metió en la cama con Ramie y se tapó con las sábanas y la manta.

Le invadió una sensación de desaliento que contradecía la otra parte de su subconsciente que le apremiaba a deleitarse con la victoria y echarse a dormir.

Apretó tanto la mandíbula que empezó a dolerle y se notaba el pulso en el cuello y la sien, pero al final cerró los ojos. La risa volvió a sonar a lo lejos, pero cada vez se oía menos hasta que quedó sumido en un sueño intranquilo.

Veintiséis

*P*arecía que Caleb no hubiera dormido en toda la noche. Había estado callado y retraído desde que se levantara de la cama con Ramie, aunque los demás tampoco eran la alegría de la huerta. La tensión se podía cortar con un cuchillo y el silencio era como un abismo que se abría entre ellos.

La situación era agotadora para todos. Dane y Eliza parecían consumidos. Tori estaba pálida y apática, sentada a la mesa como en estado de conmoción. Quinn y Beau estaban sentados uno a cada lado de su hermana, comiendo en silencio y mirando a la nada.

Ramie suspiraba y movía la comida alrededor del plato con el tenedor. Pinchó un trozo de huevo revuelto. Se le revolvió el estómago al pensar en comer algo, por poco que fuera, así que se limitaba a remover la comida mientras esperaba a que terminara ese dichoso silencio incómodo.

Se le cayó el cubierto al plato cuando sonó el móvil de Dane. Levantó la vista y se le hizo un nudo en la garganta. Que llamaran no quería decir que hubiera pasado lo peor. Recibía llamadas todo el día. Como jefe de seguridad, su trabajo era asegurarse de que todo funcionara a la perfección. Solo él informaba a Caleb directamente; los demás tenían que informarlo antes.

Dane se puso tenso al ver la llamada entrante. Trató de disimularlo, pero Ramie reparó en que apretaba la mandíbula y adoptaba un aire de frustración casi palpable; flotaba entre ellos como si fuera una corriente eléctrica.

Ramie se estremeció, se bajó del taburete y se acercó a Caleb de forma instintiva. Notó un temblor por todo el cuerpo y fue a cogerle la mano, se preparaba para lo peor.

—Es él —dijo ella en un hilo de voz al tiempo que levantaba la barbilla y miraba a Caleb a los ojos. Mentalmente le gritaba que le dijera que se equivocaba, pero sabía que era cierto. Lo veía reflejado en su mirada.

Sentía ya las primeras náuseas. Se notó más saliva de la normal y empezó a tragar compulsivamente. La pesadilla estaba a punto de empezar otra vez.

—Tiene a otra víctima, ¿verdad?

Caleb le rodeó la cintura con el brazo y con la otra mano le cogió la suya mientras esperaban la revelación de Dane. Ramie temblaba; las mejillas habían perdido todo su color y sus ojos parecían enormes en contraste con su delicada estructura facial.

¿Cómo iba él a dejarla renunciar a la seguridad de su hogar, sin saber lo que les aguardaba en la escena del crimen? Si es que la había.

Dane habló en voz baja con aire de concentración, enfadado. Soltó un improperio y Caleb la apretó más fuerte. Como no llevara cuidado, le dejaría marcas. Tuvo que obligarse a aflojar un poco, pero en cuanto lo hizo, ella se acercó aún más y buscó cobijo a su lado.

Él no dijo nada; le gustaba tenerla tan cerca.

Dane dejó el teléfono con resignación en la mirada.

—Se está envalentonando —dijo serio—. Ha vuelto a llamar. Esta vez ha dado a la policía la dirección y el nombre de la mujer. Ha pedido que den recuerdos a Ramie Saint Claire y que cuando quiera hacer un intercambio, él estará dispuesto a mostrar piedad hacia su última víctima.

Ramie se quedó inmóvil. Solo su leve respiración demostraba que seguía con vida. Poco a poco volvió a levantar la barbilla con determinación y buscó su mirada.

—Deberíamos ir —susurró—. Es el principio del juego. Aprovechemos antes de que tenga tiempo de llevar a cabo su plan.

Caleb nunca se había sentido tan inseguro. Estaba claro que era el único que se oponía a que Ramie volviera a conectar con el asesino y no al revés.

Miró a Dane y a Eliza y les preguntó:

—¿A quién tenéis disponible para esto?

Ramie parecía confundida y frunció el ceño. ¿Creía de verdad que la enviaría a lo desconocido sin personal suficiente para invadir un país?

—He formado un equipo de seis hombres. Si quieres más, puedo conseguirlos, pero en este caso menos es más. No conviene llamar demasiado la atención y si vamos doce especialistas, Eliza, Ramie, tú y yo se nos va a ver seguro —contestó Dane.

Caleb se quedó callado un rato mientras contemplaba la situación que se les presentaba. Confiaba en el juicio de Dane y Eliza. Hasta ahora tenía una confianza absoluta en sus habilidades para proteger a los demás.

Pero nunca había sido algo personal. Solo a Tori le había asignado alguien que no fuera Quinn, Beau o él mismo; para eso confió en Dane y Eliza. Tori no salía mucho de casa, así que nunca necesitaba más que una mínima protección. Frunció el ceño al darse cuenta de lo poco que su hermana había salido de casa desde que la secuestraron y la violaron.

La pregunta del millón era si confiaba en su equipo de expertos en seguridad, todos formados en protección personal, o en un guardaespaldas para que Ramie estuviera a salvo a toda costa.

Se volvería loco si seguía dudando de todo. Miró a Eliza, que a su vez lo miró fríamente, tranquila ante su aparente indecisión.

A la mierda. Se había asegurado de que sus hermanos y él escogieran a los mejores. Beau había supervisado las contrataciones y no se había tomado ninguna decisión sin que Caleb y Quinn la aprobaran antes.

—Dane, Eliza, vosotros estaréis al mando —ordenó dirigiéndose a ambos. No quería herir a Eliza poniendo a Dane por encima. Era tan capaz y se mantenía igual de fría en la línea de fuego como Dane. Formaban un equipo excelente y ambos eran líderes naturales—. Confío en vosotros para que nada toque a Ramie —dijo en voz baja—. Coged cualquier cosa que necesitéis. Por eso pago un sueldo a mis empleados en lugar de contratarlos ocasionalmente. No quiero a nadie que haga trabajillos para ganarse un dinero extra. Quiero una lealtad inquebrantable y que mis trabajadores estén donde haga falta y en el momento que los necesite.

—Estará a salvo —dijo Dane.

Aunque se dirigía a Caleb, la estuvo mirando a ella durante todo el tiempo como si quisiera demostrarle la misma seguridad que le prometía a él.

Ramie asintió, pero tragó saliva, temblando todavía.

—¿Cuándo? —preguntó él.

—Ahora —contestó Dane—. El inspector Briggs quiere que vayamos a verlo. Él y Ramírez nos esperan. Eso nos dará algo más de margen. No mucho, pero será suficiente. Nadie del departamento quiere a civiles en una escena del crimen sin investigar, pero en este punto están dispuestos a agotar todas las vías.

Lo que no dijo fue que probablemente seguían dudando de las habilidades de Ramie, aunque los dos inspectores que acudieron a su casa hubieran sido testigos de su exactitud a la hora de localizar el cadáver.

Tal vez los inspectores Briggs y Ramírez sí creyeran en ella, pero solo eran dos personas en una comisaría llena de escépticos. Y seguramente los dos hombres tampoco iban proclamando a los cuatro vientos que tuvieran nada que ver con la incursión de Ramie en una escena del crimen sin garantías.

Caleb tuvo que controlar el entusiasmo y la esperanza. ¿Cuántas veces tenía la policía escenas del crimen estancas y perfectas en las que los familiares o conocidos de la víctima no hubieran pisado antes de darse cuenta de lo que había sucedido y llamar a emergencias?

—¿Y quién se va a quedar con Tori? —preguntó Quinn—. No es buena idea dejarla en casa sin protección por enviar a tantos hombres contigo, Caleb.

—Dane lo tiene todo controlado —repuso él tranquilamente.

Entonces se volvió hacia Ramie mientras los demás se preparaban para salir. La acogió entre sus brazos, serio, y le dio la vuelta para que lo mirara a los ojos. Le enmarcó la cara con las manos y le acarició los pómulos con los pulgares.

—Prométeme una cosa, Ramie. Prométeme que harás exactamente lo que se te diga en todo momento y nada más. No te hagas la heroína. ¿Me entiendes?

Ella esbozó una sonrisa.

—Ya hemos dejado claro que no soy especialmente valiente ni heroica. Pero déjame decirte que, aunque no sea nada de eso, tampoco soy imbécil. No tengo intención de hacer nada que me ponga a mí o a ti en peligro.

—Pues, entonces, en marcha —dijo Dane.

Veintisiete

*R*amie se estremeció cuando aparcaron frente a una enorme casa móvil que parecía caerse a pedazos. Estaban al norte de Houston, en la periferia de una comunidad rural donde las casas estaban desperdigadas y las parcelas se usaban para la agricultura y para guardar al ganado.

Habían tardado casi una hora en llegar, aunque la distancia no era tanta en línea recta. El tráfico en aquella zona bulliciosa llamada Woodlands los había ralentizado considerablemente y lo único en lo que Ramie podía pensar era que el asesino lo había hecho a propósito.

No dejaba nada al azar. Lo pensaba todo hasta el último detalle y tenía prevista cualquier contingencia.

¿Por qué tenía que ir ella entonces? Ya sabía que sería demasiado tarde para la víctima, que el asesino estaba jugando con ella en un intento de llevarla al extremo. Las mujeres a las que secuestraba eran meros instrumentos para torturarla y nada más. Su único crimen era su accesibilidad.

El asesino no hubiera escogido a nadie que le supusiera un reto, un desafío, porque esas mujeres no eran lo que buscaba. Necesitaba conquistas rápidas para poder actuar con rapidez y conseguir que la policía involucrara a Ramie.

En esencia, ella, Caleb, su equipo de seguridad, la policía urbana y la del condado eran simples marionetas suspendidas con cordeles cuyos actos dirigía él cual director de orquesta. No se atrevía a imaginar la cantidad de recursos que se estaban empleando en la búsqueda de este loco o la factura que les estaba pasando a todos, tanto económica como psicológica.

Los dos inspectores estaban demacrados como si hubieran pasado varias noches en vela. Dane y los hombres a los que dirigía tenían miradas concentradas y de determinación. Un aire de expectación pendía sobre el grupo de gente que aguardaba en el jardín frontal y se percató de que todos estaban mirándola a ella.

La presión que sentía, así como las exigencias y expectativas que había de ella, le pesaban en el alma y el corazón. Arrastró los pies hacia el porche desvencijado de la casa. Se los notaba muy pesados, como si de repente estuvieran hechos de plomo.

—¿Entro sin más? —preguntó Ramie, mirando desconcertada a los allí reunidos.

Sus miradas se le clavaban en la piel; ese escrutinio la ponía nerviosa. Levantó la vista hacia Caleb y lo miró suplicante. ¿Acaso esperaban que actuara como un mono de feria delante de todos? Tenía la impresión de estar en una fiesta horripilante en la que se esperaba que entretuviera a los invitados recreando un crimen violento.

—¿Inspector Briggs? —preguntó Caleb alzando la voz para que se le oyera bien—. Si quiere que Ramie entre, apártense un poco los demás y déjenle espacio. ¿Han inspeccionado ya el interior? ¿Es seguro para ella?

Al hablar, le puso un brazo delante como si la estuviera protegiendo de lo que fuera que hubiera en el interior.

El inspector asintió.

—Soy consciente de que no podemos pedirle que toque nada dado que su don se manifiesta mediante el tacto, pero si pudiera limitarse solo a lo que es necesario, tal vez podamos encontrar huellas o ADN.

Ramie sabía que era esperar mucho. El asesino se estaba volviendo más listo, y no descuidado, con el paso del tiempo. Seguramente la mayoría de los asesinos se descontrolaban y se convencían al final de su invencibilidad, pero este no. Este tipo de psicópatas era el que más miedo le daba. ¿Qué podía ser peor que un hombre al que no podían descubrir ni arrestar? Era libre de matar y torturar a su antojo. ¿Cómo podía cualquier mujer sentirse segura con hombres así por ahí? Podía ser un vecino, un miembro de la misma iglesia, un maestro de escuela o un pastor, incluso.

Las posibilidades eran infinitas y Ramie ya sabía que el asesino parecía... normal y corriente. Hasta guapo; limpio y aseado. Preciso en sus movimientos y meticuloso en su forma de vestir.

La mayoría de las mujeres lo encontraría inofensivo y probablemente se sentirían cómodas y seguras con él. No había duda de que era encantador y caía bien.

¿En qué clase de mundo vivía si había monstruos como ese escondidos bajo aguas aparentemente mansas?

—Yo entraré con ella —dijo Dane—, junto con uno de nuestros hombres y un subalguacil. Toca tan poco como puedas, pero todo lo que te haga falta, Ramie. Queremos trincarlo y que no vuelva a escapar.

Ella asintió, temblando por el esfuerzo.

—Sin mí no irá a ningún sitio —espetó Caleb.

Ramie se dio la vuelta y le tocó la muñeca.

—Será más fácil si no vienes. Necesito concentrarme. La cosa podría pintar... bastante mal. —Hizo una mueca y lo miró a los ojos—. No te va a gustar. Puede que hasta interrumpas o intervengas.

—¡No te jode! —exclamó con vehemencia—. En cuanto esto se vaya de madre, te saco a toda hostia de aquí.

Ella negó con la cabeza.

—No. Esta vez hay que atraparlo. Tengo que ir mucho más adentro. Tengo que ver más allá de lo que él quiere que vea para poder descubrir lo que no quiere que descubra. Es nuestra única oportunidad de abatirlo. Es demasiado listo para despistarse y cometer un error.

Antes de que él pudiera seguir discutiendo —porque seguiría comiéndose el coco hasta la extenuación—, ella se dio la vuelta y se dirigió hacia los deteriorados escalones que partían de un rellano cuadrado.

El primer escalón crujió nada más pisarlo y se agarró inmediatamente a la barandilla para no caer. Dane la cogió por el otro brazo.

—¿Estás bien?

De repente oyó un estruendo, como si cien trenes de mercancías hubieran chocado a cien kilómetros por hora. Se tambaleó y le fallaron las piernas. Estiró el brazo porque seguía aferrada a la barandilla metálica; tenía los nudillos blancos de la fuerza con la que se agarraba.

Le vino a la mente un aluvión caótico de imágenes. Estaban todas mezcladas, confusas, y parecían carecer de ritmo o motivo aparente.

El miedo la embargó, pero no era suyo: era el miedo de la víctima.

Y el dolor. También de la víctima.

Y el triunfo. Del asesino.

Y una alegría y satisfacción desatadas. También del asesino.

Se concentró en el maníaco, dejando a un lado la explosión tumultuosa de los llantos y súplicas de la víctima. Sabía, igual que lo supo con la última, que era demasiado tarde. No valía la pena dedicar energía a eso cuando necesitaba todos los sentidos para desenmarañar todo lo que envolvía al asesino, un psicópata inteligente y muy astuto.

Cada fogonazo era como ir viendo el álbum de fotos de un crimen horrible. Estudiaba las imágenes rápidamente y absorbía toda la información que podía, igual que solía hacerse con las fotos y los recuerdos que guardaban. Solo que estas imágenes no merecían ser guardadas, apreciadas ni recordadas.

Bajo la superficie de cada uno de los pasos documentados que había seguido el perturbado con su víctima había una imagen borrosa que no terminaba de ver con claridad. Se concentró más en un intento de enfocar mejor.

Cada vez que parecía que llegaba a ver más allá de la fachada cuidadosamente orquestada, el dolor le perforaba la cabeza y le provocaba náuseas.

Era puro camuflaje. A pesar de la intensidad del dolor y las arcadas que le venían sin cesar, una chispa de emoción prendió en su interior. El asesino no podría apagársela.

Si bien antes la disuadía ver sangre, sufrimiento y muerte, ahora estaba preparada y dispuesta a ir más allá. ¿Estaba escondiendo fragmentos de... uno de sus pensamientos? ¿Qué era eso que no quería que viera?

Presentía la victoria y eso le dio una fuerza que no creía tener.

Le dolía tanto la cabeza que tenía miedo de que le reventara un vaso sanguíneo. Escondió la cabeza entre las manos y se frotó la cara para reenfocar ese recuerdo borroso escondido estratégicamente detrás de las imágenes de la víctima y sus ojos ensangrentados y vidriosos, sabiéndose muerta.

Entonces olió la sangre. La notaba en las manos. Frunció el ceño porque eso no era lo que estaba viendo. Tardó un rato en darse cuenta de que era ella la que sangraba por la nariz.

La presión de la cabeza iba a más. El dolor se estaba volviendo insoportable y a pesar de todo se negaba a bajar y retirarse. No cuando estaba tan cerca de... algo. No tenía ni idea de qué era.

En ese silencioso duelo de voluntades, Ramie estaba decidida a no perder esta vez. No fallaría.

Joder, ¿qué era lo que no quería que viera?

Y entonces las imágenes que ocultaban los secretos del asesino se resquebrajaron y se le clavaron en el cráneo con un dolor punzante indescriptible. Seguía sangrando por la nariz, pero le daba igual; sabía que ya lo tenía.

Se quedó inmóvil y no quiso ni respirar siquiera mientras esperaba a que las piezas del rompecabezas encajaran. Por fin se acoplaron y tomaron forma delante mismo de ella; las piezas formaron una imagen sólida, que se le antojaba suspendida en el aire perfectamente visible.

Era como apartar una cortina y ver lo impensable.

«¡Hostia puta!»

—¡No! —gritó—. ¡Apartaos! ¡Alejaos! ¡Hay una bomba!

Veintiocho

Caleb se quedó de piedra cuando el grito de Ramie rompió el silencio. Durante una décima de segundo, todo el mundo se quedó congelado y con cara de preguntarse qué narices estaba pasando.

Entonces la gente empezó a correr hacia todas partes, rodando por el suelo y buscando refugio. Para horror de Caleb, Ramie tropezó al intentar bajar a toda prisa las escaleras de madera rotas de la casa. El tiempo se ralentizó y Caleb gritó con voz ronca su nombre mientras se abalanzaba hacia ella, tratando desesperadamente de colocarse encima de Ramie.

La agarró por la muñeca y tiró de ella hacia él justo antes de darse media vuelta y lanzarse los dos detrás del Hummer con el que habían llegado al lugar. Entonces una explosión hizo retumbar el suelo bajo sus pies.

Apareció una bola de fuego naranja a su alrededor y su calor les abrasó la piel. Incluso el aire parecía de fuego. El humo ahogaba a Caleb y le impedía respirar.

Empezaron a caerles encima escombros del cielo que apedreaban también los vehículos y a sus cuerpos expuestos como una tormenta surgida de las entrañas del mismo infierno.

—¡Ramie! —gritó Caleb.

La explosión los había separado. El humo era tan denso que no podía verla. Buscó a tientas como un loco en el suelo que le rodeaba, primero por delante y luego por los lados y detrás. Ramie había caído debajo de él, pero la explosión lo había lanzado a varios metros de ella.

Oyó a alguien toser, pero no estaba seguro de quién era.

—¡Caleb! —gritó Dane.

—¡Estoy aquí! —contestó gritando—. ¡No encuentro a Ramie!

—Aquí —gruñó Ramie.

Caleb siguió el sonido de su voz andando a cuatro patas hasta que por fin la encontró. Estuvo a punto de pasarle por encima. La ira se apoderó de él cuando vio que le había caído un trozo de madera ardiendo en mitad de la espalda. Lo apartó y dio media vuelta a Ramie con desesperación.

—Ramie, gracias a Dios. ¿Estás bien? ¡No veo nada!

—Estoy bien —dijo con voz débil—. O al menos creo que sí. No siento nada ahora mismo.

El tono aturdido de su voz lo hizo preocuparse. Apartó el humo braceando y le puso una mano en la frente al tiempo que se agachaba para poder verla mejor.

—No te muevas —le dijo preocupado—. No sabemos exactamente cuál es el alcance de tus lesiones.

Joder, no debería haberle dado la vuelta de forma tan brusca, pero estaba desesperado por saber si respiraba o no, por saber si estaba viva.

Cuando el humo empezó a disiparse, Caleb se hizo una idea más clara de la situación y observó horrorizado el trozo de tierra arrasado que se extendía donde antes había estado la caravana. Uno de los vehículos que estaba aparcado demasiado cerca de ella se había volcado por el impacto. La gente estaba desperdigada por todas partes. Parecía una zona militarizada que acabara de ser atacada por aire.

Los árboles ardían. La alta hierba que rodeaba la caravana había quedado aplastada por la fuerza de la explosión. Las ventanas restantes de los vehículos estaban rotas y un árbol, que había sido derribado, había partido en dos otro todoterreno.

—¡Necesito ayuda aquí! —exclamó Eliza—. ¡Tengo un herido!

—¡Ayúdala tú! —le gritó Caleb a Dane—. ¡Yo me encargaré de Ramie!

¿Dónde demonios estaban todos los demás? Con cuerpos desperdigados por todas partes era imposible saber quién estaba bien y quién no.

Empezaron a oírse gemidos, murmullos y maldiciones cuando la gente empezó a moverse. Entonces, para su alivio, oyó cómo el inspector Ramírez pedía ayuda y ambulancias, al tiempo que comunicaba por radio su ubicación para que los encontraran.

El inspector Briggs se acercó a gatas hasta donde estaba Caleb agachado sobre Ramie. Le brotaba sangre de un corte en la frente y en la mandíbula se le estaba formando ya un enorme moratón. Escupió sangre en el suelo y preguntó:

—¿Está bien?

Caleb entrecerró los ojos.

—Creo que está mil veces mejor que usted. Debería tumbarse, colega. Está escupiendo sangre y hasta yo sé que eso no es algo bueno.

—Solo es un labio roto —dijo Briggs, cabreado—. Hay que acabar con ese hijo de puta. ¿Es que ahora está planeando acabar con todo el cuerpo de policía?

Caleb asintió emitiendo un sonido. Cuando volvió a mirar hacia abajo a Ramie, le empezaron a temblar las manos. Le tocó la mejilla y luego le recorrió el cuerpo con los dedos en busca de cualquier herida que pudiera sangrar y que requiriera atención inmediata.

Dios, qué cerca había estado de perderla. Si Ramie no hubiera tocado la barandilla… Cerró los ojos incapaz de continuar en la dirección hacia la que se dirigían sus pensamientos.

No habría sido la única en morir. Gracias a ella, parecía al menos que todo el mundo se movía.

Dane se agachó al lado de Caleb durante un instante para evaluar a primera vista el estado de Ramie.

—Estoy flipando —dijo Dane con gravedad—. Voy a ayudar a Lizzie a clasificar a los demás para que cuando lleguen las ambulancias se lleven primero a los que estén más graves.

Caleb asintió. Él también estaba flipando. Era incapaz de detener el temblor constante de sus extremidades. Cada vez que intentaba tocar a Ramie para asegurarse de que seguía viva, tenía que retirarse a riesgo de hacerle daño con sus manos temblorosas y su torpeza absoluta.

Cuando Dane se marchó, Ramie movió los ojos y giró levemente la cabeza para mirarlo a los ojos.

—Ve a ayudar a los demás, Caleb —susurró—. Te prometo que estoy bien. Ni siquiera me duele nada.

—Creo que estás peor de lo que piensas —dijo gravemente—. Tienes sangre por toda la cara y no consigo averiguar de dónde sale.

Ramie parpadeó sorprendida y luego levantó una mano, que se llevó a la nariz y a la boca. Al hacerlo, vio que la sangre le cubría también ambas manos.

—Santo Dios —blasfemó—. Ya está. Te vas en la primera ambulancia.

Ramie sacudió la cabeza y Caleb volvió a blasfemar al tiempo que le sujetaba el rostro para que no pudiera mover el cuello.

—No te muevas, Ramie —ordenó de forma enérgica—. No puedes saber si tienes una lesión en la columna o no.

—No es de la explosión —dijo Ramie, con una voz más alta y fuerte esta vez.

Caleb la miró desconcertado.

—¿El qué?

—La sangre —respondió Ramie con paciencia—. No es de la explosión.

—¿Entonces de dónde demonios sale?

—Es una hemorragia nasal —se limitó a decir—. El dolor era horrible. —Hizo una mueca al decirlo como si recordara todo lo doloroso que había sido—. Tuve que luchar con todas mis fuerzas para ver más allá de las imágenes que él quería que viera. Tenía miedo de sufrir una embolia o un aneurisma o de que incluso me explotara la cabeza por la presión. Nunca me había dolido tanto la cabeza. Empecé a sangrar mucho por la nariz. Debí de estar de espaldas a ti porque, si no, lo habrías visto. Al final, cuando el dolor era demasiado para soportarlo durante más tiempo, vi la bomba a través de sus ojos.

Caleb maldijo con ganas.

—Ya está bien. Hasta aquí hemos llegado. No vas a seguir con esto. No permitiré que te vuelvas a poner en peligro. Me importa una mierda si eso significa que tengas que vivir el resto de la vida ocultándote. Al menos tendrás una vida. No puedes seguir con esto, Ramie. Hasta tú lo sabes.

—Tenía tanto miedo, Caleb —reconoció con una voz confundida que le dijo a Caleb que no había escuchado sus palabras—. Dios, pensé que moriríais todos.

Y eso lo cabreó todavía más. Echaba humo y tenía los dedos apretados en puños porque no quería arriesgarse a tocarla y hacerle daño.

No había dicho que tenía miedo de morir. No, su única preocupación eran todos los demás. Caleb ya sentía bastante miedo por ella, por los dos, pero, joder, si era incapaz de inculcarle esa misma vehemencia hacia su propia vida, ¿cómo demonios se suponía que iba a conseguir que ella empezara a preocuparse por sí misma?

A lo lejos se oyó el ulular de las sirenas, un sonido que se fue acercando hasta casi perforarle los oídos. Siguió de rodillas, inspeccionando los daños y en un intento de asegurarse de que todo el mundo estaba atendido.

Los dos inspectores habían tomado la iniciativa de entrar en la caravana mientras los hombres de Caleb habían caído detrás de Ramie. Para su gran alivio, vio al inspector Ramírez agachado junto a uno de sus agentes de policía caídos, pero entonces se le heló la sangre al percatarse de que el hombre al que atendía Ramírez no se movía.

—¡Ramírez! —gritó Caleb—. ¿Está bien?

—Respira —respondió Ramírez con tono cabreado—. Está inconsciente y se está desangrando como un cerdo en el matadero. Se le han clavado en el pecho cascotes y escombros.

Caleb maldijo al tiempo que su furia aumentaba con cada segundo que pasaba. Los médicos de tres ambulancias se movían a toda prisa por la zona mientras varios coches de policía se oían a poca distancia del lugar.

—Caleb, ¿cómo está? —le preguntó Eliza agachándose a su lado.

—Estoy bien —respondió Ramie débilmente—. Aunque me duele la cabeza un horror.

La mirada de Eliza reflejaba una gran preocupación.

—¿Te ha golpeado algo? ¿Te has pegado con algo al caer?

—No se ha golpeado con nada —aseguró Caleb a través de los dientes apretados—. Casi se provoca una puta embolia luchando para encontrar la imagen de la bomba debajo de toda la mierda que él quería que viera.

—Entonces, así es como lo has sabido —murmuró Eliza—. Vi que te empezaba a sangrar la nariz, pero no sabía si era algo normal o no.

—Antes no me pasaba —respondió Ramie medio dormida.

—Cielo, no te duermas —se alarmó Caleb.

Intercambió una mirada de preocupación con Eliza, cuyo avispado ojo ya estaba repasando a Ramie.

—No creas que es fácil dormirse cuando la cabeza te duele tanto —susurró.

Caleb levantó la vista en busca de un médico disponible. Estaba empezando a preocuparse de verdad. Ramie necesitaba atención médica sin importar si ella la quería o no.

—Sabes que pensarán que estoy loca si me llevas y les explicas cómo y por qué me ha sangrado la nariz y por qué me duele la cabeza —dijo con sequedad.

—Tiene razón —susurró Eliza.

—No pienso llevarla solo porque tendrá que explicar por qué le duele la cabeza —espetó Caleb—. No tienen que saber que no se ha hecho daño en la cabeza en la explosión. ¿Cómo sabemos que no ha sido así?

Eliza levantó las manos.

—No pienso discutir. Esto queda entre tú y ella. Está claro que no le iría mal que le dieran algo para esos dolores de cabeza después del que ha tenido antes.

Caleb odiaba la idea de ver a Ramie sufriendo. Y la idea de que hasta ahora nunca había habido nadie a su lado para cuidarla cuando sufría era más de lo que podía soportar.

—No es normal que un dolor de cabeza produzca una hemorragia nasal —dijo enfadado—. ¿Y si tiene una hemorragia cerebral? Con el tipo de dolor que describía y la presión mental a la que ha estado sometida, era posible, sin duda.

Eliza se encogió de hombros y se puso en pie para dirigirse hacia uno de los médicos.

—Supongo que la mejor forma de saberlo es llevarla y que le miren la cabeza —dijo Eliza.

—Traidora —gruñó Ramie.

Por alguna razón, esa leve queja desarmó por completo a Caleb. Tal vez porque Ramie estuviera inyectando frivolidad a una situación tensa por la confusión. Fuera cual fuese el caso, se dejó caer hasta quedar apoyado en la parte posterior de los muslos y se dio cuenta de que le abandonaban las fuerzas.

La adrenalina que le había proporcionado una concentración y una fuerza sobrehumanas solo unos momentos antes había desaparecido en un abrir y cerrar de ojos y se sintió demasiado viejo y cansado hasta para ponerse en pie.

Incluso después de que hubieran colocado a Ramie en una camilla y la hubieran llevado a toda prisa hacia una de las ambulancias, permaneció donde estaba con las manos temblorosas.

—Vamos, te ayudaré —propuso Eliza con amabilidad—. Tendrás que ir al hospital con Ramie.

Caleb miró a Eliza a los ojos y se notó las tripas tan revueltas que le preocupaba acabar vomitando por todas partes.

—Ha estado a punto de morir —susurró Caleb.

—Todos hemos estado a punto de morir —corrigió Eliza—. Pero no ha sido así. Ramie nos avisó a tiempo.

—¿Caleb? ¿Dónde estás?

La inquieta pregunta de Ramie lo hizo ponerse en marcha. Dejó que Eliza le diera la mano para ayudarlo a levantarse y no tener que pasar vergüenza al caer de bruces al suelo. Entonces se acercó a la camilla y se inclinó para darle un beso en la frente a Ramie.

—Estoy aquí, cielo. Voy a llevarte al hospital para asegurarme de que estás bien de verdad.

Veintinueve

Cuando le dieron el alta a Ramie en urgencias, después de haberle efectuado una multitud de pruebas para cerciorarse de que no tenía ninguna lesión grave, incluido un TAC de su cabeza porque Caleb insistió en ello, estaba agotada y sentía aún las réplicas de la explosión de la bomba.

Las únicas lesiones que tenía eran varios hematomas y la sensación de haber sido arrollada por un tren. Estaba dolorida y entumecida, y le dolían todos los músculos al más leve movimiento.

Caleb hizo una parada en una farmacia que abría las veinticuatro horas para comprar los medicamentos que le habían recetado. Ya era de madrugada. Ramie imaginó que seguramente habría dado un susto de muerte al pobre farmacéutico por el poco tiempo que tardó en regresar con los medicamentos en la mano.

—Fijo que ha pensado que eras una especie de adicto a algún fármaco —dijo Ramie divertida cuando retomaron el camino.

Caleb la miró de manera amenazante y el ceño fruncido la hizo reír, cosa que solo sirvió para que lo frunciera aún más.

—Me alegra que te parezca divertido —murmuró—. ¿Ya te has olvidado de que podrían haberte matado hoy… ayer? Cuando sea, joder.

—Pero no ha sido así —replicó Ramie con dulzura—. Y también podrían haberte matado a ti, pero no pienso echarte la bronca por ponerte en peligro tú también. No tenías por qué haber ido, ¿sabes? Yo tenía que estar allí, pero tú no.

—No sigas —espetó Caleb con un estado de ánimo tan oscuro como la expresión de su rostro—. Juro por Dios que si vuelves a sugerir una vez más que tendría que abandonarte a tu puta suerte y que no me importa una mierda dónde vas o si estás en peligro voy a estrangularte.

—Solo estaba destacando la hipocresía de que tú te enfades conmigo porque casi me matan cuando tú has hecho lo mismo —repuso con un tono moderado.

—No estoy enfadado… Bueno, a lo mejor sí —gruñó—. Déjame, anda. Tenía miedo, ¿entendido?

—Yo también —dijo Ramie al tiempo que le apretaba la mano—. ¿Tienes idea del miedo que he pasado cuando me di cuenta de que había una bomba dentro y no sabía si podría avisar a todos a tiempo?

Caleb suspiró y se llevó la mano de Ramie a la boca, presionando los labios contra la palma en un gesto de ternura.

—Lo sé, cielo. Lo siento. No llevo muy bien el sentirme impotente y ahora mismo es así como me siento. No estoy acostumbrado a que otras personas controlen mi felicidad, mi estado de ánimo o mis decisiones. Pero tú lo haces.

—¿Yo hago el qué?

—Tienes el control total sobre mi felicidad, mi estado de ánimo y las decisiones que tomo —respondió con claridad.

—Vaya, a tu parte maniática del control no le gusta nada eso, ¿verdad?

Caleb le lanzó otra mirada.

—Lo que me gustaría es que dejaras de quitarle importancia a esto. No estás ayudando.

Ramie le sonrió e hizo caso omiso de su ceño fruncido.

—Uno de los dos tiene que quitarle hierro al asunto. Si no, los dos nos vendremos abajo.

Entró por la verja situada al final del serpenteante camino de entrada y Ramie pudo ver que todas las luces de la casa estaban encendidas.

—Supongo que nos han esperado despiertos —murmuró Ramie.

—Que su hermano esté a punto de salir volando por los aires no es algo que pase cada día —dijo Caleb con sequedad—. ¿Pensabas que se irían a la cama y esperarían hasta la mañana para que se lo contara todo?

—Ojalá —dijo entre dientes.

Lo último que quería en ese momento era ser el objetivo de su ira y desaprobación porque habían estado a punto de matar a Caleb por su culpa.

Caleb aparcó el vehículo en el garaje y se quedó mirando el parabrisas resquebrajado al tiempo que sacudía la cabeza. Todos los vehículos que habían estado en el lugar de la explosión habían sufrido daños. Un árbol caído había destrozado uno de los todoterrenos de la empresa de Caleb. La explosión del día anterior había hecho destrozos en su flota de vehículos.

Ramie gimió cuando se dispuso a bajar del asiento del copiloto.

—No te muevas —le ordenó Caleb.

—¿Sabes? Tienes que pulir un poco más tus formas, Caleb —se quejó—. ¿Tan difícil sería pedirme algo en lugar de darme una orden desde las alturas?

Caleb apareció de repente detrás de ella y se limitó a cogerla en brazos y llevarla hacia la puerta de entrada a la casa.

—Me gusta más dar órdenes.

Ramie resopló.

—¿De verdad? Qué raro que todavía sigas soltero.

Caleb se detuvo justo al entrar en la casa. Su ceño parecía estar tatuado en su rostro.

—No estoy soltero —gruñó—. Y tú tampoco, narices.

Ramie levantó una ceja cuando Caleb volvió a ponerse en marcha de camino hacia la sala de estar.

—¿Ah, no? ¿No estás soltero?

—Cállate, Ramie —dijo con un tono agraviado.

Ramie suspiró y se relajó en sus brazos. Tuvo que contraer los labios para evitar dejar escapar una sonrisa, pero uno, Caleb se enfadaría más, y dos, se preguntaría qué demonios le pasaba para ponerse a reír en un momento así.

Pero ¿qué otra cosa podía hacer? El último año y medio de su vida había sufrido un montón de calamidades, desastres y situaciones de las que había escapado por los pelos. Era reír o ponerse a llorar y no parar nunca, y aunque Caleb podría cabrearse si se ponía a reír, se rompería si se dejaba llevar por la histeria y acababa hecha un mar de lágrimas junto a él.

Cabrearlo parecía el menor de los dos males, y, bueno, le divertía chincharlo porque ese hombre no tenía sentido del humor. Antes, Ramie tampoco creía tener sentido del humor, pero ¿cómo explicar si no que le pareciera tan divertido el hecho de haber estado a punto de ser carbonizada por la explosión de una bomba?

Caleb la dejó en el sofá y entonces Ramie vio a sus hermanos —a los tres— de pie al otro lado de la sala y con caras ojerosas y preocupadas. El rostro de Tori reflejaba alivio. Y, por alguna razón, Ramie acabó perdiendo la batalla y se puso a reír.

—¿Qué demonios? —preguntó Beau.

—¿Te parece divertido? —replicó Quinn con incredulidad.

Caleb emitió un sonido de exasperación, pero al mirarla se borró cualquier atisbo de ira en su expresión.

—Mierda —murmuró.

—¿Qué le pasa? —preguntó Tori sin rodeos—. ¿Está bien?

—No —negó Caleb con calma—. No está bien.

—No te enfades, Caleb —dijo ella con un deje raro en la voz. Parecía como si estuviera tragando alguna cosa o como si emitiera un sonido extraño que no era capaz de identificar—. Tengo que reír porque, si no, me pondré a llorar.

—Cielo, ya estás llorando —apuntó Caleb con delicadeza.

—¿Ah, sí?

Se llevó la mano a la mejilla y se sorprendió al notarla mojada. Entonces fue más consciente del extraño ruido que emanaba de su pecho y garganta y se dio cuenta de que era ella: estaba sollozando.

—Está completamente histérica —dijo Beau sin necesidad alguna.

—Anda, ¿cómo lo has sabido? —le espetó Caleb.

—De... de verdad, ti... tienes que aprender a co... controlar tu tem... temperamento, Caleb —tartamudeó Ramie entre sollozo y sollozo.

Notaba una tensión en el pecho que la asfixiaba por dentro hasta llegar a dolerle. Estaba mareada y empezó a ver puntos en el aire.

—Traedle agua —pidió Caleb a nadie en concreto.

Tori salió de la habitación y Caleb apoyó una rodilla en el suelo delante de ella.

—Cielo —dijo sin rastro ya de enfado o irritación en el rostro o la mirada—. Estoy bien —prosiguió, adivinando exactamente el origen de su histeria—. Ojalá estuvieras igual de preocupada por tu bienestar, pero haremos un trato. Tú te preocupas por mí y yo me preocuparé por ti.

—Tra... trato hecho —respondió Ramie mientras rechinaba los dientes casi de forma violenta.

Tori llegó corriendo con un vaso de agua en la mano y se lo entregó a Caleb. Su rostro reflejaba una preocupación real al mirar a Ramie.

Caleb abrió la bolsa de medicamentos y sacó uno de los frascos. Ramie no tenía ni idea de lo que le había recetado el médico de urgencias. Caleb había sido el que había hablado con él porque ella había sido incapaz de mantenerse centrada durante lo que le había parecido una interminable visita a la sala de urgencias.

—¿Puedes tomarte esto? —le preguntó Caleb, mostrándole una diminuta pastilla de color melocotón.

—¿Qué es?

—Algo que te ayudará a tranquilizarte y a dormir. Tómala —dijo con firmeza.

Caleb le abrió los labios y le colocó con cuidado la pastilla en la lengua. Ramie puso cara de asco y se echó atrás al notar el horrible sabor amargo.

—Voy a llevarla arriba —anunció Caleb por encima del hombro—. Ya hablaremos por la mañana. No sé qué demonios vamos a hacer ahora, pero no quiero que Ramie siga implicada de ninguna manera. Podría haber muerto hoy.

—Tú también —dijo Beau con calma.

Caleb miró a Tori, pálida como un fantasma y con los ojos abiertos como platos por el miedo. Luego volvió a mirar a Ramie.

—Dame un segundo, cariño.

Se puso en pie y abrió los brazos. Tori se abalanzó hacia ellos, aterrizando contra su pecho. Hundió el rostro en el cuello de Caleb mientras él la abrazaba con fuerza.

—Estoy bien, Tori —dijo para calmarla—. Todos necesitamos descansar bien y luego ya decidiremos qué hacer por la mañana.

Ramie sintió unas punzadas de inquietud en el pecho. Las palabras de Caleb no auguraban nada bueno.

Como si fuera a hablar con sus hermanos de una cuestión de vida o muerte.

—¿Dónde están Dane y Eliza? —preguntó directamente Quinn—. ¿Alguno de los nuestros ha sufrido daños?

—Están bien —contestó Caleb—. Están presenciando la limpieza y la recopilación de pruebas. No confío en que la policía vaya a compartir información importante con nosotros, así que me he asegurado de tener a alguien en el lugar del crimen.

Soltó a Tori, apretándole la mano justo antes de soltársela. Luego ayudó con cuidado a Ramie a ponerse de pie como si fuera un objeto de cristal que pudiera romperse. Viendo las expresiones de los demás, era demasiado tarde para no venirse abajo, lo que ahora dejaba a Caleb como el relativamente más fuerte de los dos.

Aun así, no pudo evitar la disculpa que salió de sus labios. Levantó la vista hacia los dos hermanos de Caleb y luego hacia Tori.

—Lo siento de verdad —reconoció en voz baja, limpiándose las estúpidas e interminables lágrimas que le caían por las mejillas—. Si lo hubiera sabido, si se me hubiera ocurrido por un instante que esto acabaría fuera de control y siendo tan peligroso para Caleb —y para vosotros— nunca lo habría llamado.

Caleb se puso tenso por el enfado. La mandíbula se le veía más prominente por la tensión que producían sus dientes apretados.

Beau la observó durante un largo instante mientras su expresión se suavizaba hacia una de disculpa.

—Me alegro de que lo hicieras, Ramie. Creo que mi hermano te necesita tanto como está claro que tú lo necesitas a él. No podemos culparte de ninguna manera por los actos de un asesino a sangre fría.

Ramie le ofreció una sonrisa temblorosa, aunque borrosa a través del mar de lágrimas. Ojalá pudiera dejar de llorar, por el amor de Dios.

—Gracias —respondió Ramie con sinceridad.

—Creo que todos te debemos una disculpa —dijo Beau, incluyendo a sus hermanos con la mirada—. Pero vamos a esperar a pedírtela cuando estés en mejores condiciones para escucharla.

Treinta

Caleb le pasó el brazo por la cintura a Ramie y la acompañó lentamente escaleras arriba. En cuanto llegaron al piso superior, la cogió en brazos y la llevó así el tramo que quedaba hasta el dormitorio.

Se inclinó sobre la cama y la depositó en ella. Luego se sentó de lado en el borde y le limpió más lágrimas que le corrían por las mejillas.

—Menuda pareja hacemos, ¿verdad? —preguntó con un suspiro.

—No sé por qué no puedo parar de llo... llorar —dijo Ramie mientras le rechinaban los dientes.

Le tembló la mandíbula y otra tanda de lágrimas calientes resbaló por sus sienes hasta llegarle al cabello. Caleb bajó la cabeza y presionó los labios contra la frente de Ramie en un beso lleno de ternura.

Sin decir palabra, empezó a quitarle la ropa a Ramie, aunque su piel estaba fría como el hielo y tenía piel de gallina en todo el cuerpo.

—Tengo frío —dijo.

—Lo sé, cielo. Dame un instante y te haré entrar en calor.

Ramie permaneció en silencio. Solo tuvo un breve ataque de hipo cuando intentó claramente tragarse otro sollozo.

Cuando hubo acabado de desvestirla, se apresuró a quitarse la ropa también y se metió en la cama con ella, apretando su cuerpo contra el suyo para que su calor la calentara.

Ella exhaló un suspiro somnoliento y bostezó con ganas mientras acurrucaba la cara en el pecho de Caleb. Caleb esperaba que el medicamento estuviera haciendo efecto y se quedara dormida en poco tiempo.

—¿Caleb? —susurró.

—¿Qué, cielo?

—Hoy me he dado cuenta de algo.

—¿Ah, sí? ¿De qué?

Ramie dudó unos instantes. Tenía la mejilla apoyada en el pecho desnudo de Caleb y su suave respiración le acariciaba la piel.

—De que te quiero.

A Caleb se le aceleró el corazón y el pulso.

Un río de lágrimas frescas le empapó el pecho a Caleb.

—¿Ramie? Cielo, ¿por qué te pones tan triste? Oye —dijo, levantándole la barbilla con los dedos. Los ojos de Ramie brillaban por las lágrimas. No era esa exactamente la reacción que esperaba cuando Ramie admitiera algo así—. ¿Qué pasa? ¿Por qué te pones triste? Tienes que saber que estoy más contento que unas pascuas sabiendo que me amas. Odiaría estar en esto solo.

—Porque me aterra —reconoció sin rodeos—. Si no amas a nadie, entonces no pueden hacerte daño. Si te pasara algo, no podría soportarlo, Caleb. Nunca he amado a nadie antes y tengo que decirte que es una mierda.

Caleb rio con dulzura al oír el tono afligido de su voz y la abrazó con fuerza, apretando su cuerpo contra el suyo. La besó en la parte superior de la cabeza, sonriendo sobre su pelo.

—Estoy de acuerdo. Es una mierda —dijo, todavía sonriendo.

—Si no me doliera tanto me lanzaría sobre ti, así que

voy a tener que recurrir a la frase de «cariño, me duele la cabeza» de anoche.

—Lo dejaré pasar. Solo por esta vez.

—¿Caleb?

—¿Sí, cielo?

—Te amo de verdad.

Caleb volvió a abrazarla, incapaz de controlar el impulso de aferrarse a ella con todas sus fuerzas.

—Yo también te quiero, Ramie.

—¿Caleb?

Caleb rio.

—¿Qué pasa ahora, cariño?

—Ese medicamento que me has dado está haciendo que la cabeza me dé vueltas.

—Ya lo veo —contestó—. Ponte a dormir, cielo. Estaré aquí cuando te despiertes. Te lo prometo.

—Tengo miedo de cerrar los ojos —susurró.

—¿Por qué? —le preguntó.

—¿Y si me despierto y no estás aquí y resulta que todo no ha sido más que un sueño?

Caleb volvió a levantarle la barbilla y entonces fundió su boca con la de ella en un intenso beso. Durante unos largos instantes, no hizo nada más aparte de besarla. No fue un beso claramente sexual y eso le gustó a Caleb. Fue un beso dulce e inocente, uno compartido por dos amantes que necesitan consuelo.

—¿Te parece que esto es un sueño? —le susurró junto a la boca Caleb.

—Si lo es, entonces no quiero despertarme nunca.

—Yo tampoco, cielo. Yo tampoco.

Caleb la abrazó en silencio, limitándose a acariciarle la espalda con la mano. Ramie emitió un profundo sonido de satisfacción y se relajó. Caleb siguió acariciándola hasta que estuvo seguro de que se había dormido.

Mucho tiempo después de que Ramie hubiera caído

en un profundo sueño tranquilo y sin pesadillas, Caleb permaneció a su lado, abrazándola y con su cuerpo pegado al suave cuerpo de Ramie.

—Mantener a salvo a la gente que quiero —susurró—. Eso es lo único que pido.

Treinta y uno

*L*a explosión sacudió toda la casa, lo que despertó de golpe a Caleb de su sueño profundo. Bajó de un salto de la cama, mientras el pulso le martilleaba en las sienes y las muñecas.

—¿Qué carajo es eso?

Su mente intentó disipar los últimos restos de sueño, convencido de que acababa de tener una pesadilla en la que perdía a Ramie en una explosión. Pero no. Había demasiado ruido. Era demasiado real.

El pánico le recorrió la columna vertebral mientras agarraba con desesperación a Ramie para intentar despertarla de ese sueño inducido por los fármacos.

La puerta del dormitorio se abrió de par en par y Beau entró a toda prisa.

—¡Levantaos! —gritó Beau—. Hay que salir de aquí. La casa se está quemando.

Caleb se levantó como pudo, cargando el cuerpo inerte de Ramie.

—Vamos, nena. Tienes que despertarte. Venga, Ramie. ¡Despierta!

—¿Dónde están Quinn y Tori? —preguntó Caleb—. ¿Qué narices está pasando, Beau?

—No hay tiempo para preguntas —exclamó Beau—. ¡Tenemos que salir de aquí ya! Quinn ha ido a buscar a Tori.

Caleb se cargó a Ramie al hombro como hacen los

bomberos y salió al pasillo, donde vio a Quinn llevando a Tori hacia las escaleras. Quinn reculó entonces, colocó a su hermana detrás de él y la empujó en dirección al dormitorio de Caleb, situado al final del pasillo.

—¡Las escaleras y la habitación de seguridad no son una opción! —gritó Quinn—. Tendremos que salir por una ventana.

—Estamos en el segundo piso, joder —soltó Beau.

Caleb no perdió tiempo pensando en la logística. Veía ya cómo las llamas subían por las escaleras. Para su horror, el techo se derrumbó al otro extremo del pasillo donde estaban los dormitorios de Quinn y Tori, y el humo empezó a inundarlo todo a través del agujero.

—Hijo de puta —maldijo Caleb—. Todos a mi habitación. ¡Ya!

Beau empujó a sus hermanos pequeños hacia el dormitorio de Caleb. Tori estaba claramente conmocionada, tenía los ojos abiertos como platos y su mirada era de angustia.

—A la ventana, Quinn —ordenó Beau—. Caleb no puede ayudarnos. Tendremos que hacer todo lo que podamos y rezar para que no nos rompamos el cuello al salir.

—Déjame salir primero —dijo Quinn con mucha calma—. Puedo intentar amortiguar la caída de Tori y Ramie.

—No, espera —dijo Caleb—. Tomémonos un momento para pensarlo bien antes de partirnos la crisma. Podemos salir al tejado por el ventanuco de mi dormitorio y luego bajar hasta el tejado del garaje. Desde ahí solo hay una altura de un piso y la caída será menor.

—Venga, vamos —dijo Beau—. No tenemos mucho tiempo antes de que todo esto salte por los aires.

Quinn abrió la ventana y salió afuera, sujetándose a

la cornisa mientras se acercaba con cuidado hacia el tejado.

Beau ayudó a Tori a salir por la ventana y Quinn le ofreció la mano para que se sujetara y evitar así caerse.

—Te toca —le dijo Caleb a Beau—. Tendré que pasarte a Ramie. Está inconsciente.

Beau salió detrás de Tori y, después de comprobar que estaba en un lugar seguro en el tejado, volvió y cogió a Ramie por debajo de los brazos. Caleb le soltó las piernas para que Beau pudiera arrastrarla por el tejado en dirección al garaje.

Caleb sentía ya el calor del fuego que se acercaba. Probablemente lo que había debajo de ellos ya se había quemado y solo era cuestión de tiempo que el tejado sobre el que estaban acabara derrumbado también.

—Quinn, coge a Tori —dijo Caleb—. Beau y yo nos las apañaremos con Ramie.

Avanzaron por el tejado lo más rápido que pudieron. Caleb tenía la frente llena de gotas de sudor. El miedo que sentía por su familia era como una losa sobre su pecho. Hacía solo una hora que había rezado para que su familia estuviera a salvo, y ahora mismo la situación era justo la contraria.

En ese momento se quedó paralizado por otro miedo.

—Que nadie se mueva —ordenó Caleb.

—¿Qué narices pasa, Caleb? —preguntó Quinn.

—No sabemos si ese hijo de puta está por aquí aún, ya sea en el terreno o la casa, o cómo demonios se las ha arreglado para poner la bomba. Por lo que sabemos, podría estar ahí abajo esperando a matarnos en cuanto pongamos un pie en el suelo.

Tori se puso a lloriquear, pero Caleb no podía permitirse el lujo de consolarla. No cuando lo más probable era que hubiera dicho una verdad como un templo.

—Tengo que volver y coger la pistola de mi mesilla —dijo Caleb—. Que nadie se mueva hasta que vuelva.

—¡Corre! —gritó Beau.

—En caso de que me pase algo —dijo Caleb con un tono uniforme y serio—, Quinn y tú poned a Tori y a Ramie a salvo y no volváis a por mí.

—¡Cállate y ve! —le gritó Quinn.

Caleb se deslizó sentado por el tejado lo más rápido que se atrevía y luego se dio media vuelta y entró por la ventana, sujetándose al alero. El humo ya había inundado su habitación y seguramente no pasaría mucho tiempo antes de que el fuego consumiera toda la casa, incluyendo a cualquiera que estuviera en el tejado.

Abrió de golpe el cajón de su mesilla, sacó la pistola y un cargador con balas, lo colocó en su sitio y metió una bala en la recámara. Luego volvió a encaramarse al tejado y se acercó gateando a los demás.

Juntos fueron avanzando hacia el lugar en el que el tejado caía hacia el garaje. Quinn bajó primero y luego Beau ayudó a Tori desde el borde, sujetándole las manos mientras balanceaba las piernas hacia Quinn.

—Suéltala —pidió Quinn—. Ya la tengo.

Tori cerró los ojos con fuerza y se dejó caer hacia el punto en el que Quinn había aterrizado.

—Dame uno de sus brazos —pidió Beau—. Te ayudaré a bajarla hasta Quinn.

Tras colocar a Ramie entre ellos, cada uno la sujetó por una muñeca y la bajaron hacia los brazos expectantes de Quinn. Luego Beau y Caleb se colgaron del borde, sujetándose al alero, y entonces se dejaron caer la poca distancia que los separaba del tejado del garaje.

Caleb barajó sus opciones y concluyó que bajar por el lado izquierdo era el único camino posible. La superficie de hormigón a la entrada del garaje y la acera a la derecha hacían imposible una caída desde el tejado al suelo.

De nuevo, Quinn fue el primero en bajar. Caleb dejó a Ramie sobre el tejado; rezaba para que no se despertara y entrara en pánico y se cayera mientras él ayudaba a Beau a bajar a Tori por el borde.

Cuando Tori estuvo segura en el suelo, Caleb y Beau cogieron a Ramie de las manos y deslizaron sus piernas por el borde con delicadeza y la fueron bajando con mucho cuidado para que no cayera a plomo de repente.

Y ella eligió justo ese momento, cuando colgaba unos metros por encima de la cabeza de Quinn, para abrir los ojos.

Se puso a gritar y a forcejear, mientras agitaba las piernas y daba patadas de forma salvaje en el aire.

—¡Ramie! ¡Ramie! —gritó Caleb—. ¡Para! Tienes que parar. Te tengo sujeta. Estás a salvo. Pero tienes que dejar de revolverte contra nosotros.

Se quedó quieta mientras el lloro intentaba abrirse camino entre sus labios temblorosos.

—¿Caleb? —llamó con voz entrecortada—. ¿Esto es un sueño, verdad? Dime que es un sueño.

—No es más que un sueño, cielo —la tranquilizó—. Una pesadilla. Cierra los ojos y pasará.

Ella se relajó y se dejó hacer y, en cuanto lo hizo, Beau y él la soltaron y aterrizó en los brazos de Quinn, haciendo que ambos cayeran rodando por el suelo.

Cuando Beau hubo bajado, Caleb le pasó la pistola a su hermano. Luego sacó las piernas por el borde, se deslizó hasta quedar colgado del alero y se dejó caer la distancia que le separaba del suelo, luego rodó al aterrizar para absorber parte del impacto. Por un momento se quedó sin respiración, pero en seguida se recuperó.

Sin perder tiempo se acercó gateando al amasijo de brazos y piernas que eran Ramie y Quinn.

—Quinn, ¿estás bien? —preguntó Caleb.

—Sí, lo único es que me he quedado sin respiración. ¿Qué tal ella?

—¿Puedo abrir ya los ojos? —preguntó Ramie con un hilo de voz.

—Sí, cielo. Abre los ojos. Tenemos que ponernos en marcha.

—¿Qué está pasando, Caleb?

El temblor de su voz le encogió el corazón a Caleb. Lo último que quería era contarle lo que acababa de pasar.

—La casa se está quemando. Hemos tenido que salir por mi ventana —le respondió Caleb con dulzura.

—¿Y los demás? —cuestionó Ramie, mientras se ponía en pie. Sacudió la cabeza varias veces como si intentara deshacerse de las telarañas medicamentosas que le nublaban la mente.

—Tori, Beau y Quinn están aquí. Todos están bien.

—¿Y Eliza y Dane? —preguntó preocupada.

—No estaban aquí hoy. El equipo iba a reunirse por la mañana para hablar sobre el siguiente paso. Solo estamos nosotros y tenemos que marcharnos pitando.

—¿Está aquí? —murmuró Ramie.

Caleb sabía perfectamente a quién se refería.

—No lo sabemos —interrumpió Beau—. Pero no vamos a arriesgarnos. Tenemos que llevaros a Tori y a ti a un lugar seguro.

—Y a vosotros también —apuntó Ramie.

—Sí, nosotros también —suscribió Caleb.

—No podemos coger ningún coche —dijo Beau—. No podemos estar seguros de que estén limpios.

—¿Cómo narices ha metido una bomba en esta casa? —soltó Caleb.

—No sabemos si la ha metido —añadió Quinn con voz grave—. No sabemos qué es lo que ha pasado aquí. Por lo que sabemos, podría haber usado un lanzagranadas. Lo único que sé es que ha habido una explosión y que la casa se está quemando. No sabemos lo cerca que está de nosotros, así que voto por salir cagando leches.

—Voto a favor —dijo Beau.

Caleb siguió con la mirada a Ramie mientras se acercaba a Tori, que temblaba como un flan de pies a cabeza. Ramie le cogió la mano a Tori con cuidado y se la apretó. Para sorpresa de Caleb, Tori la miró con gratitud y no apartó su mano de la de Ramie al empezar a andar con rapidez hacia el bosque que rodeaba la casa.

Treinta y dos

—*E*sto ya ha ido demasiado lejos —dijo Caleb con frialdad—. Quiero a ese hijo de puta fuera de juego y no me importa si se hace de forma legal o ilegal.

Dane se encontraba en la cocina sirviendo café para los diez hombres que se habían reunido en la casa de Eliza. Aparte de Caleb, sus hermanos, Eliza y Dane, también estaba uno de los dos equipos de seis hombres contratados por Caleb y sus hermanos. Solo contrataban a los mejores y había llegado la hora de que hicieran lo que mejor sabían hacer: acabar con un asesino.

Antes de que alguien pudiera decir algo tras la orden de Caleb, Eliza entró en la cocina y Caleb dirigió su atención hacia ella al momento.

—¿Cómo están? —preguntó en voz baja.

Había sido una noche y una mañana horribles para Ramie y Tori. Habían tenido que andar por el bosque en mitad de la noche, y Ramie tenía pánico de que les siguieran, de que quisieran darles caza. Cualquier ruido les sobresaltaba. Tenían los nervios tan destrozados que cuando llegaron a un lugar desde el que Caleb pudo llamar a Dane para que fuera a buscarlos, estaban totalmente agotadas.

Caleb no había sentido culpa alguna al medicar a Ramie para evitar que sufriera un inminente ataque de pánico. Cuando Dane llegó, ella ya estaba hiperventilando.

Tori estaba igual de nerviosa y se había acercado a Ramie, visiblemente preocupada por ella.

—Al final Ramie ha accedido a tumbarse e intentar descansar un rato —dijo Eliza con gravedad—. Solo ha accedido porque Tori no quería quedarse sola y le ha pedido que no se vaya de la habitación.

Caleb resopló lleno de rabia. ¿Cuándo dejaría de sufrir la gente a la que quería? ¿Cuándo estarían a salvo? ¿Llegarían algún día a estarlo? Se pasó una mano por el pelo.

—Gracias, Eliza.

—No tienes que darme las gracias. Bueno, ¿tenemos ya algún plan de acción? —preguntó sin rodeos.

—Voy a preparar una casa refugio para que se queden esta noche —dijo Dane—. Hasta esta tarde no tendré organizada la vigilancia e instaladas las medidas de seguridad. Creo que lo mejor es que se queden aquí escondidas hasta entonces.

Eliza asintió.

—Dividiremos el equipo en tres y haremos turnos de doce horas —prosiguió Dane—. El primer turno será desde las siete de la tarde a las siete de la mañana, y el segundo turno desde las siete de la mañana a las siete de la tarde.

Caleb no soportaba la idea de quedarse ahí sentado, permitiendo que su equipo de seguridad lo cuidara a él y a sus hermanos mientras él no hacía nada. Estaba cabreado y preparado para acabar con ese cabrón con sus propias manos. Y si se guiaba por la ira asesina que veía reflejada en los ojos de sus hermanos, ellos se sentían igualmente frustrados.

A la mierda las normas y a la mierda todas las leyes. Si Caleb le ponía las manos encima, era hombre muerto.

—Hablaré con la policía y acordaremos las horas en las que harás alguna declaración —dijo Dane a Caleb—. Por ahora ni siquiera quiero que la policía sepa dónde estáis.

—No sirve de nada ocultarnos si el acosador de Ramie sigue teniendo un vínculo firme con ella —señaló Eliza—. ¿No sabrá exactamente dónde está en todo momento?

—Tal vez deberías mantenerla medicada hasta que acabemos con ese cabrón —dijo Beau con tono serio.

—Por el amor de Dios, no pienso tenerla drogada para que no revele nuestra ubicación —añadió Caleb, disgustado.

—No —respondió Eliza, pensativa—, pero podrías hacer algo para que ella no supiera dónde estáis.

Dane señaló con un dedo a Eliza.

—Una idea genial. No sé por qué demonios no se me ha ocurrido antes.

—¿Porque las mujeres somos más inteligentes? —se burló Eliza.

—Sabelotodo —murmuró Dane.

—¿Qué sugieres? —preguntó Caleb, impaciente.

—Que le pongas una venda en los ojos —dijo Eliza—. Asegúrate de que nadie habla delante de ella. Que esté en silencio y a oscuras, y él estará igual. Ramie no puede transmitir algo que no sabe.

—Cierto —repuso Caleb, lentamente—. La velocidad a la que ha avanzado me lleva a pensar que no deberíamos permanecer aquí más tiempo del absolutamente necesario. Ha dejado clara su habilidad de actuar rápido. Si le tapamos los ojos a Ramie, no hay ninguna razón por la que no podamos estar en la casa refugio mientras instalas las medidas de seguridad, ¿verdad?

—Cierto, así es —confirmó Dane.

—Entonces ahora es el mejor momento porque ya está dormida. Si la movemos ahora, el tipo nunca verá nada excepto el interior de la habitación en la que la dejemos en la casa refugio.

—Si nos vamos ahora, el equipo del turno de la mañana debe cubrir la casa refugio hasta las siete de la tarde de hoy —explicó Eliza.

—No hay problema —respondió Eric Beckett, un integrante del equipo de seguridad presente.

—Déjame que busque algo para vendarle los ojos a Ramie —dijo Eliza—. Asegúrate de explicarle cuando se despierte que necesita mantener la mente en blanco todo lo que pueda. Cuanto menos sepa ese cabrón, más seguros estaréis vosotros.

—La mantendré ocupada —respondió Caleb.

Eliza contuvo una risita… casi. Caleb gruñó cuando se dio cuenta de lo que acababa de decir.

—Malpensada —se quejó.

Ramie frunció el ceño mostrando su disgusto porque estaban cargando con ella de un lado a otro como con un saco de patatas. Entonces se dio cuenta de que, a pesar de haber abierto los ojos, era incapaz de ver nada.

Clavó los dedos en carne firme y entonces pararon de repente los meneos.

—Ramie, necesito que confíes en mí.

La voz de Caleb la calmó al instante, aplacando así sus miedos.

—¿Qué está pasando, Caleb? —murmuró.

—Confía en mí, cielo, ¿de acuerdo? Necesito que te quedes tumbada y que tengas la mente en blanco. ¿Puedes hacerlo por mí?

Ramie frunció el ceño, confundida. ¿Qué rayos estaban haciendo? A pesar de sus palabras de consuelo, no podía evitar estar tensa entre sus brazos. La estaba llevando en brazos. No tenía ni idea de adónde. Le había vendado los ojos. Tampoco tenía ni idea de por qué.

A la luz de los disparatados sucesos de los últimos días, de repente esta situación no le parecía tan extraña.

Decidida a dejarse llevar, apoyó la mejilla en los hombros de Caleb y se permitió librarse de parte de la tensión. En ese momento la maravilló comprobar que confiaba de verdad en otro ser humano.

Pero, para amar a alguien, tienes que confiar en esa persona, ¿verdad?

Y pensar que en un momento creyó que nunca perdonaría a Caleb Devereaux por lo que le había hecho... Es curioso la de vueltas que da la vida a veces. Si alguien le hubiera dicho seis meses antes que estaría liada con alguien, por no decir enamorada de él, se habría muerto de la risa.

—Ya casi hemos llegado, cielo —le susurró Caleb por encima de la cabeza.

El sonido de una puerta que se abría y luego se cerraba puso en alerta sus sentidos. Entonces Caleb la tumbó en una cama. Un instante más tarde, le quitó la venda de los ojos y sus miradas se encontraron.

Parecía cansado. Ramie deslizó la mano por su rostro y le tocó con la yema del pulgar las ojeras que se le habían formado.

—¿Me vas a decir ahora qué está pasando? —preguntó.

Caleb sonrió.

—Tal como lo hemos pensado, no sabes dónde estás y no has visto dónde estamos. De este modo, el tío de la bomba no puede sacarte nada, lo que significa que él tampoco sabrá dónde estás.

Ramie pestañeó, sorprendida.

—Nunca se me habría ocurrido. Es... ¡genial!

—Por mucho que me gustaría llevarme el mérito, la idea se le ha ocurrido a Eliza.

—Es una chica lista —dijo Ramie con una sonrisa. Pero entonces se puso seria cuando el recuerdo de los acontecimientos de la noche anterior se abalanzó sobre ella—. Caleb, ¿qué hay de tu casa?

Él se sentó en la cama a su lado y entrelazó los dedos con los de Ramie entre las piernas de ambos.

—No es más que una casa —dijo—. Siempre se puede reconstruir. Pero la gente no puede reemplazarse. Doy las gracias por que todos saliéramos con vida. Toda esta situación se nos ha ido de las manos. Hay que acabar con él pronto o a saber qué es lo próximo que hará. Cada vez es más osado y eso es lo último que quieres de un asesino en serie astuto, perspicaz y extremadamente inteligente.

—No me gustaba tu casa —le dijo con sinceridad.

Caleb ahogó una risa.

—No hieras mis sentimientos.

—Era tan fría y austera… —aseveró, apretando los labios. Al cabo de un instante, añadió—: No había… calidez.

—Bueno, ¿qué te parece si en la próxima casa que construya, te encargas tú de supervisar la construcción y la decoración? Podrás hartarte convirtiéndola en un hogar.

Ramie fingió reflexionar sobre ello.

—Tal vez te tome la palabra.

Sonriendo, Caleb se inclinó y la besó.

—¿Tienes hambre? Puedo ir a preparar algo de comer y traértelo para que no estés sola en tu confinamiento.

—¿Se me permite darme una ducha y cambiarme de ropa?

—Por supuesto. Pero no saques la cabeza fuera de la habitación. Me he asegurado de darte la única habitación de la casa que no tiene ventana, así no hay posibilidad de que desveles nuestra ubicación.

—Haces que parezca como si lo hiciera adrede —murmuró.

Caleb la volvió a besar.

—No. Pero adrede o no, el resultado es el mismo. No

pienso poner en riesgo nuestra seguridad de ninguna manera.

Cuando Caleb se marchó de la habitación, cerrando la puerta tras él, Ramie se recostó sobre la cama y se obligó a fijar la vista en el techo. Cerró los ojos y puso la mente en blanco a propósito.

Entonces, un repentino dolor de cabeza la obligó a ahogar un grito. Oyó el eco lejano de una carcajada, que hizo que se preguntara si eran imaginaciones suyas.

«¿Crees que puedes esconderte de mí?»

—¡Caleb!

Unos segundos después de gritar, Caleb abría de par en par la puerta y entraba a toda prisa. Cuando la vio sentada en el borde de la cama donde la había dejado, frunció el ceño, confuso.

Temblaba de pies a cabeza y se sujetaba el cuerpo con los brazos.

—Ramie, ¿qué pasa? —preguntó Caleb.

—Se estaba carcajeando —dijo sin preocuparse de lo loca que sonaba esa afirmación—. Estaba tumbada mirando al techo e intentado mantener la mente en blanco como me dijiste y se ha reído de mí y ha dicho: «¿Crees que puedes esconderte de mí?».

Caleb se sentó a su lado y la atrajo hacia sí, abrazándola.

—No puede ver lo que tú no ves —afirmó—. No puede saber lo que tú no sabes. Así que sí, yo diría que sí creemos que podemos escondernos de él. Al menos hasta que ideemos un plan para acabar con él para siempre. Hasta entonces, voy a mantenerte encerrada bajo siete llaves y totalmente abstraída de tu entorno.

—De acuerdo —dijo Ramie con voz queda—. Dejaré de flipar tanto.

Caleb le colocó un mechón de pelo detrás de la oreja.

—Tener otra persona en tu cabeza es una buena razón para flipar.

—No intentes suavizarlo. Voy a dejar de ser una miedica. Tráeme algo de comer y déjame con mi amigo imaginario. O más bien con mi asesino no tan imaginario —corrigió, haciendo una mueca—. Joder, no puedo creer que esté haciendo bromas sobre esto. Estoy perdiendo la cabeza, ¿verdad?

Caleb le cogió la barbilla y le acarició la mejilla con el pulgar.

—Me alegro de no ser el único con un sentido del humor inapropiado.

Treinta y tres

*E*ste cometido era coser y cantar. Casi no estaba a la altura de alguien tan bueno como él. Su padre siempre le decía: «Charlie, a quien madruga Dios le ayuda. A los demás no les ayuda ni el diablo. Recuérdalo y llegarás lejos en esta vida».

Su puñetero nombre era Charles. No Charlie. Charlie era un nombre de niño, no de hombre.

Su respiración se calmó en cuanto salió de entre las sombras de los árboles. La calma volvió a reinar. No movía ni un solo músculo de todo el cuerpo. Era disciplinado y paciente. Cualidades que eran recompensadas en esta vida.

Se acercó al coche aparcado resguardándose en la oscuridad. Cuando estuvo lo bastante cerca como para ser visto por cualquiera de los espejos retrovisores, echó cuerpo a tierra y avanzó la distancia que le quedaba hasta la puerta del conductor.

Era un trabajo largo y concienzudo pensado solo para los que tienen una paciencia infinita y buen ojo para los detalles. Un movimiento en falso, un pequeño desliz, y era hombre muerto. En lugar de asustarlo o hacerlo ser más precavido, la idea de estar en la cuerda floja le proporcionaba un subidón eufórico y embriagador como ninguna otra cosa. Solo matar le excitaba más.

Se levantó con cuidado, colocando la pistola con silenciador de forma que, en cuanto se levantara, ese presunto especialista en seguridad que se encontraba sentado en el coche vigilando la casa y sus ocupantes sería hombre muerto.

Cuando se asomó, sonrió al ver la expresión de desconcierto de su adversario. No le dio a la víctima ninguna oportunidad de reaccionar. El cristal se dobló hacia el interior del coche cuando la bala abrió un agujero en la superficie con forma de telaraña. La sangre y los sesos salpicaron la ventana contraria.

Satisfecho con este primer éxito, se apresuró hacia la casa iluminada y hacia su próxima víctima.

¿Quién decía que necesitaba ver a través de los ojos de Ramie Saint Claire? Esto era mucho más placentero. Salivaba solo con pensar en la reacción de Caleb Devereaux al saber que él mismo había sido la herramienta usada en la destrucción de Ramie. Era tal el placer que casi no podía ni soportarlo.

Se deslizó por un lateral de la casa, con la pistola en alto y preparado para disparar. Uno nunca conoce la imprevisibilidad de los demás. Nunca hay que bajar la guardia.

Cuando echó un rápido vistazo asomado a la esquina, vio a su objetivo haciendo guardia de pie frente a la puerta trasera. Charles estuvo a punto de echarse a reír, pero se contuvo a tiempo, recriminándose haber estado a punto de caer en un desliz tan descuidado.

No había razón para ser cauteloso. Los muertos no pueden interponerse en tu camino. Giró la esquina, con el brazo en alto y la mano izquierda sujetando la culata de la pistola. Su objetivo era muy preciso y en ningún momento se desvió en más de un centímetro. El guardia se desmoronó sin emitir ningún sonido, muerto antes incluso de tocar el suelo.

Charles pasó por encima del cuerpo caído, abrió la puerta y entró. A partir de la información que había podido recabar de Caleb Devereaux, sabía que el único guardia que quedaba estaba en el pasillo justo delante de la habitación de Ramie.

Casi no podía contener su regocijo, pero más valía no celebrar nada antes de tiempo. Ya habría tiempo de sobra más tarde para celebrarlo. ¡Con Ramie!

Charles sabía que cuando entrara en el pasillo, solo dispondría de una décima de segundo para encontrar a su objetivo y dispararle antes de que existiera el riesgo de ser descubierto. Estaba tan cerca de su objetivo final que la mano le temblaba y la pistola se movía arriba y abajo.

Cabreado, controló esta reacción, y se obligó a respirar de forma profunda y uniforme. Cerró los ojos, inhaló hondo y luego contó mentalmente hasta tres.

Giró, dio un paso adelante y entró rápidamente en el pasillo. Su objetivo actual estaba a veinte centímetros. Apuntando hacia arriba en un abrir y cerrar de ojos, apretó el gatillo. La bala impactó en el guardia justo en medio de la frente y lo hizo caer al suelo como un saco de patatas.

«¡Bien!»

Qué ganas tenía de entrar echando leches en la habitación, meterle una bala en la cabeza a Devereaux y acabar con todo de una vez por todas. Pero eso echaría por tierra sus planes. Charles lo tenía todo planeado hasta el más mínimo detalle. La otra noche dentro de la mente de Caleb no había sido más que una prueba, una con cuyos resultados estaba encantado.

Buscó a tientas, con manos temblorosas, el teléfono móvil que llevaba en el bolsillo. Tenía que actuar deprisa si quería tenerlo todo grabado en vídeo. ¿Qué cara se le quedaría a Caleb cuando viera la filmación? Sonrió y cerró los ojos para imaginárselo.

Caleb se sentó en la cama y el edredón y la sábana resbalaron hasta su regazo. Oía unos susurros en su cabeza que le ordenaban ponerse en marcha. Se levantó poco a poco y anduvo hasta la puerta con pasos cuidadosos. «¡Silencio! No quieres despertar a Ramie.»

Fue a la cocina y abrió un cajón para volver a cerrarlo al momento. Luego abrió el siguiente y esta vez metió la mano en el interior y cerró los dedos en torno al mango de un cuchillo de trinchar tremendamente afilado.

Qué apropiado disponer de un cuchillo de trinchar cuando su plan era justamente trinchar a Ramie como si fuera el pavo de Navidad. Sería el mejor regalo de Navidad y de cumpleaños, al mismo tiempo, de toda su vida.

Asiendo el mango del cuchillo con mano firme, desanduvo sus pasos hasta el dormitorio, abrió la puerta en silencio y entró a hurtadillas; Ramie seguía durmiendo a pierna suelta. Durante un largo instante, permaneció de pie junto a la cama recreándose con la vista, con esa mujer a la que llevaba intentando dar caza los últimos dieciocho meses.

Una sonrisa se asomó a los labios de Caleb.

—No hay nadie cerca para oír tus gritos —murmuró.

Aun así, le tapó la boca con la mano, colocó el filo del cuchillo sobre la suave piel de su abdomen, la cercenó de un lado a otro y bajó un poco el trazo para seguir la curva de su vientre.

Ramie emitió un grito apagado bajo la mano de Caleb y él se montó a horcajadas sobre ese cuerpo que se retorcía de dolor. Ramie se revolvió, intentando zafarse de él, pero Caleb la aplastó contra el colchón y a continuación la rajó con el cuchillo trazando una línea vertical entre sus pechos.

La sangre empezó a brotar y le caía por el cuerpo en regueros. Ramie estaba furiosa, claramente histérica, pero sin comprender todavía quién le estaba haciendo eso. Charles no cabía en sí de gozo solo de pensar en el momento en que lo descubriera.

Y entonces la mirada de Ramie se cruzó con la de Caleb y el horror apareció reflejado en sus ojos. Charles dejó que le quitara la mano de la boca porque la oportunidad era demasiado buena como para dejarla escapar. Estuvo a punto de ponerse a aplaudir en su esquina, pero si lo hacía estropearía el vídeo que estaba grabando. Y quería que Devereaux viera todos los tajos que le estaba dando.

—¡Caleb! —gritó Ramie—. ¡Caleb, para! Joder, pero ¿qué me estás haciendo?

Dos cortes más en una rápida sucesión. La mirada de Ramie estaba vidriosa por la estupefacción y balbuceaba por ese mismo estupor y la pérdida de sangre. Intentaba resistirse, pero no tenía nada que hacer contra la fuerza de Caleb. Curiosamente, sí que habría tenido alguna oportunidad contra Charles, pero Caleb era mucho más corpulento y fuerte. Experimentar un asesinato indirectamente a través de los ojos de otro era gratamente adictivo. Era algo que, ahora que lo había probado, querría volver a hacer una vez tras otra.

Las lágrimas le caían a Ramie por el rostro. Casi se había quedado sin voz por la fuerza con la que gritaba. El siguiente sonó como un chirrido ronco cuando la volvió a rajar, esta vez en el labio.

—Por favor, no lo hagas —le rogó Ramie, con el pecho sacudiéndose por los jadeos de dolor—. Creía que me amabas —susurró—. Me lo prometiste… —Su voz se fue apagando y su cuerpo machacado quedó inerte sobre el colchón. Al final perdió el conocimiento. Se había ganado el respeto de Charles. No mucha gente habría sido capaz de permanecer consciente tanto rato como ella en unas condiciones tan horribles.

Charles frunció el ceño. Caleb parpadeó. Los rasgos marcados por el dolor reflejaban también confusión.

Charles sabía que tenía que sacar a Ramie de allí antes de que Caleb se librara de su influjo, pero se sentía como un niño enfurruñado porque le quitaban su juguete preferido.

Los movimientos de Caleb eran bruscos, casi espasmódicos, cuando se agachó y cogió a Ramie en brazos. Sonriendo, Charles los siguió sin dejar de filmar. La sangre que brotaba de Ramie y caía sobre el suelo era un bonito efecto. Añadía autenticidad, pero se anduvo con mucho cuidado para no pisarla.

Se aseguró de grabar a Caleb mientras depositaba a Ramie en el asiento trasero de su todoterreno. Cuando la policía viera el vídeo, no habría ninguna duda de quién era el asesino de Ramie Saint Claire. Ni siquiera necesitarían el cadáver para conseguir una condena.

Treinta y cuatro

Caleb abrió los ojos y volvió a cerrarlos de inmediato. Lo poco que había visto de la habitación había sido como subirse a un loco tiovivo de feria que giraba con tanta rapidez que le había mareado al instante. Le latían las sienes. Sentía un gran dolor en el cráneo que le bajaba hasta la base del cuello. Tenía la boca seca y se pasó la lengua por los labios para intentar hidratarlos.

Tenía las aletas de la nariz dilatadas, notaba el nauseabundo olor dulce de la... ¿sangre? Un olor que le desbordaba los sentidos. Sin duda alguna era sangre.

Se le hizo un nudo en el estómago y se sentó en la cama, abriendo los ojos a lo impensable.

La sangre empapaba las sábanas, el colchón y las almohadas. Dios, no. Todo él estaba empapado en sangre; le cubría las manos, los brazos, el pecho y las piernas.

Rodó en la cama y acabó cayendo al suelo, al tiempo que sufría convulsiones y tenía arcadas debido al espeluznante hedor.

—¡Ramie! —gritó con voz ronca—. ¡Ramie! —Dios mío, ¿dónde estaba? ¿Qué había pasado? ¿Por qué no podía recordar nada? Sin duda se acordaría si hubiera sangrado tanto. ¿Por qué no estaba en la cama?

Se levantó del suelo y salió dando tumbos al pasillo, donde tropezó con el cadáver de uno de sus especialistas en seguridad.

—Dios santo —exclamó con un horror creciente. Estaba teniendo una pesadilla. Tenía que ser eso. Era la única explicación razonable. Nada de eso era real—. ¡Ramie! —gritó mientras corría por el pasillo, abriendo todas y cada una de las puertas con la esperanza de encontrarla. ¿Dónde narices estaba todo el mundo?

Se le heló la sangre al ver que la puerta trasera estaba entreabierta. Se apresuró hacia la puerta, la abrió de par en par y su mirada se tropezó con el segundo cadáver.

Un escalofrío le recorrió la columna vertebral y tuvo un presentimiento tan funesto que lo dejó paralizado. Se quedó mirando aturdido al hombre muerto. Tenía un agujero en la frente. Sus ojos vidriosos reflejaban la muerte y la parte posterior de la cabeza había saltado por los aires por el disparo.

Se inclinó hacia delante y vomitó en el jardín. Notaba que el estómago se le retorcía de forma violenta y se le hacía un nudo que lo obligó a vaciar su contenido.

Tenía que encontrar a Ramie. Tenía que llamar a alguien para que le ayudara. Era incapaz de recordar lo que había pasado. ¿No debería saber él lo que había pasado? No era posible que Ramie hubiera desaparecido y que hubieran matado a dos hombres sin que él se hubiera enterado de nada, ¿o sí?

Volvió dando tumbos a la escena grotesca del dormitorio y se quedó mirando la cama cubierta de sangre. Entonces buscó el teléfono. Los dedos le temblaban mientras buscaba el número de Beau. Tori, Quinn y Beau tenían que estar bien. Tal vez Beau supiera dónde estaba Ramie y qué era eso tan espeluznante que había pasado.

—Caleb, ¿dónde cojones estás? —rugió Beau al teléfono tras el primer tono de llamada.

—En la casa refugio —dijo Caleb con voz débil—. Ha pasado algo horrible, Beau. ¿Está Ramie con vosotros?

—No te muevas —le dijo Beau con sequedad—. No toques nada de nada, ¿me oyes? Llegamos en tres minutos.

Caleb frunció el ceño y colgó el móvil confuso. Había algo de vital importancia que se le estaba escapando, pero ¿qué era? ¿Por qué no podía recordar nada de la noche anterior?

Consciente de la orden de su hermano de no tocar nada, Caleb se dirigió hacia la puerta principal de la casa y salió al exterior donde le alcanzaron los brillantes rayos de sol. Entrecerró los ojos y luego se protegió el rostro del sol con una mano. Entonces se quedó paralizado mirando la sangre seca que le cubría la mano.

Dos vehículos se detuvieron delante de la casa. Beau salió corriendo de uno, mientras Dane y Eliza saltaron del otro y se unieron a él con caras lúgubres y… rabiosas.

—¡Al suelo! —rugió Dane al tiempo que sacaba el arma y apuntaba a Caleb—. ¡Túmbate en el suelo!

Caleb se quedó mirando a Dane con incredulidad. ¿Hablaba en serio? ¿Es que el mundo se había vuelto loco?

—Dios, Caleb —dijo Beau con la cara pálida al mirar a Caleb—. ¿Qué has hecho?

—Asegúrate de que no va armado —dijo Eliza desde la distancia y con su propia arma cargada y apuntando a Caleb.

Caleb empezaba a cabrearse.

—¿Alguien va a decirme qué narices está pasando? —gruñó Caleb—. ¿Dónde está Ramie? ¿Y por qué demonios me estáis apuntando con vuestras putas armas? ¿Dónde está?

—Eso mismo queremos preguntarte, Caleb —dijo Dane con un tono uniforme.

Caleb entrecerró los ojos, impaciente.

—¿Preguntarme el qué?

—Dónde está Ramie —respondió Eliza—. Dinos qué has hecho con ella, Caleb. Dínoslo antes de que llegue la policía y ya no podamos ayudarte.

Caleb sacudió la cabeza, confundido. Luego se miró las manos, como si se estuviera dando cuenta por primera vez de que estaba cubierto de sangre. Empezó a temblar convulsivamente, mientras la vista se le nublaba por las lágrimas.

—No lo sé —dijo con la voz rota—. Dios, no lo sé. ¿Qué he hecho?

Eliza le hizo una señal con la cabeza a Dane, que rápidamente se acercó a Caleb mientras Eliza se quedaba atrás apuntándolo con la pistola.

—De rodillas —le ordenó Dane.

Aturdido, Caleb se arrodilló.

—Las manos detrás de la cabeza.

Lentamente, Caleb entrelazó los dedos detrás de la cabeza. Se estremeció cuando las frías esposas de metal le rodearon las muñecas e hicieron clic al cerrarse. Levantó la mirada hacia su hermano, que permanecía de pie observándolo con lágrimas en los ojos.

Beau parecía estar... desolado.

—Vamos —dijo Dane, cogiendo a Caleb para que se pusiera en pie—. Sube al coche.

Eliza abrió la puerta del asiento posterior y Dane introdujo a Caleb dentro sin miramientos mientras Beau volvía al vehículo que conducía. Dane y Eliza se sentaron en los asientos delanteros del vehículo que él conducía y cerraron las puertas.

Dane arrancó, de forma que Caleb se golpeó la cabeza con la ventana antes de sentarse derecho.

—Hostia, Caleb. ¿No tienes nada que decir a tu favor? —preguntó Eliza, enfadada.

—¿Qué se supone que tengo que decir? —preguntó Caleb con poca energía, pero liberándose por fin de parte del impacto. La ira empezaba a reemplazar con rapidez a la incredulidad, aunque al mismo tiempo, el pavor le tenía agarrado por las pelotas y le exprimía la vida—. Me levanto y veo que Ramie no está y que la cama donde dormía está llena de sangre. Dos hombres que se supone que vigilaban la casa están muertos. Asumo que el tercero ha corrido la misma suerte. Me parece que sois vosotros los que tenéis que empezar a hablar y rápido —espetó.

Eliza se dio media vuelta en su asiento y miró con dureza y el ceño fruncido a Caleb.

—¿Qué recuerdas haber hecho antes de despertarte? —le preguntó.

Caleb permaneció en silencio unos instantes mientras repasaba la noche anterior.

—Ramie y yo nos fuimos pronto a la cama. Estábamos cansados los dos. Y luego me he despertado hace unos minutos y Ramie no estaba y había sangre por todas partes.

—Dios santo —murmuró Eliza—. ¿Es posible que no lo sepa?

—Tal vez lo ha bloqueado —dijo Dane, con la mandíbula en tensión por la furia—. Está claro como el agua que yo haría lo mismo si le hubiera hecho eso a una mujer inocente.

Un hormigueo de desasosiego le recorrió la columna a Caleb. Un escurridizo recuerdo se burlaba de él, tan cerca y al mismo tiempo lejos de su alcance. ¿Por qué le dolía tanto la cabeza? ¿Le habían drogado?

—¿Bloqueado el qué? —preguntó Caleb—. Me cago en la puta, decídmelo de una vez y dejaos de rodeos. ¡Esto ya ha llegado demasiado lejos!

Dane pisó el freno y se dio media vuelta en su asiento mirando con los ojos inyectados en sangre a Caleb.

—Dime lo que pasó anoche, Caleb. Dime por qué lo hiciste.

Caleb se miró las manos manchadas de sangre seca cuyo hedor le daba arcadas. Quería limpiárselas. Se frotó las palmas de las manos en la pernera del pantalón, pero la sangre no desapareció. ¿Era eso literalmente lo que significaba tener sangre en las manos?

—Dane, ¿dónde está Ramie? —preguntó Caleb, mientras el miedo se abría paso a través de su estómago y le oprimía las vísceras.

—No está aquí —dijo Eliza en voz baja—. No nos conviene que se vuelva loco de remate y se eche atrás.

Dane pisó el acelerador y avanzó por la serpenteante carretera que había al final de la bifurcación hacia una zona más rural del condado. Lejos de la ciudad.

Nada tenía sentido. ¿Por qué razón había explotado Caleb? ¿Cómo podía Dane haber estado tan equivocado al juzgar al hombre para el que trabajaba? El hombre al que le habría sido fiel hasta la muerte. Peor aún: ¿por qué no le llevaba directamente a la comisaría de policía para que lo detuvieran? La mirada de Eliza reflejaba dolor mientras miraba al horizonte a través del parabrisas.

Entonces sonó el teléfono de Dane. Bajó la vista y vio aparecer en pantalla el número del inspector Ramírez.

—Mierda —maldijo Dane—. Estamos perdidos. Seguro que ya han llegado a la casa.

—Seguro —dijo Eliza—, pero no pueden saber que hemos estado allí. Seguro que solo quiere saber si hemos visto a Caleb. No hay muchas personas que se queden dando vueltas en el lugar del crimen esperando a que las detengan.

—Hay algo que no me cuadra —replicó Dane—. No es tonto. Y no puedo haber estado tan equivocado con él. ¿Qué ganaba con ello? ¿Por qué matarla?

—¿Matar a quién? —preguntó directamente Caleb—. Quiero respuestas, joder, y las quiero ya.

Para alivio de Dane, estaban cerca de una de sus muchas propiedades ilocalizables. Eso les daría algo de tiempo. Si Caleb era culpable, el propio Dane lo entregaría a las autoridades.

Entró en el garaje y aparcó. Beau entró detrás de él y Dane cerró de inmediato la puerta del garaje.

Dane salió y abrió de golpe la puerta del asiento trasero.

—Sal —le ordenó—. Y entra lentamente en la casa.

Frustrado por este estúpido juego al que estaban todos jugando, Caleb cruzó la puerta y entró en la sala de estar.

—Siéntate —le ordenó Dane, moviendo el cañón de la pistola hacia abajo para indicarle a Caleb que se sentara en el sofá.

Con un suspiro, Caleb se dejó caer en el borde del sofá.

Beau entró detrás de Eliza y puso cara de disgusto al recorrer con la mirada el cuerpo de Caleb y ser testigo del grotesco espectáculo con toda esa sangre.

—¿Queréis dejar de mirarme todos de esa forma y decirme qué narices está pasando? —gruñó Caleb frustrado.

—Haremos algo mejor —dijo Beau con gravedad—. Te lo enseñaremos.

Con manos temblorosas, pulsó una serie de teclas en su móvil y luego le dio la vuelta para que Caleb pudiera ver la pantalla.

—No puedo volver a verlo —dijo Eliza mientras se daba media vuelta, pero no antes de que Caleb viera que los ojos se le llenaban de lágrimas.

Caleb fijó la mirada en la pantalla LCD; su miedo aumentaba con cada segundo que pasaba. Frunció el ceño cuando se dio cuenta de que alguien les había filmado a él y a Ramie en la cama mientras dormían.

Unos movimientos en la cama le mantuvieron en silencio cuando estaba a punto de exigir una explicación.

—¿Qué narices...? —murmuró cuando se vio a sí

mismo levantarse y salir de la habitación. La grabación de vídeo continuaba y Caleb frunció el ceño, preguntándose quién demonios había estado en el dormitorio con Ramie y él. Se fijó en que se producían más movimientos y se inclinó hacia delante, atónito de verse a sí mismo con un cuchillo enorme en la mano.

—Qué…

Se quedó de piedra al tiempo que se le contraían todos los músculos del cuerpo. Notó que le subía la bilis a la garganta mientras observaba horrorizado los hechos que transcurrían en la pantalla. No. No. No. No podía estar pasando eso. De ninguna manera, joder. No era posible que los demás pensaran…

Miró a su hermano, que le estaba mirando con tanta indignación que le hizo tambalearse. Y Dane, que parecía estar tan asqueado como Caleb.

Sí lo pensaban…

Se dobló hacia delante entre arcadas, pero no le quedaba nada en el estómago que vomitar. Nunca se había encontrado tan mal en toda su vida. Le dolía el corazón.

—Aparta esto de mi vista —espetó Caleb—. Dios mío, no podéis pensar que yo haya hecho algo tan terrible. ¡La quiero!

La mirada de Caleb estaba fija en la pantalla y sus rasgos eran fríos como el hielo.

—Aquí está muy claro lo que has hecho —le recriminó Dane—. ¿Vas a decirnos dónde te la has llevado?

—No me la he llevado a ningún sitio, joder. ¿Por qué no me escucháis?

—Porque tenemos pruebas irrefutables de lo contrario —dijo Beau con voz temblorosa.

Un temor pavoroso le retorció las vísceras a Caleb. Su propio hermano estaba convencido de que era culpable. Por primera vez, Caleb fue consciente de las consecuencias reales de ese vídeo incuestionable. Ese caso sería pan comido. Nada de lo que dijera o hiciera Caleb cambiaría nada. Todos los que vieran la grabación le considerarían culpable de inmediato en su interior... y en un tribunal.

Y luego, como una esclusa que se abre, los recuerdos de la noche anterior (y de otras) le inundaron la cabeza a una velocidad vertiginosa. Un dolor indescriptible le hizo trizas el pecho y lo desangró por dentro.

Se ahogaba entre grandes sollozos que le dejaban sin oxígeno. Se tambaleó y cayó de rodillas.

—¡No! —gritó con voz ronca—. ¡Dios, no, no, no!

Se llevó las manos a la cara y se columpió adelante y atrás al tiempo que sentía un dolor tan intenso en el corazón del que nunca se recuperaría.

—Caleb, ¿qué pasa, joder? —preguntó Beau.

Eliza y Dane se intercambiaron miradas de preocupación, intranquilos por primera vez y preocupados porque tal vez sí que estaban equivocados. Pero las pruebas no mentían...

Las lágrimas le caían a Caleb por las mejillas en un río interminable de dolor. Dios mío, ¿cómo era posible que hubiera hecho eso? Quería morirse. Se merecía morir por traicionar de forma tan enfermiza a una inocente.

La había matado él. Nadie más. Había muerto a manos de él, a manos del hombre que la amaba. El mismo hombre que la había cosido a puñaladas sádicamente como si fuera un loco.

Caleb era también responsable de la bomba que había destrozado su casa y que podría haber matado a su familia. Lo había preocupado protegerla de todo mal cuando había resultado que él era el monstruo.

—Arrestadme —ordenó Caleb con una voz vacía que no parecía para nada salir del mismo hombre—. He sido yo. Entregadme a la policía.

Beau miró con preocupación a Dane y a Eliza.

—Pobre diablo —murmuró Dane.

—No creo que lo hiciera —dijo Eliza despacio mientras cogía el teléfono que le entregaba Dane. Un teléfono que Caleb se negaba a mirar incluso ahora.

Beau hizo un gesto con la cabeza en dirección a Eliza.

—¿Qué? Has visto lo mismo que yo. ¿Qué diablos te hace decir algo así?

—No quería mirar... dejé de mirar en cuanto empezó —explicó Eliza con la mirada oscura y angustiada—. Pero ahora... Dios, es una locura, pero no creo que lo haya hecho. O tal vez eso sea lo que quiero creer o no creer.

—Me estás volviendo loco —espetó Beau—. Si hay una posibilidad, cualquier posibilidad, sea la que sea, de que mi hermano no lo haya hecho, entonces tienes que decirme lo que sabes antes de que sea demasiado tarde para él.

Con las manos temblorosas, Eliza cogió el móvil de Dane con una mirada que reflejaba un sufrimiento máximo. Pulsó un botón e hizo una mueca de dolor al empezar a reproducir el vídeo justo cuando Caleb le clavaba el cuchillo y Ramie gritaba.

—Ahí... —dijo Eliza tartamudeante, pausando el vídeo. Giró el móvil y se lo puso a Dane en la cara—. Dime lo que ves.

Dane frunció el ceño y estudió el fotograma de Caleb arrodillado sobre el cuerpo de Ramie. Entonces el corazón le dio un vuelco y exhaló una bocanada de aire, como si alguien le hubiera pegado un puñetazo a traición.

—Le sangra la nariz. Virgen santa —exclamó Dane, horrorizado—. Es un sangrado psíquico. Ese cabrón lo estuvo controlando todo el tiempo y Caleb intentaba resistirse. Igual que hizo Ramie cuando vio la bomba.

—¿Qué? —preguntó Beau incrédulo.

—Está luchando contra la coacción. Está luchando contra sí mismo y contra lo que sabe que está haciendo —dijo Dane con calma.

—¿Estás diciendo que Caleb no era consciente de estar haciendo eso? —preguntó Beau.

—Mira, Dane —le pidió Eliza.

Dane y Beau se acercaron y vieron que Caleb estaba de rodillas; tenía una expresión de rabia ciega en el rostro y le sangraban la nariz y la boca. Era una visión macabra, pero no tan terrible como la filmación de Ramie mientras una mano sin voluntad la acuchillaba de forma sistemática.

La expresión de Caleb era fría, sus rasgos eran rígidos y sus ojos miraban hacia un punto lejano del horizonte.

—Creo que acaba de salir a dar caza a ese cabrón —murmuró Dane.

Treinta y cinco

Caleb estaba pálido y sudoroso, le temblaban las manos y la cabeza le palpitaba por el esfuerzo de intentar seguir mentalmente el rastro hasta el asesino.

El descubrimiento de la realidad fue como si le tiraran un cubo de agua fría por encima. Le latían las sienes y tenía el corazón roto en mil pedazos.

—Dios santo —susurró—. Fue él. ¡Joder! Ese cabrón me usó para llegar hasta ella.

—¿Qué narices está pasando, Caleb? —gritó Dane.

—Chocó conmigo por la calle. No sospeché nada. ¿Cómo podría haberlo hecho? Los vínculos psíquicos son una puta mierda. Me la jugó. Estableció el vínculo cuando me agarró del brazo y luego me usó para desconectar partes del sistema de seguridad para poder entrar a poner la bomba. Me usó para atormentar a Ramie y se la entregué en bandeja de plata —espetó Caleb, consumido por la pena.

Eliza, Dane y Beau se quedaron mirando a Caleb consternados. Luego Eliza se adelantó y, con una expresión de determinación, se arrodilló delante de él, le sujetó la cara con las manos y la sacudió vigorosamente.

—Tienes que encontrarla, Caleb. Si el asesino estableció un vínculo contigo, entonces también tienes un vínculo con él. Igual que lo tenía Ramie. Eso te permitirá entrar en la cabeza del asesino y ver a través de sus ojos.

—Pero yo no puedo hacer lo que hace Ramie —dijo Caleb frustrado—. No soy vidente como ella.

—Tú no vas a hacer nada —dijo Eliza con impaciencia—. Lo hará el asesino. Lo único que tienes que hacer es usar el camino ya abierto hasta su cabeza.

—Hazlo, Caleb. ¿Qué puedes perder? —dijo Beau lacónicamente—. Si no recuperamos a Ramie, irás a la cárcel por su asesinato. El tiempo es esencial. Es posible que ya sea demasiado tarde.

—¡No digas eso, cojones! —rugió Caleb—. No es demasiado tarde. No puede ser demasiado tarde.

Cerró los ojos e intentó aislarse de todo lo que le rodeaba. Frustrado por su incapacidad de seguir el rastro hasta el asesino, dio un puñetazo en el suelo.

Eliza deslizó su fría mano y apretó el hombro de Caleb.

—Te estás esforzando demasiado —dijo con dulzura—. Relájate y deja que pase. Concéntrate únicamente en encontrar a Ramie y abre la mente.

Resollaba mientras la ira se descargaba en su interior como una tormenta de fuego. Ser consciente de lo que había hecho, ya fuera de forma voluntaria o no, le ponía enfermo. Era una carga que tendría que llevar durante el resto de su vida. Esa noche lo atormentaría para siempre.

Intentó relajarse, concentrándose en la imagen de Ramie. En su sonrisa. En su belleza y resistencia. Se merecía algo más que un pelele que se doblegaba ante la voluntad de cualquiera.

Disfrutó de un breve instante de paz y entonces fue asaltado por un bombardeo de imágenes. Ramie magullada y ensangrentada, con los brazos atados por encima de la cabeza y las piernas abiertas y atadas a dos postes que se alzaban sobre el suelo.

El asesino la ultrajaba, exigiendo que pidiera clemencia. Ella permanecía callada y con una mirada desafiante mientras le observaba de arriba abajo. El asesino perdió los estribos, la pateó y la apaleó, mientras el cuerpo de Ramie se estremecía por los muchos golpes que recibía.

Entonces Ramie levantó la vista y un odio destelló desde lo más profundo de su mirada.

—Vete al infierno —dijo con los labios entumecidos y escupiendo sangre debido al esfuerzo.

Caleb apretó los dedos en puños hasta que se clavó las uñas en la piel de las palmas de las manos.

«No, cielo. Haz lo que sea para permanecer con vida, incluso aunque eso implique rendirte. Por favor, permanece con vida por mí. Iré a buscarte. No me importa lo que me cueste porque te encontraré.»

Las lágrimas le quemaban los ojos y se abrían camino a lo largo de sus mejillas.

Consciente de que seguir mirándola lo distraía de su objetivo principal, la bloqueó a desgana, centrando toda su energía en su captor. Las imágenes eran borrosas y aparecían de forma caótica en su mente. La visión de Caleb del interior de la mente del asesino era una visión de la demencia. De un trastorno mental máximo. El mal emanaba de él a oleadas.

Le dolía la cabeza terriblemente, pero siguió adelante, resuelto a no rendirse hasta saber dónde tenía cautiva a Ramie. La liberaría aunque fuera la última cosa que hiciera y luego se alejaría de ella todo lo que pudiera. Ramie no tendría que volver a vivir temiéndole.

El aluvión de imágenes se detuvo de manera abrupta y el silencio envolvió el camino entre el torturador de Ramie y él. Caleb flotaba, distanciado del entorno inmediato de un maniaco. Se inclinó hacia delante, impaciente por lo que se avecinaba.

Se las apañó para abrirse camino a través del subconsciente del asesino. Estaba dentro.

Absorbió los conocimientos como si fueran sus propios recuerdos y no los del asesino. Estar dentro de la cabeza de otro, ver el mundo como lo veían otros, era una sensación extraordinariamente escalofriante.

Su mente volvió a su sitio con un golpe, al tiempo que sentía un dolor punzante. Regresó con Eliza, Dane y Beau, que permanecieron todos de pie mirando mientras Eliza le pegaba de nuevo en la cara para conseguir su atención.

—¡Sal de ahí ahora mismo! —gritó Eliza—. Vuelve aquí ya mismo y dinos dónde encontrar a Ramie.

Los márgenes de su conciencia empezaron a desvanecerse y a oscurecerse. Sintió pánico durante unos instantes porque el sitio del que se alejaba era donde estaba Ramie y no quería dejarla sola. Debía de estar aterrada y sin esperanzas de que alguien fuera a por ella después de lo que le había hecho Caleb.

Cerró los ojos a la vez que la pena le consumía una vez más. Se balanceó y casi se cayó al abrir los ojos y ver a todos los demás de pie a su alrededor.

Dirigió una mirada sombría a Eliza. Sentía un peso tan enorme en el pecho que le costaba respirar. Cuando intentó hablar, se le atascaron las palabras al tiempo que la bilis le subía por la garganta.

Por las mejillas le resbalaban ya las primeras lágrimas. La mirada de Eliza estaba tan destrozada por el dolor como la suya.

—Le he hecho daño —susurró Caleb—. Yo le he hecho eso. ¿Cómo conseguiré superar algo así? No merezco escapar sin castigo. Le he hecho daño. Merece que se haga justicia.

—Así es —dijo Eliza con calma—. Y por eso vamos a hacer justicia yendo a por ese hijo de puta y cargándonoslo de una vez por todas.

A Caleb le costó muchísimo levantarse, a continuación desveló la ubicación del asesino y de Ramie. Eliza le hizo sentarse con cuidado en uno de los sofás.

—Tal vez sea mejor que no vengas.

Caleb se puso de pie otra vez.

—¡Y una mierda voy a quedarme aquí! Ramie es mía. La quiero. Y no puedo permitir ni por un minuto más que siga pensando que yo le he hecho eso, que he sido quien la ha entregado a ese psicópata.

—Lo entiendo —dijo Eliza con un tono apaciguador—. Pero tienes que verlo desde la perspectiva de Ramie. Si vamos a rescatarla y te ve, no tenemos manera de saber cómo reaccionará. Ya ha sufrido bastante. Si te ve ahora podría desmoronarse.

—No puedo quedarme aquí de brazos cruzados —espetó Caleb—. No cuando está ahí fuera agonizando hasta morir. Por mi culpa —añadió con aire sombrío—. Por mi culpa.

Sus palabras acabaron en un susurro y levantó su mirada angustiada hacia Eliza, Dane y su hermano.

—Por mi culpa está donde está. Parece que lo único que sé hacer es hacerle daño. Primero el captor de Tori y todo lo que la obligué a soportar para poder salvar a Tori y ahora voy y la entrego desangrándose por las heridas infligidas por mí. ¿Cómo va a creer alguna vez que la amo? ¿O que yo nunca haría algo tan terrible? ¿Cómo puedo creer en mí mismo? ¿Sabéis lo que se siente al verte hacer lo impensable a alguien a quien amas y sentirte totalmente incapaz de detenerlo?

La expresión de Eliza se suavizó y un destello de empatía apareció en su mirada. El rostro de Beau reflejaba el suplicio que le suponía ver a su hermano desmoronarse de esa manera.

Caleb no se molestó en secarse las lágrimas.

—Tengo que ir. No puedo quedarme aquí. No puedo permitir que piense ni siquiera por un instante que no iría a por ella.

Eliza estaba claramente indecisa, pero Dane sacudió la cabeza mirándola.

—Piensa si fuera alguien a quien tú amaras, Lizzie. No te quedarías aquí pasara lo que pasara.

Eliza suspiró.

—No, tienes razón. No me quedaría.

—Pues nos largamos ya —dijo Caleb alterado—. Podéis llamar a la policía por el camino, pero ni de coña voy a quedarme a esperarlos aquí en lugar de salir a cargarme a ese tío. Ha firmado su sentencia de muerte en cuanto me ha usado para hacer daño a la mujer que amo.

Treinta y seis

A Caleb le costó lo que no está escrito no echar abajo de una patada la puerta de la destartalada cabaña situada en un viejo coto de caza, a cincuenta kilómetros a las afueras de Houston. Solo consiguió contenerlo el hecho de saber que el asesino mataría a Ramie si se sentía amenazado.

Beau y él se colocaron junto a la puerta trasera, procurando mantenerse fuera del campo visual de cualquiera de las ventanas. Dane y Eliza se encargaron de la puerta principal porque Caleb estaba seguro de que el asesino no estaría de ninguna manera cerca de esa entrada. Una intrusión por esa puerta era lo que se esperaba por instinto. Y él quería ser el primero en encontrarse con ese cabrón.

—A la de tres —susurró Dane a través del teléfono al oído de Caleb—. Uno… dos… ¡tres!

Caleb atravesó la puerta trasera y se encontró en el mismo infierno. Divisó a Ramie, atada de forma grotesca a una barra de metal que colgaba del techo. Le habían amarrado los tobillos con una cuerda muy apretada; le brotaba sangre de las abrasiones y tenía las piernas colocadas en un ángulo anormal.

Cada vez que forcejeaba por soltarse, la cuerda se le clavaba más y más en la carne. La cabeza le colgaba inerte y tenía la barbilla apoyada en el pecho al tiempo que sangraba por la nariz y la boca.

Caleb se obligó a desviar la atención de Ramie y a concentrarse en su torturador, que parecía sorprendido de verlo plantado en la puerta.

—¿Qué? No pensabas que te encontraría, ¿eh, puto psicópata arrogante? —escupió Caleb.

Un atisbo de sonrisa apareció en el rostro del hombre. Entonces soltó una carcajada cuyo sonido provocó que un escalofrío le recorriera la columna. Era una risa que le perseguiría el resto de sus días. El asesino se reía así mientras él acuchillaba sistemáticamente a Ramie.

Dane entró en la cocina desde la sala de estar, por donde había entrado a la cabaña, y tanto él como Eliza llevaban las pistolas en alto y apuntaban al asesino.

Dane y Eliza querían hacer las cosas bien. Querían pillar al tío y mandarlo a la cárcel pero Caleb sabía que, mientras estuviera vivo, Ramie nunca encontraría la paz. Estaría atada para siempre a él a través del vínculo psíquico que les conectaba. Y Caleb nunca podría volver a dormir por las noches. Siempre viviría con el miedo de volver a hacer lo impensable.

Así pues, no flaqueó ni titubeó. Levantó la pistola, haciendo caso omiso de los gritos alarmados de Dane y de Eliza que le rogaban que se detuviese. Le metió una bala al asesino entre los ojos y observó, sin sentir remordimiento alguno, cómo el hombre se desplomaba y se doblegaba por fin.

Caleb se quedó observando durante un buen rato; las lágrimas le quemaban en los párpados. Ya lamentaba lo que había perdido: la confianza de Ramie, su risa, su amor. Nunca volvería a recuperar nada de eso.

Dejó caer la pistola y corrió al lugar donde estaba Ramie atada. Las muñecas atadas cargaban con todo el peso del cuerpo. Estaba literalmente colgando de ellas. Tenía los dedos blancos por la falta de circulación. La levantó con un brazo para aliviar la tensión; con la otra mano, arrancó salvajemente las cuerdas y entonces apareció Beau, que cortó lo que quedaba. Ramie cayó en sus brazos y Beau acabó de cortar las cuerdas que le sujetaban los tobillos.

Caleb acunó el cuerpo de Ramie contra su pecho, balanceándose adelante y atrás mientras le resbalaban lágrimas por las mejillas. Presionó los labios contra su pelo mientras la abrazaba como si intentara protegerla de cualquier posible daño que le pudieran volver a hacerle.

Dane se agachó delante de Caleb con una expresión funesta.

—Tenemos un problema, Caleb. Ha enviado el vídeo a la policía. Ahora mismo ya te están buscando. Hay tres muertos en el refugio y ahora otro aquí.

—Dime que tú no le habrías disparado —le espetó él. Acunó a Ramie con más fuerza, recostándole la cabeza sobre su pecho mientras ocultaba el rostro entre sus cabellos—. Mientras siguiera con vida, Ramie permanecería también conectada a él. Y a mí siempre me preocuparía que me estuviera usando para hacerle daño. No me arrepiento de haberlo matado. Lo único de lo que me arrepiento es de que no haya sufrido más.

—Tiene razón —añadió Eliza con seriedad—. La única forma de acabar con esto era con su muerte. Era la única manera de que Ramie o Caleb pudieran ser libres.

—Pensé que habías sido tú —dijo Beau con dolor—. Creí de verdad que mi hermano había hecho algo así.

Caleb levantó sus enrojecidos ojos hacia Beau.

—Y fui yo —murmuró.

Beau negó con la cabeza.

—No. ¡No! No eras tú. Era él. Tú no eras más que un instrumento en sus manos.

Él hizo caso omiso de las palabras de su hermano y retomó su vaivén rítmico.

—Caleb, tenemos que llevarla al hospital —propuso Eliza con dulzura—. Ha perdido mucha sangre y está inconsciente. No dejes que todo lo que hemos hecho no sirva de nada porque se muera al final.

Aterrado, Caleb se separó un poco de Ramie, dejando que la cabeza le cayera hacia atrás. Le puso dos dedos en el cuello y se sintió aliviado al encontrar un pulso débil.

Dane se levantó y se sacó una de las pistolas de la funda. La limpió a fondo con un pañuelo y luego levantó la mano del asesino y le colocó los dedos alrededor de la culata. Se aseguró de poner uno de los dedos en el gatillo para que encontraran una huella parcial allí. Sujetando la mano del asesino con la suya, pero sin tocar ninguna parte de la pistola, Dane bajó la mano que sujetaba la pistola hasta el suelo.

—Qué pena que sacara su arma —murmuró Dane—. Caleb no tuvo otra opción que dispararle.

Beau hizo una mueca y esbozó una sonrisa, encantado.

—Sí, qué mala suerte.

—Vamos, Caleb —le animó Eliza con dulzura—. Tenemos que dar muchas explicaciones antes de que Ramie pueda venir a casa.

Caleb cerró los ojos por el dolor que sentía, a sabiendas de que Ramie nunca iría a casa con él. ¿Quién podía culparla? Obviamente en algún lugar remoto de su alma debía de ser capaz de hacer algo así de horrible porque, de lo contrario, no habrían controlado su mente con tanta facilidad.

Treinta y siete

La señal sonora constante del monitor cardíaco demostraba a Caleb que el corazón de Ramie seguía latiendo. En los momentos más bajos había temido haber llegado demasiado tarde y que ella muriera por la pérdida de sangre que le provocaron todas las heridas de cuchillo. Cortes que él le había infligido. Todavía era incapaz de mirarla sin que se le revolviera el estómago.

Caleb había sido su sombra en los días posteriores a su rescate. Ramie todavía no había recuperado la conciencia, pero el médico le había dicho que tenía muchas heridas de las que recuperarse y que el proceso iría mejor si estaba dormida. Era la forma natural del cuerpo de asegurar su pronta recuperación.

Él se encontraba junto a su cama, acariciándole con el nudillo la piel todavía magullada del rostro. Le tocó los tirabuzones sueltos; se los enroscaba alrededor del dedo, los soltaba y observaba cómo saltaban como cuando se lanza un juguete de muelle escaleras abajo.

No tenía ninguna prisa para que se despertara porque, cuando lo hiciera, lo miraría con la certeza de que la había traicionado. Hasta entonces, le bastaba con permanecer a su lado y cuidarla mientas dormía tranquilamente.

Al final, sucedió cuando estaba menos preparado para ello.

Tenía los dedos de la mano izquierda entrelazados

con los de la mano derecha de ella; ambas descansaban sobre la cama. Se encontraba sentado en una silla al lado del cabecero de la cama y se había inclinado hacia delante, apoyando la mejilla sobre la sosegada respiración de su pecho.

Se había quedado dormido, en un dulce descuido, cuando notó que se movía y se tensaba. Levantó la cabeza esperándose lo peor, pero aun así se quedó hecho polvo cuando el rostro de Ramie cambió de color por el miedo.

Sus labios temblorosos exhalaron un gemido de pánico.

Se la quedó mirando durante un largo instante y luego se limitó a alejarse de la cama con las manos en alto donde ella pudiera verlas.

—Solo quería estar seguro de que estabas bien —murmuró, abriéndole el corazón de par en par—. Ya me voy. Eliza o Dane vendrán a relevarme.

Le cogió una de sus diminutas manos y se la llevó a los labios para darle un delicado beso en la palma.

—Te quiero, Ramie. Siempre te querré.

Y a continuación se dio media vuelta, se marchó y cerró la puerta de la habitación tras él.

Treinta y ocho

*R*amie se quedó mirando la pared de enfrente de su habitación de hospital y volvió a practicar lo de dejar la mente completamente en blanco. Cada vez se le daba mejor, lo que le daba esperanzas: quizá su futuro no se pareciera en nada a su pasado.

Cuánto dolor y desolación. Cuántas vidas destrozadas y arruinadas. No entendía por qué había en el mundo gente como Charles Bloomberg. El único legado que había dejado atrás era uno de dolor y desgracia, no solo para ella y Caleb, sino también para muchas otras víctimas.

Se sentía superada por la tristeza, cuyo peso era cada vez mayor con cada día que pasaba. Estaba cayendo, sin poder hacer nada por evitarlo, en un vacío del que tal vez nunca podría salir. Sin embargo, era incapaz de reunir las fuerzas necesarias para que le importara.

Caleb no había vuelto desde el día en que se había despertado y se había despedido de ella con un beso.

Unas lágrimas cálidas y saladas le quemaban en los párpados. Las contuvo y realizó varias respiraciones profundas y uniformes para no romper a llorar. Otra vez. Hasta el momento, había llorado delante de todos los que habían ido a verla.

Sobre todo delante de Tori, Quinn y Beau Devereaux. Había llorado tanto que se habían marchado al momento tras disculparse por haberla traumatizado.

Cerró los ojos cansada y sin que le importara que lo único que hiciera esos días fuera dormir. El médico le había preguntado si estaba preparada para irse a casa y ella se había limitado a encogerse de hombros. No tenía un hogar, así que realmente no importaba si se quedaba o se marchaba.

Llamaron a la puerta con los nudillos. Como había sucedido con todos los que la habían visitado antes, no esperaron a que les invitara a entrar. Eliza entró al cabo de unos segundos, con una mirada brillante y radiante, y su porte alegre hizo que Ramie deseara agarrarla por los pelos y asfixiarla con ellos.

¿Cómo podía alguien ser tan asquerosamente feliz? Sobre todo cuando Ramie se sentía tan asquerosamente triste.

Miró con el ceño fruncido y de manera amenazante a Eliza, pero Eliza no era la Eliza alegre y contenta que había visto durante la última semana. Había perdido la cuenta de los días que llevaba recuperándose en el hospital. Igual que había perdido la cuenta de los puntos que habían tenido que darle. Ahora mismo era igualita que el monstruo de Frankenstein.

—Necesito hablar contigo, Ramie —dijo Eliza con firmeza—. Y como sé que no puedes ir a ninguna parte, voy a aprovechar que estoy frente a un público atento.

Ramie alzó una ceja, preguntándose qué estaba tramando Eliza.

—¿Podrías intentar perdonar a Caleb? ¿O al menos ser un poco comprensiva? Creo que, entre todas las personas, tú sabrías lo que se siente al estar a merced de alguien y de sus órdenes. Por el amor de Dios, Caleb lo mató a sangre fría… por ti. Para que nunca más estuvieras ligada a él ni a nadie más.

Ramie se quedó de piedra; el pulso le palpitaba en la cabeza como un tren de mercancías.

—¿Qué? —preguntó—. ¿Qué acabas de decir?

—¡Está muerto! —exclamó Eliza. Entonces abrió los ojos como platos y se quedó con la boca abierta—. Mierda, nadie te lo ha contado, ¿verdad? Seguramente todos van con pies de plomo cuando vienen a verte porque no quieren que recuerdes un momento tan doloroso.

—¿Nadie me ha contado el qué? —preguntó impaciente Eliza.

—Charles Bloomberg está muerto —dijo Eliza con calma—. Caleb le disparó. Sabía que mientras Charles siguiera con vida, tú seguirías teniendo una conexión con él. Y seguramente Caleb también.

Ramie buscó de forma automática el camino mental con el que había convivido durante más de un año, algo que había evitado desde que la habían rescatado. Sin embargo, ahora abrió la mente, buscando al responsable de que estuviera ahí ahora. No sintió... nada. Solo un vacío como si nunca hubiera existido. ¡Estaba muerto de verdad!

Ramie cerró los ojos y un dulce alivio le recorrió todo el cuerpo. Esta vez las lágrimas eran de alivio. Un alivio asombroso y aplastante.

Era libre.

Caleb era libre.

—Soy libre —susurró Ramie.

—Sí, cariño, eres libre —dijo Eliza, acariciándole la mano—. Ahora hablemos de Caleb.

—¿Dónde está? —preguntó Ramie—. Tengo que verlo aquí ahora mismo.

La expresión de Eliza se ensombreció y la tristeza se asomó a su mirada.

—Se ha ido.

Ramie no pudo evitar sentir una punzada de dolor atravesándole el corazón. ¿La había dejado?

—¿Por qué? —logró preguntar al fin.

Eliza la miró con empatía cuando se acercó para sentarse en la cama junto a ella. Le tomó la mano y se la apretó cariñosamente.

—Pensaba que no querías verle aquí ni en ninguna otra parte —dijo con dulzura—. Después de lo que pasó… Cree que le culpas por lo que hizo. No está en un buen momento, Ramie. Está hecho polvo por lo que le obligaron a hacerte.

—¿Sabes adónde ha ido? —preguntó Ramie desesperada—. Tengo que encontrarlo. Tengo que conseguir que lo entienda. No le odio. Le quiero.

—Esperaba que dijeras esto —exclamó Eliza con una sonrisa.

—¿Dónde está? —preguntó Ramie frustrada—. ¿Y cuándo puedo irme de aquí?

—Espera, no vas a ir a ningún sitio al menos hasta dentro de un par de días. Estuviste a punto de morir. Caleb esperará, además de que seguramente también necesita tiempo para superar su sentimiento de culpa.

Ramie cerró los ojos mientras le resbalaban las lágrimas por las mejillas.

—Yo le he hecho esto —afirmó con gran dolor—. Tuve miedo por él cuando me desperté. No entendía muchas cosas. Todo era demasiado confuso y lo único que recordaba era a él ra… rajándome —tartamudeó—. Intentaba protegerle. No sabía que el asesino estaba muerto. Y supongo que también intentaba protegerme a mí misma porque no sabía si todavía tenía un vínculo con Caleb y podía obligarlo a cumplir sus órdenes. Tenía que haber confiado más en él.

Eliza se inclinó hacia delante y abrazó con delicadeza a Ramie, consciente de sus heridas.

—Tu reacción está perfectamente justificada. Pero ahora que lo sabes todo puedes hacer las cosas bien con Caleb. Eso sí, después de que te den el alta en el hospital —dijo con firmeza.

Treinta y nueve

Aún tardaron una semana más, que se le antojó larga y frustrante, en darle a Ramie el alta en el hospital. Le recomendaron que se tomara las cosas con calma y no hiciera demasiados esfuerzos, aunque ella no tenía ninguna intención de seguir dichas instrucciones.

Sorprendentemente, no fueron Dane ni Eliza quienes fueron a recogerla al hospital. Se presentaron Beau, Quinn y Tori, y la llevaron a una casa que habían alquilado en la zona de los Woodlands. En cuanto entró en la casa hizo caso omiso cuando le pidieron que se metiera en la cama de inmediato y se encaró con ellos. No tenía ninguna intención de ceder hasta obtener la información que quería.

—¿Dónde está? —preguntó.

—No sé si es buena idea que lo sepas —dudó Beau—. Nos mataría si fueras a buscarlo. Ahora mismo no está muy bien.

—No le culpo por lo que pasó —dijo Ramie con dulzura—. Lo amo y no puedo hacer las cosas bien si no sé dónde está.

Beau y Quinn intercambiaron miradas incómodas, pero fue Tori quien habló.

—Está en Colorado. En la cabaña donde te encontró la primera vez. Es como un animal que se lame las heridas. Creo que tú eres exactamente lo que necesita.

—Joder, Tori —gruñó Beau—. Lo último que necesita es hacer un viaje en su estado. Caleb ya vendrá. Tenemos que ser pacientes.

—No tengo ningún sitio en el que estar —explicó Ramie—. No tengo casa. No tengo ningún lugar al que ir. Caleb es el único hogar que tengo si todavía me quiere.

Quinn la miró sorprendida.

—Supongo que sabes que no vamos a dejarte en la calle. Ramie, puedes quedarte con nosotros todo el tiempo que necesites.

Ramie negó con la cabeza.

—Agradezco lo que todos vosotros habéis hecho por mí y siento todas las molestias que he causado a vuestra familia. Si pudiera volver atrás y deshacerlo todo, lo haría. Nunca habría llamado a Caleb para pedirle ayuda de haber sabido las consecuencias de mi petición.

—No digas tonterías —respondió Beau—. No eres responsable de los actos de ese hijo de puta. Hiciste exactamente lo que tenías que haber hecho, que era recurrir a Caleb en busca de ayuda. Una vez te dije que todos nosotros te debíamos una disculpa, una disculpa que nunca recibiste. Así que ahora te ofrezco la mía. Te debemos mucho más de lo que puedas llegar a debernos tú algún día. Salvaste a nuestra hermana y pagaste un gran precio por ello.

—Yo también te debo una disculpa —dijo Tori con tono afligido—. Me he portado fatal contigo, Ramie.

A Tori se le llenaron los ojos de lágrimas.

—Te debo la vida y la forma que he tenido de pagártelo, la forma en la que he actuado contigo, es imperdonable. Solo espero que algún día puedas llegar a perdonarme, a perdonarnos, por la forma en la que te hemos tratado.

—Yo también lo siento —terció Quinn con tono sombrío—. Caleb te quiere y lo único que nos importa es que tú también le quieres a él. Lleva mucho tiempo soportando el peso de la familia él solo.

—Pues para compensarme podéis reservarme un vuelo a Colorado y alquilarme un coche, porque voy a ir con o sin vuestra bendición y voy a traer a Caleb a casa.

Ningún miembro de la familia de Caleb puso ninguna pega tras esta declaración apasionada y decidida.

Ramie condujo por la tortuosa carretera llena de baches hasta la cabaña en la que había vivido todos esos meses, pensando en lo irónico que resultaba que Caleb hubiera hecho un viaje parecido para encontrarla. Solo que esta vez era ella la que iba a por él y pensaba ser igual de convincente que él cuando llegó exigiendo que quería verla.

Aparcó al lado del todoterreno de Caleb y se tomó un tiempo para reunir el valor necesario para la inminente confrontación. ¿Y si Caleb se negaba a abrirle la puerta? ¿Y si había esperado demasiado tiempo porque su desesperación irracional de sentirse segura había arrasado todo lo demás? Cuando pensaba en la reacción que tuvo cuando despertó de entre las garras de una pesadilla y vio justo al hombre que había protagonizado ese terrible recuerdo ahí, delante de ella, sintió el mismo pavor. Había sido un rechazo en toda regla, cruel y despiadado.

Tenía mucho más miedo. Incluso más que cuando se despertó aquella terrible noche con Caleb encima, mientras le rajaba la piel. Cerró los ojos para sacarse de la cabeza esa inquietante imagen.

Esos recuerdos no tenían cabida en este momento. El hombre que tanto daño había hecho a tanta gente estaba por fin muerto y Caleb y ella podían estar tranquilos. Tranquilos por fin.

Tras frotarse las palmas de las manos húmedas contra los pantalones vaqueros, salió con cuidado del jeep que Beau le había alquilado. Todavía sentía mucho dolor y tenía que moverse lentamente, pero la determinación la llevó hasta la puerta donde llamó con la misma fuerza con la que Caleb había llamado en su día.

Se abrió en cuestión de segundos y apareció Caleb, con el ceño fruncido. La ira brillaba en su mirada.

—¿Qué narices estás haciendo fuera del hospital? ¿Es que has perdido la puta cabeza? ¿Sabes lo cerca que estuviste de perder la vida? ¿Sabes que intenté matarte con todas mis fuerzas? —preguntó con voz ronca.

—Me dieron el alta hace dos días —dijo Ramie suavemente.

—¡Pues tendrías que estar en la cama, no cruzando todo el país hasta llegar a una cabaña dejada de la mano de Dios y perdida en medio de la nada!

Entonces pareció darse cuenta de que Ramie estaba ahí y no donde él estaba vociferando que debía estar. La confusión le nubló la vista y se le tensaron las facciones, como si se preparara para sufrir más dolor. Un dolor que le había causado ella sin querer.

Los dos se habían hecho daño mutuamente a lo largo de su breve pero volátil tiempo juntos. Era el momento de dejar todo eso atrás, de mirar hacia delante y olvidar todo lo ocurrido. Mirar hacia atrás no sería bueno para ninguno de los dos. Si alguno de los dos se negaba a sacudirse de encima el pasado, no tenían ninguna oportunidad. Su relación estaría condenada para siempre. Dependía de ella que él dejara todo eso atrás para los dos.

—¿Qué estás haciendo aquí, Ramie? ¿No te he hecho ya suficiente daño?

—¿Vas a invitarme a entrar o me dejarás aquí fuera para que me muera de frío? —preguntó sin rodeos.

Estas palabras consiguieron hacerlo reaccionar y enseguida la hizo entrar y la sentó delante de la chimenea. Sus gestos eran tan dulces que Ramie sintió una punzada en el pecho. Estaba claro que se estaba esforzando por no tocarla para nada, pero, al mismo tiempo, se aseguraba de que se sintiera cómoda.

Sin embargo, cuando retiró la mano, tocó con la punta del dedo uno de los puntos del brazo de Ramie que asomaba un poco por la camisa de manga larga que llevaba.

Un dolor profundo se reflejó en su rostro cuando deslizó el pulgar hacia arriba y le levantó la manga hasta descubrir el corte de treinta centímetros que le había infligido a lo largo del brazo. Entonces, como si de repente se diera cuenta de lo que estaba haciendo —inspeccionándole la herida que él mismo le había hecho—, apartó la mano de golpe como si se quemara.

—Eliza me contó que lo mataste —dijo Ramie como quien no quiere la cosa para desviar la atención e impedir que Caleb acrecentara la culpa que sentía.

El dolor se reflejó en los ojos de Caleb y desvió la mirada como si fuera incapaz de soportar que ella le condenara por lo que había hecho.

—Sí, está muerto —confirmó Caleb con tono neutro—. Y no me arrepiento de haberlo matado.

—Bien —dijo Ramie sin piedad—. ¿Te das cuenta de que ahora somos libres de verdad?

Caleb arqueó una ceja y luego frunció el ceño, visiblemente confundido. Asintió como si no se fiara de lo que pudiera decir. O tal vez puede que no supiera qué decir. Parecía tener miedo de abrir la boca porque todavía estaba intentando averiguar por qué había recorrido Ramie todo ese camino para decirle algo que él ya sabía.

Ella no quería esperar más tiempo. Ya habían sufrido bastante. Habían sufrido una separación demasiado larga, aunque solo hubieran pasado dos semanas.

Acercó la mano hacia él, rogando que no la rechazara. Él se la quedó mirando durante un largo instante hasta que algo se estremeció y murió dentro de Ramie. Empezó a bajarla, convencida del rechazo, pero entonces, para su gran alivio, Caleb le cogió la mano antes de que tocara su regazo y entrelazó sus dedos con los suyos, con lo que ambas manos quedaron unidas.

Ella tiró desesperadamente de él; lo quería cerca, muy cerca: quería que la tocara. Caleb dio un traspié y frunció el ceño. Ramie le tomó la otra mano, prácticamente encaramándose a él para intentar que se sentara en el sofá a su lado.

—Abrázame —susurró Ramie—. Por favor, Caleb. Necesito que me abraces. Haz que desaparezcan todos los recuerdos dolorosos y que lleguen otros nuevos.

La absoluta falta de esperanza en la mirada de Caleb la dejó hecha polvo. ¿Era la culpable de eso? En otro tiempo había sentido miedo porque no quería poner a Caleb en aquella posición insostenible de tener que volver a hacerle daño. Pero ahora eran libres. No había ninguna amenaza ni nadie que volviera a controlarlos nunca más.

—Ven aquí —pidió Ramie, levantando los brazos hacia él.

Con un torturado sonido agónico, Caleb la cogió entre sus brazos y la estrechó con tanta fuerza que no podía respirar. Ramie no quería respirar. No quería volver a respirar a no ser que compartiera el aire con él.

—Lo siento mucho, Ramie —dijo con la voz rota—. Lo siento de verdad.

—Calla —lo tranquilizó, al tiempo que le acercaba la cabeza a sus pechos donde apoyó la mejilla—. Nunca sientas haber matado a ese hijo de puta. Jamás.

—No siento haberlo matado a él —repuso con frialdad—. Siento lo que te hice a ti.

—Pues yo siento lo que él nos hizo a nosotros —dijo Ramie con dulzura.

Ella se acercó más todavía y apoyó la mejilla en el cabello de Caleb mientras le acariciaba la cara con la mano.

—Te quiero —le dijo con ternura.

Caleb se puso rígido y estuvo a punto de apartarse un poco, pero ella lo sujetó y lo abrazó con fuerza.

Él le buscó las muñecas con las manos y las separó lentamente, sujetándoselas a ambos lados. Le brillaban los ojos y tenía la mandíbula tensa al mirarla.

—No digas algo que no sientes —dijo con cierta sequedad.

Ramie sonrió, con lo que brilló toda la luz de su amor. Para que él pudiera verla. Para que pudiera sentirla.

—No tengo la costumbre de decirles a los hombres que les quiero —dijo Ramie, irónicamente—. Y tengo que reconocer que no me gusta mucho. Así que si tú me dijeras que también me quieres, me sentiría mucho mejor.

Caleb la observaba totalmente anonadado.

—¿Has olvidado lo que te hice? ¿Que cogí un cuchillo y te rebané entera? ¿Que podría haberte matado?

Se le llenaron los ojos de lágrimas, pero no hizo nada por contenerlas. Se deslizaron por la dura línea de su mandíbula. Había tanto dolor y arrepentimiento en su mirada que Ramie se preguntó si algún día se recuperaría de verdad después de haber sufrido una herida tan profunda en el alma.

No, no quería ni pensarlo. El amor podía curarlo todo. Tenía que estar convencida.

—Tú no me hiciste daño —le corrigió con firmeza—. He tardado más tiempo del que me gustaría en descubrirlo. Sin embargo, dado que yo sé bien lo que se siente cuando otro te controla, nunca podría culparte por lo mismo que me ha pasado a mí.

Caleb estaba alucinado.

—¿Sabías que no era yo el que controlaba mis actos... antes de empezar?

Ramie asintió con una sonrisa trémula. Le temblaba

la barbilla y estaba peligrosamente cerca de ponerse a llorar.

—Cuando me desperté y ese monstruo estaba relamiéndose porque tú ibas a entregarme a él, supe que nunca habrías hecho algo así por voluntad propia. Tú me quieres —se limitó a añadir.

Caleb la acogió entre sus brazos. El pecho le palpitaba y se estremecía de pies a cabeza.

—Pues claro que sí, te quiero —dijo—. Te amaré total y absolutamente y con todas mis fuerzas hasta el día en que me muera.

Ramie le cogió la cara entre las manos cuando él se separó un poco. Caleb la miró a los ojos fijamente como si tuviera que convencerse de que todo eso no era una broma cruel que le estaban gastando.

—Me gusta como suena —reconoció Ramie con voz cariñosa—. ¿Pero qué te parece si dejamos el día en que me muera para dentro de unos cien años más o menos?

Caleb volvió a abrazarla, al tiempo que hundía la mano en su cabello rebelde. Sus brazos eran como barras de acero alrededor del cuerpo de Ramie. Ella sonrió, maravillándose del hecho de que hubieran conseguido capear un temporal que ninguna otra pareja tendría que soportar nunca.

—No pienses ni por un momento que esto cuenta como petición formal de mano —espetó Ramie—. Quiero verte arrodillado, con el anillo… todo.

Caleb separó la cabeza y soltó una carcajada cuyo sonido fue alegre y despreocupado.

Entonces recuperó la compostura y se puso de rodillas frente a ella. Le cogió ambas manos y la miró con tanto amor que la hizo derretirse.

—¿Te casarás conmigo, Ramie? ¿Pasarás el resto de tu vida conmigo? ¿Tendrás hijos conmigo y nos haremos viejos juntos? Te prometo que nunca nadie te amará más que yo y que nunca nadie será tan amado y adorado como lo serás tú.

Ramie se soltó las manos y cogió su hermoso rostro, mirándolo directamente a los ojos para que no quedara duda alguna de lo sinceros que eran sus sentimientos.

—Claro que sí —contestó—. Sí, me casaré contigo, Caleb Devereaux. No me importa el dinero que tengas. Te querría aunque no tuvieras nada. Te quiero.

A Caleb volvieron a humedecérsele los ojos y tragó saliva como si fuera incapaz de encontrar las palabras que quería pronunciar. Al final se rindió y la abrazó, balanceándola adelante y atrás mientras se estremecía y temblaba abrazado a ella.

—Pensaba que te había perdido. Pensaba que te había alejado de mí, que te había traicionado de la peor manera posible. Ni siquiera sé cómo puedes estar en la misma habitación que yo sin estar aterrada por lo que te hice. Pero te juro que me muero por tener una segunda oportunidad. La quiero más que nada en este mundo. No te arrepentirás, Ramie. Prometo que te haré feliz.

—Ya me haces feliz —susurró Ramie.

—Te construiré la casa de tus sueños. Una en la que seas feliz. Una con calor, amor y risas y, si Dios quiere, con un montón de niños nacidos de nuestro amor.

—Mi hogar está donde estás tú, Caleb. No me importa dónde vivamos ni en qué tipo de casa. Mientras estés tú, ese siempre será mi hogar.

Otros títulos que te gustarán

MAYA BANKS
DÉJATE
LLEVAR

PRIMERA PARTE
DE LA TRILOGÍA RENDICIÓN

DÉJATE LLEVAR
de Maya Banks

Después de Sin aliento llega la nueva, ardiente y adictiva trilogía de Maya Banks: Rendición. El *best seller* internacional, número 1 en *The New York Times*, con el que su autora se ha consolidado como referente de la novela erótica.

Hace ya un año que Josslyn enviudó. A pesar del dolor que le causó la pérdida de su esposo, sus ganas de experimentar con el sexo no han desaparecido y es ahora cuando se siente lo suficientemente fortalecida para buscar aquello que su difunto marido nunca le pudo dar. Sin embargo, cuando asiste a un club donde se exploran los límites del deseo se encuentra con algo realmente inesperado: Dash, el mejor amigo de su marido también está allí.

CAE EN LA TENTACIÓN
de Maya Banks

Una mujer perseguida por las sombras del pasado que explora las posibilidades de un nuevo comienzo de una manera que nunca pudo imaginar…

Kylie sabe que Jensen la observa con atención. Una oscura promesa sensual se asoma en sus pupilas: su instinto de dominación. Pero eso la atemoriza demasiado porque ella y su hermano han sobrevivido a duras penas a una infancia sumida en la violencia y el abuso. Por eso, ella sabe que nunca podría ceder el control total y someterse a un hombre.

TERCERA PARTE
DE LA TRILOGÍA RENDICIÓN

MAYA BANKS
QUÉDATELO
TODO

TERCIOPELO

QUÉDATELO TODO
de Maya Banks

Chessy y Tate están casados desde hace varios años. Al principio,
su relación era todo lo que ella quería, pero, a medida que los años
han pasado, Tate está más inmerso en hacer de su negocio el éxito
en el que se ha convertido. Tate ama a su esposa, siempre la ha
amado; mantenerla ha sido siempre su prioridad número uno,
pero últimamente ella parece infeliz. Por ello Tate se las arregla
para pasar una noche con ella, esperando reavivar aquel fuego
que, una vez, ardió como un infierno apasionado entre ellos. Pero
una llamada de negocios en el momento equivocado lo amenaza-
rá todo y será entonces cuando Tate deberá demostrar de nuevo a
Chessy que nada es más importante que su amor.

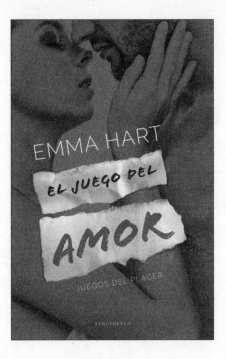

EL JUEGO DEL AMOR
de Emma Hart

¿El reto de él? Enamorarla perdidamente. ¿El de ella? Simplemente jugar. Hasta que la vida cambia las reglas del juego..

Maddie odia a Braden. Arrogante, egoísta y el *playboy* de la Universidad de California, Braden es todo lo que Pearce, el hermano de Maddie, le ha enseñado a despreciar. Entonces, ¿por qué cuando las chicas de la universidad le retan a seducir al seductor, ella no les dice simplemente que no? Braden desea ardientemente a la pequeña Maddie, y hará lo que esté en sus manos por tenerla; por ello accede a hacer todo lo necesario para enamorarla. Al fin y al cabo, es la única forma de conseguir lo que desea: sexo…

Maya Banks

Ha aparecido en las listas de *best sellers* del *New York Times* y *USA Today* en más de una ocasión con libros que incluyen géneros como romántica erótica, suspense romántico, romántica contemporánea y romántica histórica escocesa. Vive en Texas con su marido, sus tres hijos y otros de sus bebés. Entre ellos se encuentran dos gatos bengalíes y un tricolor que ha estado con ella desde que tuvo a su hijo pequeño. Es una ávida lectora de novela romántica y le encanta comentar libros con sus fans, o cualquiera que escuche.

@maya_banks
Facebook: AuthorMayaBanks
www.mayabanks.com